내가 태어나서
가장 먼저 배운   말

\ 테마 소설집 \

내가 태어나서
가장 먼저 배운   말

김금희 / 김혜진 / 박민정 / 백수린 / 윤해서 / 이주란 / 조수경 / 최정화 / 최진영 / 황현진

한겨레출판

차례

조중균의 세계

김금희

1.

　조중균(趙衆均) 씨가 점심을 먹지 않는다는 사실을, 나는 한 달이나 지나서 알았다. 내가 무딘 탓도 있겠지만 구내식당 테이블이 6인용이기 때문이기도 했다. 어차피 다 못 앉으니까 여기 없으면 다른 자리에 있겠지 생각했던 것이다. 해란 씨는 조중균 씨가 오늘만 점심을 안 먹은 것도 아니고 그것만 이상한 것도 아니라고 했다.

　"언니, 모르시겠어요?"

　얘는 말할 게 있으면 핵심만 전달하지 뭘 이렇게 떠보듯이 물어? 한 달 전 신입으로 함께 입사한 해란 씨는 그 나이치고는 신중하고 성실했지만 살가운 동생 느낌은 확실히 없었다. 하기는 안 그래도 해란 씨와 난 가까이하기에 좀 뭣한 관계였다. 석연찮은

경쟁을 벌여야 하는 사이였으니까. 입사해서 파악해보니 회사에서
는 일단 수습을 거친 다음 해란 씨와 나 중에서 선택할 생각인 것
같았다. 구인 광고란의 ○명은 최소수인 한 명이었던 것이다. 대학
원도 다녔고 성인 단행본은 아니지만 아동서 편집을 맡은 적이 있
으니까 일단은 내가 유리했다. 하지만 해란 씨도 만만치는 않았다.
뭐랄까, 반짝반짝했다. 며칠 전 퇴근길에서 부장은 해란 씨의 아르
바이트 경력이 장난이 아니라고 말했다.

"나도 학교 다니면서 별일 다 했지만 해란 씨는 정말 고난의 행
군이더라고. 요즘 애들 하듯이 어디 인턴, 어디 인턴, 공모전 이런
식으로 채운 것도 아니야. 노동, 말 그대로 노동 현장에서 뛰었다
이 말이야. 그러니까 우리 영주 씨는 말 그대로 버젓한 경력, 응?
정식 회사에서 일한 경력으로 이 자리에 왔고 말하자면 팩에 든
고기지. 원래 생산할 때부터 정식 팩에 든 고기. 해란 씨는 주먹고
기 같은 거라고 할 수 있어. 목살 근처 아무 살이나 주먹구구식으
로다가 막 썰다보니까 어, 제법 이게 어엿한 상품이 돼 있는 거 말
이야. 주먹고기, 내가 비유가 이렇게 좋아. 주먹고기 좋아하나?"

고기에 비유되는 걸 좋아할 사람은 없지만 주먹고기는 좋아한
다고 대답했다.

"신촌 기찻길에 주먹고기 잘하는 데 있으니까 기다리라고. 언
제 회식을 하긴 할 거야. 수습 끝나면 본부장이 한번 살 거야."
"네…… 해란 씨 성실한 게 알바 많이 해서 그렇군요. 그 나이답지
않게 속 깊고 눈치도 빠하고." 내가 말하자 부장은 그게 다 고생해
서 그렇지, 했다. "고생한 사람은 그렇게 딱 티가 나. 근데 재발라

도 고생해서 재바른 건 매력 없어. 사람을 불편하게 하거든."

해란 씨는 조중균 씨 이야기가 나오자 쉴 틈 없이 말을 쏟아냈다. 요약하자면 회사에선 왜 '그분'을 없는 사람 취급하느냐는 것이었다. 특히 조중균 씨 나이가 마흔이 훌쩍 넘는데 직원들이 '조중균 씨'라고 부르는 게 정말 이상하다고 했다. 조중균 씨 나이가 그렇게 많았나. 30대 중반쯤 됐을까 생각했는데 의외였다.

"아무래도 직급이 없어서 그렇겠지."

"직급 없으면 스무 살이나 많은 사람을 그렇게 불러도 되는 건가요? 선배라고 해도 되고 선생도 있잖아요."

"선생은 아니지. 선배도 애매하다, 나이 따라 선후배 정하면 김 대리, 서 대리도 조중균 씨한테 선배라고 해야 해. 그런데 직급상 상사 아냐? 해란 씨가 조직을 몰라서 그래. 그렇게 하면 안 돼. 회사는 그런 거야."

해란 씨는 뭐라고 더 말하려다 삼키고 "언니, 그분은 사무실에서 마치 유령, 유령처럼 보여요"라고만 덧붙였다. 조중균 씨는 교정 교열만 담당하는 직원이었다. 단행본 팀이지만 상황에 따라 잡지나 교과서 팀 업무도 맡았고 웹상에 올라가는 광고 문안이나 자료 들의 감수도 맡았다. 그래도 그렇게 나이가 많은데 갓 스무 살된 디자이너들까지 조중균 씨, 조중균 씨, 하는 건 해란 씨 말처럼 좀 어색했다. 하다못해 주유소를 가도 선생님, 사장님, 하는 판국에 그렇게 호칭에 인색해서야. 이런 경우는 대부분 윗사람들이 중재를 안 한 경우였다. 일단 정해지면 다들 지킨다. 왜냐면 그렇게 부르고 싶지 않은 이유를 설명하는 게 더 귀찮은 일이니까.

조중균의 세계

해란 씨 말을 들어서인지 그날부터 회사 풍경은 조중균 씨를 중심으로 흘러갔다. 일단 조중균 씨는 들릴락 말락 한 목소리로 인사하며 사무실 문을 열었다. 인사는 우리를 향했지만 너무 작은 소리라서 누가 슬리퍼 신은 발이라도 움직이면 묻혀버렸다. 머리를 숙이기는 했지만 누구를 향하는지 각도가 항상 애매했다. 인사를 할 줄 모르는군, 나는 생각했다. 인사한 효과가 있으려면 이름을 딱 붙여야 한다. 나? 그래, 너, 바로 너한테 나, 인사했어, 분명히 했다, 잊지 마, 확인하는 것이다. 직장에서는 사소한 인사도 병기이고 기술인데 저 나이 되도록 사회생활 헛했군, 헛했어. 비록 수습사원이지만 그런 조중균 씨를 보니 어깨가 펴지며 어딘가 자신감이 붙었다.

조중균 씨 자리에는 거의 컴퓨터 크기에 버금가는 국어사전이 있었고 그 사전의 한 대목을 펼쳐 읽는 것으로 업무를 시작했다. 원고가 앞에 없어도 그러는 걸 보면 그냥 펼쳐서 읽는 것이었다. 듣기로는 아주 오랫동안 사전 만드는 회사에서 일한 걸로 아는데 사전을 또 읽다니, 기괴한 취미였다.

조중균 씨는 소리에 민감했다. 헛기침을 하는 버릇이 있는 부장이 헤어억, 하고 가래를 돋울 때마다 조중균 씨는 파티션 뒤에서 소스라치게 놀랐다. 서 대리의 뜬금없는 웃음이나 노래, 시 낭송 등도 그를 놀라게 하는 소리였다. 특히 서 대리가 자기 전공을 십분 살려 프랑스 시나 샹송을 혼잣말 아닌 혼잣말로 읊을 때면 거의 공포에 휩싸인 얼굴로 그 시간이 빨리 지나가기를 기다리곤 했다. 그래서 조중균 씨는 원고를 볼 때마다 귀마개를 사용했다. 모두 의무처럼 웃어주어야 하는 부장의 농담도, "커피 한잔 드릴까요?" 하는 디자이너의 친절도, "식사들 합시다" 하는 과장의 제안도 모두 조중균 씨에게 해당하지 않는 건 단순히 귀마개 때문일지도 몰랐다.

조중균 씨가 회사 사람들 사이에서 외톨이인 것은 사실이었지만 모든 인간관계가 다 그런 것 같지는 않았다. 업무시간에도 휴대전화 벨은 자주 울렸고 그러면 조중균 씨는 복도 계단에 서서 소곤소곤 다정하게 통화하곤 했다. 달래는 것 같기도, 위로하는 것 같기도, 무언가를 약속하는 것 같기도 한 목소리였다. 애인인가 했는데 언젠가 전화를 끊으며 "형수, 오늘은 술 그만 먹고" 해서 애인은 아니구나 싶었다. 가족 중에 알코올에 의존하는 형수님이 있는지, 친구 이름인지는 모르겠지만 그런 당부의 말조차도 아주 다정했다. 통화를 마치고 나면 조중균 씨는 담배를—금연 빌딩이니까 불은 붙이지 않고—떨어뜨릴 듯 말 듯, 떨어뜨릴 듯 말 듯 물고 생각에 잠기다가 자리로 돌아오곤 했다. 그리고 바로 그 순간, 생각에서 책상으로 옮겨오는 그 잠깐이 조중균 씨가 가장 생기 있어 보이는 때였다.

"언니, 그분 시를 써요."

며칠 뒤 점심 산책을 하는데 해란 씨가 다시 말했다. 시를 쓴다고? 그런 걸 어떻게 알지?

"아, 해란 씨 그분이랑 친해졌구나."

"아니요, 언니, 아침에 가끔 사무실 청소를 하는데요. 구겨진 종이들이 떨어져 있어요. 펼쳐보면 시가 쓰여 있고요."

아침에 늘 일찍 오더니 청소도 하는구나. 그런 거 소용없는데. 그런 성실성을 높이 사주던 낭만적인 상사들은 이미 나이를 먹어 은퇴하고 요즘 상사들은 그런 것, 바지런한 청소 아줌마를 고용함으로써 해결할 수 있는 그런 영역 말고 자신에게 절실하게 필요한 부분을 시원하게 긁어줄 수 있는 직원들을 원한다. 대개는 외국어. 나는 괜히 일찍 나와서 그러지 말고 외국어 강의나 들으라고 하려다가 말았다.

해란 씨에 따르면 조중균 씨는 매일 똑같은 시를 쓴다고 했다. '지나간 세계'라는 제목이었고 "어머니, 깃대를 들고 거리를 걷는다"로 시작해 "우리가 버린 꽃은 말이 없네"로 끝난다는 것이었다. 밑줄을 쳐가며 퇴고도 하는데 언제나 쓴 사람 이름만 고쳐져 있다고도 했다. 어제 쓴 시를 오늘 읽고 쓴 사람 이름만 바꾸어놓는다? "그럼 그 시가 자기가 지은 시가 아니네." "아니에요, 언니. 며칠 전 물었더니 내가 쓰기는 했지만 내 시는 아닙니다, 하던 걸요?" 자기가 쓴 시이면서 자기 시는 아니라니. 내가 낳기는 했지만 내 딸이 아니라든가, 물건은 훔쳤지만 도둑질은 아니라든가, 하는 식이었다.

2.

5주쯤 지나자 해란 씨와 나에게도 업무가 떨어졌다. 개정판 작업이었다. 어느 노교수의 오래된 저작이었는데 교재로 쓰겠다고 오백 부만 작업하는 것이었다. 부장은 조중균 씨를 잘 달래서 저자 뜻대로 개강 시한에 맞춰 책을 내라고 말했다.

"그 친구 원래는 편집자로 채용됐는데, 난 처음부터 반대했다고. 경력이 이쯤인데 이 정도면 값싸다고 회사에서 들였지. 아무리 그래도 그렇게 나이 많은 사람을 왜 뽑아, 닭으로 치면 다 죽게 생긴 노계 같은 사람을. 싸고 좋은 게 어디 있나? 노계가 질기긴 또 얼마나 질기나? 고집이 세서 커뮤니케이션이 안 돼. 아차 싶어 자르자니 좀 있으면 쉰 되는 사람을 어디로 내쳐? 내가 교정직으로 옮기자 했지. 그거 하나는 기가 막히게 잘하니까. 옜다, 너 처박혀서 그거나 해라, 했더니 좋아해. 자기는 그게 편하다고 해. 3년을 있어도 조중균 씨는 융화가 안 돼. 문제가 많거든, 자기 세계가 너무 강하거든."

그렇게 해서 셋의 작업이 시작되었다. 간단한 일이었지만 해란 씨와 나에게는 아주 중요했다. 첫 실무였고 아마 이 작업으로 우리는 평가받게 될 테니까. 부장은 해란 씨가 첫 교정지를 보고, 조중균 씨가 그다음 교정지를, 나는 최종 확인만 하라고 지시했다. 해란 씨가 교정 보는 데까지는 별다른 문제가 없었다. 조중균 씨에게 교정지가 넘어가던 날, 드디어 조중균 씨와 대면했다. 왠지 긴장됐다. 조중균 씨에 대해서 아주 잘 안다고 생각했는데 왜 떨리나. 하긴 아예 모르는 사람과 가는 것보다 좀 아는 사람과 동행하는 것이 더 어색하고 긴장되니까. 작업 방향을 설명하다 보니 점심시간이 되었다. 점심 먹으면서 마저 이야기하자고 하자 조중균 씨가 안 된다고 했다.

"왜요? 점심 원래 안 드세요?"

"네."

아, 그렇구나, 자발적으로 점심을 안 먹는 거였구나. 사람들이 따돌려서 그런 게 아니라. 그럼 그렇지, 아무리 세상이 각박해져도 예의상 지켜지는 룰이 있는데. 사람 밥도 못 먹게 은근히 따돌리는 것, 그렇게 코드와 선택을 드러내는 것이 더 피곤한 일 아닌가.

"점심 안 먹는 게 몸 가볍긴 해요. 건강 챙기시는구나."

"아닙니다. 먹고 싶은데 참습니다."

그때 거울이 있다면 내 표정이 어떤지 확인하고 싶었다.

"왜요? 왜 먹고 싶은데 참아요?"

"식대, 아끼려고 그럽니다."

"무슨 식대를 아껴요? 회사에서 운영하는 식당이고 무료잖아요."

"무료 아닙니다. 안 먹는다고 하면 돌려줍니다. 9만, 6000원."

조중균 씨는 말 중간에 쉼표를 넣어 이상하게 끄는 버릇이 있었다. 그나저나 연봉 자체에 포함되어 있는 식대를 무슨 수로 받아 냈다는 말인가?

"9만 6000원이면 크다."

옆에서 해란 씨가 관심을 보였다. 조중균 씨는 손수건으로 땀을 닦았다. 이마에서 구레나룻까지, 인중과 목까지 마치 거기에 그런 것들이 있는 걸 확인하듯. 그리고 당연한 수순처럼 휴대전화가 울렸고 조중균 씨가 전화를 받아 "형수야, 잠깐만" 하고 끊었다. 야야, 나 배고프다, 하는 남자 목소리가 전화기 너머로 새어 나왔다. 형수는 친구 이름이구나, 하기는 자기 형수님이랑 저렇게 자주 통화할 리는 없으니까. 그런데 정말 점심을 선택하지 않으면 식대를 돌려받을 수 있는 건가? 우리가 수습이라서 아무도 말해주지 않은 건가?

"네, 돌려받을 수 있습니다. 간단한 인증, 필요하지만요."

조중균 씨는 점심을 먹지 않겠다고 한 사람은 자신이 처음이라 절차를 만들기까지 좀 혼란이 있기는 했다고 했다. 대리에게 말하자 과장에게 올라갔고 부장에게, 최종적으로는 본부장에게 넘겨졌다고 했다. 그렇게 8개월 만에 조중균 씨는 점심을 먹지 않을 권리와 식대를 돌려받을 권리를 의논하기 위해 본부장에게 불려갔다. 본부장은 조중균 씨의 말을 끝까지 듣고는 조중균 씨의 뜻은 존중하지만 선례가 없고 절차가 없어서 말이야, 하고 타일렀다.

"자네가 식당에서 점심을 먹지 않는다는 것을 어떻게 증명할 수 있겠느냔 말이지. 우리 회사 직원은 인쇄소까지 삼백 명이 넘네. 자네를 모욕하려는 것은 아니지만 이런 문제로 회사에 분란 일으키고 회사 게시판에 글을 올리는 것 자체, 고작 점심값 가지고 시끄럽게 구는 사람이 우리 본부에 있다는 것 자체가 내 얼굴을 깎는 일이야. 그래도 나는 묻겠네. 점심을 먹지 않겠다고 하지만 자네가 정말 구내식당에서 밥 먹지 않는 걸 어떻게 증명하나? 배도 고프고 나가서 먹기도 귀찮을 때 생쥐처럼 몰래 들어와 한쪽 구석에서 점심을 해결하지 않는다고 말이야. 만약 삼백 명 넘는 사람들 사이에 숨어 부당한 이익을 취한다면 말이야."

본부장도 조중균 씨 못지않게 괴팍한 성미인 모양이었다. 그런 걸 일일이 대응해주고 앉았다니. 하지만 해란 씨는 "어머, 어떻게 그런 말을" 하면서 흥분했다. "그래서 어떻게 하셨어요?" 조중균 씨는 본부장 말이 하나도 화가 나지 않았고, 정말 그렇기도 할 거라는 생각이 들었다.

"그래서 이걸 만들었지요."

조중균 씨가 셔츠 앞주머니에서 수첩을 꺼냈다. 수첩에 껴 있던 만 원짜리 몇 장이 같이 떨어졌고 조중균 씨는 지폐를 다시 접어 주머니에 넣었다. 수첩에는 파란 볼펜으로 가로 세 칸, 세로 세 칸이 그려져 있었다. 날짜가 있고 그 옆에는 "나는 밥을 먹지 않았습니다"라는 문장이 쓰여 있었다. 마지막 칸은 확인자가 서명하기 위한 공간이었다. 조중균 씨는 점심시간에 식판 대신 그 수첩과 볼펜을 들고 정수기 옆에 서서, 본부장이 식사하러 내려오기를 기다렸다. 첫날에는 본부장이 오지 않아서 할 수 없이 조중균 씨를 내내 지켜본 식당 아줌마에게 사인을 받았다. 2012년 11월의 첫 칸, "나는 밥을 먹지 않았습니다"라는 문장 옆에 최대한 성의 있게 쓴 "김애자"라는 사인이 보였다.

둘째 날에는 본부장이 식당으로 내려왔고 조중균 씨가 다가가 수첩을 내밀었다. "김애자"라는 이름 밑에 휘갈겨 쓴 "姜"이라는 사인이 보였다. 조중균 씨는 사인을 받은 뒤에도 올라가지 않고 식당 문을 닫을 때까지 선 채 자신이 정말 점심을 먹지 않았다는 사실을 증명했다. 본부장이 사인을 하면서 "사인하고 나 나가면 그때 밥 먹는 건 아니겠지?" 지적했기 때문이었다. 12시 50분이 되면 조중균 씨의 것을 제외한 이백구십구 개가량의 식판들과 오백구십팔 개가량의 젓가락들이 대형 세척기에서 돌아가고 식당 아줌마들이 청소를 시작했다. 아줌마들은 "배고플 텐데 누룽지 끓인 거라도 좀 줄까?" 매번 물었다. 물론 조중균 씨는 사양했다.

"회사에서 제공하는 건 먹을 수, 없으니까요."

"그게 왜 회사에서 제공하는 거야? 우리가 먹으려고 끓이는 건데 우리가 주니까 우리 몫에서 주니까 우리 것이지."

해란 씨가 훌쩍거리기 시작했다. 나는 조중균 씨가 가엾다기보다는 이런 어처구니없는 사람과 무려 한 달간 씨름한 본부장에게 더 경악했다. 보아하니 교정직으로 밀려난 게 그때부터인 모양이었다. 본부장도 이런 직원과 마주하는 것이 부담스러웠는지 페이지를 넘길수록 "姜"이라는 사인은 점점 줄어들었다. 그 대신 "김애자", "오은혜", "명숙희" 같은 이름들이 수첩을 채우더니 마침내 12월이 되자 크리스마스 선물처럼 수첩은 빈칸으로 남게 되었다.

3.

원래 사흘로 잡혀 있던 조중균 씨의 작업 기간은 일주일로, 다시 열흘로 늘어났다. 스트레스로 얼굴 전체가 붓는 느낌이었다. 풍선이나 애드벌룬이 되어가는 것 같았다. 이러다 뻥, 하고 터지면 어쩌나 초조했다. 노교수는 책이 제때 나올 수 있겠느냐고 하루가 멀다 하고 전화를 해왔다. 그런 불안은 시도 때도 없이 노교수의 일상을 뒤흔드는지 아침을 먹다가, 한의원에서 침을 맞다가, 취미인 국궁을 하러 갔다가, 심하게는 등산을 하러 갔다가도 전화를 걸어왔다. 안 그래도 귀가 어두워 통화가 어려웠는데 북한산 어딘가에서 거는 전화는 자꾸 끊겼다. 교정이 늦어져서요, 하면 교정 볼 게 뭐가 있느냐, 니들이 한국사에 대해 뭘 아느냐, 건방 떨지 말고 인쇄기나 돌려라, 하는 불호령이 떨어졌다.

하지만 조중균 씨는 말을 듣지 않았다. 책상 주변에는 어디선가 구해온 논문집들과 《역사용어사전》, 《한국민속대사전》, 《조선실록 해제》, 《일한사전》 들이 쌓여만 갔다. 조중균 씨가 잡아낸 오류들을 보면 잡아내야 할 만하기도 했다. 그러니 일이 늦어진다고 마냥 화를 내기에도 애매했다. 조중균 씨는 매일 야근했다. 하루에 겨우 예닐곱 장의 교정지가 넘어올 뿐이라서 정작 나는 정시에 퇴근했다. 내일 봐요, 하고 내가 사무실을 나가면 조중균 씨는 일어나 자기 자리만 남기고 사무실 형광등을 모두 껐다. 그리고 그런 사무실의 어둠을 아주 따뜻한 담요처럼 덮고 원고의 세계로 빠져들어갔다.

4.

해란 씨는 그사이 다리를 다쳐 목발에 의지해야 하는 신세가 되었다. 집에서 반찬을 하다가 칼이 발등으로 떨어져 내렸다고 했다.

회사는 5층 건물이었고 심지어 엘리베이터도 없었다. 해란 씨는 땀을 뻘뻘 흘리며 하루 내려와 먹더니 그다음부터는 점심시간에 사무실을 지켰다. 이번 기회에 다이어트를 좀 하겠다고 했다. 점심을 먹고 돌아와보면 해란 씨와 조중균 씨가 무언가 이야기를 나누고 있었다. 해란 씨는 자기가 원고 교정을 제대로 보지 않아서 조중균 씨 일이 늘었다고 미안해했다. 그래서 조중균 씨가 교정을 보면 그 교정지를 다시 읽으면서 자기가 무얼 놓쳤나 공부하곤 했다. 조중균 씨는 다른 회사 사람들과는 거리가 분명했지만 해란 씨에게는 그러지 않았다. 훌륭한 사수와 후임처럼, 선배와 후배처럼, 때로는 오누이처럼 점심시간을 보냈다.

해란 씨는 아예 굶는 건 안 되겠는지 간식을 싸 오기 시작했다. 오븐 없이 직접 구웠다는 빵이나 소시지, 과자 같은 것이었다. 그날은 어디서 났는지 떡을 싸 왔고 사람들이 점심을 먹고 사무실로 돌아오자 하나씩 먹으라고 권했다. 부장까지 그러면 어디 한번 맛볼까, 하며 탁자로 모였다. 그리고 놀랍게도 파티션 뒤에서 조중균 씨가 일어나 중앙의 탁자로 왔다.

"모싯잎떡 이거 비싸다고, 인절미랑은 다르다고. 우리 막내가 돈 썼구먼. 해란 씨 다리는 어떤가. 칼날이 아니라 칼등이었으니 천만다행이지, 아니었으면 수습도 못 마쳤을 거 아니야. 다리 한쪽 못 쓰는 닭은 어떻게 되나? 치킨 런 할 수 있나? 바로 잡혀서 닭튀김이지. 회사원들은 아픈 것도 죄야. 조중균 씨도 잘 먹으라고, 오탈자만 쪼지 말고 모이도 좀 쪼아 먹어. 병든 닭은 어떻게 되나? 치킨 런 할 수 있나? 바로 잡혀서 닭튀김이지."

말끝에 떡을 입에 넣던 부장이 무언가 이상하다는 듯이 인상을 찌푸렸다. 해란 씨가 잠깐 자리를 뜬 사이, 서 대리가 먹지 마요, 상했어, 했다. 그러고 보니 다들 젓가락으로 들고만 있을 뿐 먹고 있는 사람은 조중균 씨뿐이었다. 나는 탁자에서 좀 떨어져 있다가 떡을 베어 물었다. 아주 상한 건 아니지만 떡에서는 쉰내 같은 것이 났다. "그냥 냉장고 냄새 아닌가?" "아니야, 쉬었어, 그냥 맛있다고 하고 알아서들 처리해요. 성의 있게 가져왔는데." 서 대리가 말했다. 모두들 떡을 내려놓는데 조중균 씨 혼자만 계속 먹고 있었다.

"조중균 씨 먹지 마, 기초 체력 없는 사람이 갈락 말락 하는 음식 먹다가는 아주 골로 가네. 봐야 할 원고가 원투스리 기다리고 있는데 어쩌려고 그러나?"

"괜찮습니다. 아주 간 건 아니에요."

"아주 간 게 아니라니, 아주 갔어. 나이가 몇 개인데 그것도 구분 못해? 그리고 그 교수가 책 나오기를 아주 학수고대하네. 나이가 칠십이 다 됐는데 책 기다리다가 다 죽게 생겼어. 살살 보고 그냥 넘겨, 저자가 고칠 게 없다는데 뭐하느라 붙들고 있느냔 말이지. 어? 이 사람, 그만 먹어."

부장이 떡을 싼 비닐을 와락 잡았다.

"아주는 아닙니다. 괜찮습니다."

해란 씨가 사무실로 돌아오자 직원들은 "해란 씨 잘 먹었어" 하면서 젓가락을 놓고 사라졌다. 해란 씨는, 비닐봉지를 움켜잡고 먹지 말라고 하는 부장과, 떡을 오물거리면서도 여전히 떡을 내놓으라고 하는 조중균 씨를 번갈아 바라보았다.

"원, 쉰 떡에 욕심은. 하여튼 원고 빨리 보게."

부장이 자리를 뜨고 조중균 씨는 비닐봉지를 펼쳐서 남은 떡을 집었다. 그리고 마치 유령처럼 씹는 소리도 거의 내지 않고 천천히 먹었다. 점심시간이 끝날 때까지 조중균 씨는 그렇게 조용히 먹고 고요히 포만감을 느꼈다.

5.

화가 머리끝까지 난 노교수가 사무실을 찾아왔다. 회사 인터폰으로 여기 정문이네, 하고 연락하더니 그 많은 회사 계단을 눈 깜짝할 사이에 올라와 들이닥쳤다. 2주째 미뤄진 작업 때문에 내 정신은 이미 남동풍을 타고 먼 길을 떠난 뒤였다. 남동풍을 타면 북극해로 갈 수 있다고 들었다. 나는 그 북극의 난폭한 곰처럼 마구 발톱을 휘둘러 연어나 물개 따위를 잡아먹고 싶었다. 노교수가 돌아간 뒤 부장은 오늘부터 조중균 씨 작업량을 시간대별로 확인하라고 했다. 그리고 나는 그 일을 다시 해란 씨에게 맡겼다. 부장은 언젠가부터 지시 사항을 나만 불러 따로 이야기했고 지금 진행 중인 책뿐 아니라 가을과 겨울의 작업들에 대해서도 의논했다. 그러니 자연스럽게 나는 해란 씨의 경쟁자가 아닌 상사가 되어 있었다. 해란 씨는 내가 말한 문서를 만들어 가져왔다. 날짜, 시간, 작업 내용, 확인, 이렇게 칸이 나뉘어 있었다. "좋아." 내가 오케이

했는데도 해란 씨는 무슨 말을 더 하려는지 머뭇거리다가 그냥 돌아섰다.

오후가 되자 조중균 씨가 천천히 걸어 내 앞에 섰다. 배앓이를 한 탓인지, 야근 때문인지 조중균 씨는 더 마르고 해쓱해 보였다. 허리를 구부정하게 숙이고 있어서 마치 거대한 물음표 같았다.

"다른 사람 말고 영주 씨와 저 둘이서, 확인, 하지요."

목소리가 너무 작아서 나는 의자를 끌어다 좀 더 가까이 갔다.

"뭐라고요?"

조중균 씨는 물기가 다 빠져나가버린 푸석한 얼굴을 손으로 쓸었다. 그리고 셔츠 앞주머니에서 수첩을 꺼냈다. 거기 끼어 있던 만 원짜리들이 나풀거리며 내 무릎 위로 떨어졌다. 2만 원이었다. 조중균 씨는 수첩을 손바닥 위에 올리고 뭔가를 적은 다음 내밀었다. 날짜 옆에 괄호로 "2시 20분"이라고 적혀 있고 "나는 나태하지 않았습니다"라고 쓰여 있었다. 조중균 씨가 사인하는 칸을 손가락으로 톡톡 건드렸다. 어떤 용도인지 알고 있지 않느냐는 듯이 설명은 없었다. 물론 거기에 뭐라고 써야 하는지 알고 있었다. 이름을 적으면 됐다. 하지만 적을 수 없었다, 적고 싶지 않았다.

"왜 적지 않습니까?"

조중균 씨는 비난도 힐난의 기미도 없이 다만 아주 지친 듯이 물었다.

"싫어요."

"왜 적지 않습니까?"

나는 적고 싶지 않았다. 나는 굶은 사람을 정수기 옆에 한 시간

동안 세워놓은 본부장과는 분명 다른 사람이니까. 그런 일들과는 무관한 사람이니까. 내가 아무 대답도 하지 않자 조중균 씨는 가만히 서서 신발 코만 내려다보다가 자기 자리로 돌아갔다. 안도감이 들었다. 그런데 한 시간 뒤 조중균 씨는 다시 내 앞에 와서 수첩을 내밀었다. 차라리 화를 내지, 하는 생각이 들었다. 차라리 건방지다고, 너랑 나랑 나이 차가 얼마인지 아느냐고 욕을 하지. 이건 무슨 사람 피 말리는 짓인가. "나는 나태하지 않았습니다"라는 문장이 수첩의 두 번째 칸에 쓰여 있었다.

"왜 이러세요? 저한테 항의하시는 거예요?"

"항의하는 거 아닙니다."

"그럼 뭐예요?"

"확인을 원하는 겁니다."

조중균 씨는 물러서지 않고 볼펜을 내밀었다. 안 해요, 안 해, 손사래 치다 볼펜이 바닥으로 떨어졌다. 화가 나서인지 당황해서인지 얼굴이 달아올랐다. "뭐야, 저 팀, 살살해." 서 대리가 요령 있게 한마디 하면서 사무실의 긴장을 깼다. "또 수첩인가, 무슨 일이야? 이번에는 뭐가 문제야?" 부장이 본격적으로 한마디 하려는 듯 자리에서 일어섰다.

"제가 할게요. 제가 해도 되죠?"

해란 씨가 볼펜을 집어서 절뚝거리며 내 자리로 왔다. 그리고 "나는 나태하지 않았습니다"라는 문장을 잠깐 읽고는 옆에다 강해란, 이라고 적었다.

6.

그리고 그날 저녁 해란 씨가 회식을 하자고 했다. 셋이서. 해란 씨 친구가 한다는 카레집에서 카레를 먹고 어색하게 맥주를 마셨다. 조중균 씨는 같은 테이블에 앉아 있어도 자연스럽게 자기 세계로 가버리는 사람이었다. 그나마 해란 씨가 자꾸 말을 시켜서 그의 관심을 카레집 테이블로 돌아오게 했다. 해란 씨는 조중균 씨에게 2만 원 이야기를 해달라고 했다. 2만 원? 조중균 씨가 머뭇거리자 해란 씨는 "영주 언니는 모르잖아요" 하고 졸랐다. 조중균 씨는 맥주를 한 병 더 주문하면서 셔츠 앞주머니에서 지폐를 꺼냈다. 아까 오후에도 긴장 속에서 확인했듯이 2만 원이었다.

학생 때 조중균 씨는 데모를 하다가 경찰서에 붙들려간 적이 있다고 했다. 그러다 며칠 만에 풀려났는데 형사가 목욕이나 하고 들어가라면서 5000원을 셔츠 주머니에 꽂아주었다는 것이다. 조중균 씨는 그게 참을 수 없이 모욕적이었다고 말했다. 목욕하고 들어가란다고 모욕을 느끼다니. 아무튼 그 뒤로 조중균 씨는 셔츠 주머니에 늘 돈을 가지고 다녔다. 그때 그 형사와 마주치면 이자까지 해서 갚을 생각으로 말이다. 그러니까 2만 원은 모욕을 되갚겠다는, 복수를 잊지 않겠다는 일종의 증표였다.

"형사 얼굴 기억해요?"

"기억합니다."

"거짓말 같은데."

"정말 기억합니다."

아무렴 그러시겠지. 해란 씨는 "꼭 만나게 될 거예요, 정말이에요" 하며 용기를 주었지만 나는 그런 사소한 복수가 그리 대단해 보이지는 않았다. 그렇게 의무적으로 한 시간 동안 맥주를 마시고 나오는데 조중균 씨가 한잔 더 하겠느냐고 물었다. 한잔 더, 라니? 조중균 씨가 우리를 데리고 비보이 극장과 유명 연예인이 한다는 실내 포장마차와 라디오 방송국을 지났다. 오랜만에 이렇게 걸으니까 좋다고 해란 씨가 목발을 짚으면서 말했다. 정말 회사원이 된 것 같아요, 회식을 다 하고.

조중균 씨가 들어간 집은 철제로 된 미닫이문이 달려 있는 술집인지, 그냥 개인 공간인지 알 수 없는 곳이었다. 문에는 파란색 코팅지가 붙어 있고 직접 쓴 듯한 글씨로 지나간 세계, 라고 쓰여 있었다. 해란 씨가 그 글자를 만지면서 "언니, 봐요" 했다. 조중균 씨가 매일 적고 매일 퇴고한다던 시의 제목이었다. 가게에서는 파마머리 남자가 텔레비전을 보고 있다 우리를 맞았다. 테이블은 하나밖에 없었고 의자도 세 개뿐이었다. 어쩌면 우리가 딱 맞게 왔네요, 했더니 조중균 씨는 당연하다는 듯이 세 명이 아니면 데려오지 않지요, 했다.

맥주를 마시는 동안에는 가게 주인이 주로 떠들었다. 주인은 자기를 형수 씨라고 부르라고 했다. 아, 이 사람이 형수구나. 형수가 이름인가 했더니 한때 사형수였다고 했다. 농담인가 진짜인가 생각하는데 막상 자기는 그렇게 말하고 킬킬 웃었다.

대화의 주제는 주로 형수 씨가 좋아하는 텔레비전 드라마 이야기였다. 아침 드라마에서 종편 드라마까지 형수 씨가 챙겨 보는 드라마는 스물두 편이나 됐다. 형수 씨는 드라마는 스물두 편인데 스토리는 다 거기서 거기라서 나중에는 형란이랑 바람피운 놈이 재수인지, 영희인지, 영옥이를 괴롭힌 사람이 어머니인지, 시아버지인지, 내연녀인지, 이복동생인지, 지금 쟤가 쟤 딸이 맞는지, 아니면 쟤가 쟤 딸이 아니라 사실은 쟤 딸이었는지 헷갈린다고 했다. 그래봤자 쟤가 쟤랑 합법적으로 자려고(결혼은 그런 거라고 했다) 쟤는 쟤 돈을 합법적으로 쓰려고(결혼은 또 그런 거라고 했다) 쟤는 쟤 돈을 쟤가 쓰는 게 싫으니까(사람 마음이란 게 다 그렇다고 했다) 쟤가 쟤를 시켜서 훼방을 놓는 거(사람 사는 게 다 그렇다고 했다)라고 했다.

자꾸 마셔서 그런지 나는 서서히 이 키치적인 술집에 적응해 들어갔다. 테이블에 놓인 김치찌개처럼 자글자글 끓는 분노랄까, 히스테리랄까, 하는 것이 은근히 느껴졌다. "그렇게 냉소하면서 왜 봐요. 고상하게 예술영화나 볼 것이지." 내가 말하자 형수 씨가 "그 재밌는 걸 왜 안 봐? 그래도 거기에는 드라마가 있잖아" 했다.

조중균 씨는 우리를 왜 여기까지 데려왔는지 알 수 없을 정도로 말이 없었다. 낮에 있었던 일을 사과하거나 복기하거나 할 생각은 전혀 없는 것 같았다. 형수 씨가 맥주를 꺼내오더니 조중균 씨에게 돈을 달라고 조르기 시작했다. 조중균 씨는 말없이 지갑을 꺼내서 8만 원쯤을 건네주었다. 화제는 각자의 이름 이야기로 넘어갔다. 해란 씨 이름은 실향민인 할아버지가 해란강을 그리워하면서 지은 이름이라고 했다. 내 이름에는 특별한 사연이 없었고 조중균 씨 사연은 형수 씨가 알고 있는 것 같았다.

"얘가 이름 때문에 망하고 이름 때문에 산 애야. 그야말로 드라마가 있단 말이야."

저렇게 조용하고 고요한 사람에게 드라마가 있다니. 형수 씨는 노가리를 구워서 올려놓더니 "내 한번 얘기해줘요?" 했다. 조중균 씨 이야기인데도 정작 조중균 씨는 말이 없고 형수 씨만 무성영화의 변사처럼 신이 나 있었다.

형수 씨와 조중균 씨는 같은 대학에 다녔는데 그 당시 굉장히 인기 없는 역사 교수가 하나 있었다고 했다. 수업시간의 반 이상을 야당과 '데모대' 욕하는 데 쓰는, 청년들과는 도무지 '코드'가 안 맞는 교수였다. 필수라서 신청은 했는데 수업에는 거의 들어가지 않았다. 문제는 유급은 하고 싶지 않다는 데 있었다. 유급은 정말 안 된다. 가난하고 군대도 가기 싫은데 유급하면 돈 날리고 군대도 가야 하니까. 그런데 마침 시험에 응시만 하면 점수를 준다는 소문이 들렸다. 이게 무슨 일인가, 과연 그런가, 의심하면서도 모두들 우르르 시험을 보러 갔다. 개중에는 무슨 과목 시험인지도 모르고 휩쓸려 갔다가 자기가 신청한 과목이 아니라는 걸 알고 애석해하며 돌아간 친구도 있었다고 했다.

강의실로 들어가자 감독관이 빈 종이 한 장을 내밀었다. 소문대로 칠판에는 시험문제가 적혀 있지 않았다. 이름만 적으라고 감독관이 말했다. 단, 시험 시간이 끝날 때까지는 먼저 나갈 수 없었다. 이름을 적고 나니 시간은 그대로 한 시간이 남아 있었다. 하지만 나가지 말라고 했으니 그 시간을 어떻게든 보내야 했다. 누군가는 책상에 엎드려 잤고 누군가는 무료하게 볼펜을 돌렸고 누구는 노래를 흥얼거렸고 누군가는 시험지 귀퉁이를 찢어 껌처럼 씹었다.

그리고 여기 빈 종이 앞에서 무언가를 가만히 생각하는 조중균 씨가 있었다. 왜 문제가 없지, 하고.

조중균 씨는 아무것도 적지 않아도 되는 시험에 대해 생각했다. 그렇게 해서 얻는 점수란 어떤 것인가에 대해. 여름이 가까운 교정에서 다당다당다당 하는 꽹과리 소리가 들려왔다. 조중균 씨 귀에는 왠지 그것이 나 가 나 가 나 가 하는 소리로 들렸다. 쿵쿵덕 쿵쿵덕쿵덕 장구 소리가 들려왔다. 조중균 씨 귀에는 왠지 그것이 뻑뻑뻐꾸기 뻑뻑뻐꾸기라고 들려왔다.

"왜 문제가 없는 겁니까?"

조중균 씨가 물었다.

"이름 적기가 시험이야, 이름만 적으면 돼."

감독관이 조중균 씨의 어깨를 툭 치며 지나갔다.

아무것도 쓰지 않고 이름만 적는 건 부끄러운 일이었다. 우리가 원하는 건 아무것도 하지 않음으로써 얻어지는 형태의 것이 아니었으니까. 조중균 씨는 부끄러웠다. 여기에 이름을 적고 가만히 기다리라는 교수의 의도를 알 것 같았다. 조중균 씨는 이름을 쓰지 않고 빈 종이에다 무언가를 적어내려가기 시작했다. 감독관이 주먹으로 책상을 노크하듯 두드렸다.

"이 친구, 이름만 적으라니까."

다시 빈 종이가 왔다.

"이 친구, 다른 문장을 적으면 안 돼. 이름만 적어, 이름만 적으면 점수 준다니까."

또 빈 종이가 놓였다. 조중균 씨는 다시 볼펜을 잡았다. 나중에

는 친구들까지 "이름만 적어, 중균아, 유급하면 군대 간다" 하고
말렸다. 하지만 조중균 씨는 문장을 끝까지 적었고 마지막 순간에
도 이름은 적지 않았다.

"그렇게 멋있는 놈이야, 얘가. 아주 난놈이야. 와, 끝까지 이름을
안 적는 놈이야."

형수 씨는 오래전 일인데도 아직도 흥분이 되는지 그런 놈이야,
놈이야, 하면서 조중균 씨를 껴안았다. 손목이 아주 이상한 각도로
꺾여서 나는 그제야 형수 씨가 의수를 끼고 있다는 걸 알았다.

"뭘 적었는데요?"

"시였습니다."

조중균 씨는 맥주잔을 들었다 놓으면서 아주 잠깐 웃었다. 마치
꽃이 지듯 조그마한 입술이 퍼졌다가 다시 오므라들었다. "그래서
어떻게 됐어요?" 해란 씨가 물었다. "망했지, 유급했지, 군대 갔지,
사고 났지." 형수 씨는 아까 드라마 줄거리를 말할 때처럼 좀 새침
하게 대답했다. "이름 덕분에 살기도 했다면서요?" 내가 묻자 "아,
성공!" 하며 형수 씨가 파리채로 찰싹 벽을 때렸다.

그때 그 시험장에서 쓴 시 제목은 '지나간 세계'였다. 형수 씨
말로는 그 당시 어떤 시보다도 더 자주 집회에서, 연설장에서, 학
회실에서, MT에서 낭송됐다고 했다. 그런 '전단시'들은 사람들을
선동하는 데 아주 효과가 있어서 사실 그런 게 없으면 데모고 뭐
고 아무것도 안 되는데 조중균 씨의 '지나간 세계'야말로 그런 불
쏘시개 역할을 잘해주었다는 것이다.

"아, 그래서 조중균 씨가 유명해졌구나."

전철 끊길 시간이 되어서 나는 얼른 결론을 냈다.

"아닙니다."

조중균 씨가 불쾌해진 얼굴로 나를 건너보았다. 노가리채가 입술 사이에 붙어서 떨어질락 말락 했다. 조중균 씨는 그 시는 자기가 썼지만 자기 시는 아니라고 했다. 원하는 사람이면 누구든 자기 이름을 붙여 자기가 쓴 것처럼 연단에서, 광장에서, 거리에서 낭송할 수 있었으니까.

"나도 읽었어. 격해지면 막 울면서 읽고 취해서 읽고 좋아서 읽고, 아직 내가 쓴 줄 아는 사람들도 많을걸?" 형수 씨가 말했다. "나쁘다. 그러면 도용이잖아요." 내가 그렇게 툭 던지자 형수 씨는 흥분했다. "얘 좀 봐라, 우리 세계에서는 그렇지 않았어. 시는 그런 게 아니었어. 중균아, 얘들이 모른다, 우리 세계를 몰라." "우리도 알아요." 해란 씨가 발끈하며 말했다. "알긴 뭘 알아? 니들은 모른다, 몰라." "해란 씨는 압니까?" 조중균 씨가 고개를 숙이고 있다가 어딘가 좀 젖은 듯한 목소리로 물었다. "네, 알아요. 안다니까요." 하지만 형수 씨는 듣는 둥 마는 둥 하다가 "너네 이제 집에 가라. 우리 자야 하니까" 했다.

뭐야? 그러면 조중균 씨와 형수 씨가 여기서 사는 거였나? 가게 안을 둘러봤다. 창고인지 방인지는 알 수 없지만 작은 문이 하나 있긴 했다. 나는 해란 씨를 데리고 자리에서 일어섰다. 조중균 씨는 술에 취했는지 어쨌는지 눈을 감고 가만히 앉아 있었다.

"갈게요."

정말 화가 났는지 형수 씨는 답이 없었다. 저렇게 기분이 순식간에 변하는 사람과 웬만해선 표정 변화도 없는 사람이 어떻게 친구가 되었을까.

택시를 타고 해란 씨를 집에다 내려주었다. 해란 씨는 뭔지 모르겠는데 참 슬프다고 훌쩍거렸다.

"알바도 그렇게 많이 했다면서 마음이 왜 그렇게 약해."

"집에선 안 그랬는데 서울 올라오면서 완전 울보 됐어요."

"집이 어디랬지?"

"옥천이요. 어, 처음이다."

"뭐가 처음이야?"

"언니가 저한테 그런 거 묻는 거요."

"그런 거 뭐?"

"개인적인 거요."

나는 할 말이 없어졌다.

"근데 아까 안다고 했잖아? 해란 씨, 뭘 안다는 거였어?"

"안다고요? 아, 그때…… 뭔지는 몰라도 알 거 같기는 했어요."

"뭘?"

"아무튼, 그분들 세계를요."

택시에서 내린 해란 씨가 목발을 짚고 올라가는 모습을 나는 지켜보았다. 해란 씨는 좀 가다가 서서 휴대전화를 꺼냈다. 그리고 사진을 한 장 찍었다. 꽃 한 송이, 고양이 한 마리 없는데 뭘 찍나. 나는 그 어두운 편을 같이 바라보다가 "가요, 아저씨" 하고 택시를 출발시켰다.

7.

　회식은 신촌 기찻길에서 있었다. 부장이 말했듯이 주먹고깃집에서였다. 오늘의 주인공이니 본부장 앞에 앉으라고 해서 그 자리에서 열심히 고기를 구웠다. 본부장은 상상했던 것보다는 인상이 좋았고 그래서 기분이 더 가라앉았다. 테이블에는 해란 씨도 없었고 조중균 씨도 없었다. 조중균 씨는 교정 기한을 한 달이나 넘겨서 회사에 해를 끼쳤다는 이유로, 직무 유기, 태만이라는 명목으로 해고되었다. 소송이나 1인 시위를 벌일지도 모른다며 회사는 내게 경위서도 받았다. 경위서는 부장이 썼고 나는 거기에 사인만 했다. 그렇게 해서 회사에서 채용한 직원 수는 한 명도, 두 명도 아닌 말그대로 '0'명이 되었다.

　지난여름 동안 아무도 조중균 씨에 대해 이야기하지 않았으면서 조중균 씨가 사라지자 모두들 조중균 씨에 대해 이야기했다. 다들 조중균 씨에게 관심 없는 줄 알았는데 아니었다. 모두가 기억하는 모두의 조중균 씨가 있었다. 서 대리는 프랑스 유학 시절에 사르트르의 묘지를 찾아가곤 했는데 조중균 씨가 거기 죽치고 앉아 있던 '길 위의 방랑객'과 무섭도록 닮았다고 했다. 그는 늘 거기 앉아서 별다른 일을 하지 않고 작은 수첩을 들여다보고 있다가 왼손을 움직여 단어 하나를 반복해 쓰곤 했다는 것이다. "조중균 씨도 왼손잡이였잖아요." 조중균 씨가 왼손잡이였던가? 기억해봤지만 생각나지 않았다. 도플갱어인가, 누군가 말했다. "손가락 마디가 두어 개 없었잖아." 또 누군가 말했다. "아예 손가락 하나가 없었잖아." "아니, 그냥 마디 두 개가 없었어요." "3년간 뭘 봤어? 왼손 약지가 통째로 없었는데." "그 수첩에는 뭐라고 쓰여 있었는데요?" 내가 서 대리에게 물었다. "자유, 프랑스어로 리베르테!"

아무도 해란 씨 이야기는 하지 않았다. 그렇게 잠시 있다 떠난 사람에 대해서는 이야기할 것도 없다는 듯이, 마치 없었던 사람처럼. 문제의 책이 출간되고 수습 기간도 끝나면서 나는 긴장이 놓였달까, 안심을 했달까, 아무튼 어딘가 한풀이 꺾여 있었다. 안착은 그렇게 허무의 포즈를 하고 왔다. 그래도 고기를 굽고 주는 대로 술을 마시고 웃고 떠들었다.

"아줌마." 화장실을 다녀오다가 나는 회식 자리로 돌아가지 않고 홀에 앉았다. 더 앉아서 술을 받아먹다가는 완전히 취할 것 같았다. "왜 자리 못 찾겠어?" 식당 아줌마가 돌아봤다. "아니요, 주먹고기는 왜 주먹고기예요?" 아줌마는 양푼에다 부지런히 콩나물을 무치면서 내게 걸어왔다. 그리고 왼손 주먹을 눈앞에 대면서 "알지? 주먹?" 했다.

"알아요."

"주먹을 닮아서 그런 거야."

회식이 끝나고 부장과 나만 마지막 전철을 탔다. 부장은 취기가 올라오는지 넥타이를 느슨하게 풀었다. "영주 씨, 영주 씨는 무슨 힘으로 사나?" 무슨 힘, 사는 데 무슨 힘이 필요하나. 그냥 사는 거지, 생각하다가 주먹을 부장에게 보여주었다. "주먹이래요, 주먹." 그사이 잠이 들었는지 부장이 몸을 움찔하며 눈을 떴다. "뭐가 주먹이야?" "주먹구구 아니래요, 주먹이래요." "그래그래, 젊은 사람들 주먹 불끈 쥐고 기운 내야지, 힘내야지. 젊음의 주먹, 좋다." 부장이 갑자기 박수를 쳤다. 그런 뜻은 아니었는데 좋을 대로 해석해주는구나. 이런 게 정규직의 힘인가, 생각하고는 나도 꾸벅꾸벅 졸았다.

집으로 돌아가는데 밤하늘에는 그믐달이 떠 있었다. 어느 집에서 드라마를 보는지 누가 엉엉 울면서 "어떻게, 네가 어떻게 그러니, 나한테 그러니?" 하는 소리가 들렸다. 나는 그때 그 술집에 한번 가볼까, 생각했다. 그 지나간 세계로. 그 세계는 어떤 세계일까. 누군가 뒤에서 따라오는 것 같아 돌아봤지만 거리에는 아무도 없었다. 나는 그 집이 라디오 방송국 뒤편을 돌아 몇 번째 골목에 있었는지 생각했다. 골목 어귀의 작은 공터에서 얼마를 걸어야 나오던 곳이던가를. 그리고 그 집에 무엇이 있었던가를 떠올리기 위해 애썼다. 하지만 뭐가 있었는가보다는 뭐가 없었는가가 더 세세히 떠올랐다. 거기에는 6인용 테이블이 없었다. 복수를 잊어버린 조중균 씨도 없고 빈 시험지에 자신의 이름을 적는 조중균 씨도 없었다. 나태한 조중균 씨도 없고 내 사인이 적힌 수첩도 다행히, 아주 다행히 없었다. 문장과 시와 드라마는 있지만 이름은 없는 세계, 내가 간신히 기억하는 한, 그것이 바로 조중균 씨의 세계였다.

김금희

1979년 부산에서 태어났다. 2009년 〈한국일보〉 신춘문예에 단편소설 〈너의 도큐먼트〉가 당선되었다. 소설집 《센티멘털도 하루 이틀》이 있다.

와와의 문

김혜진

　와와는 베트남 사람이었다. 말레이시아 사람이었나. 아니, 미얀
마 사람이었을 것이다. 어쨌든 우리나라 사람은 아니었다. 나는 와
와를 강의실에서 처음 만났다. 몇 차례 자리를 옮기고 책을 펼치
고 고개를 숙이고 있을 때 누군가 다가와 어깨를 톡톡 쳤다.
　하이.
　와와였다.
　와와는 체구가 작고 나이가 많은 여자였다. 긴 머리를 하나로
묶고 있는데 자세히 보면 머리숱이 거의 없었다. 천진한 표정과
수줍은 듯 두 손을 모은 자세 때문에 나는 반사적으로 하이, 했고
곧바로 자책했다. 조금 더 상냥하게 인사할 수도 있었다는 후회가
들어서였다. 수업이 시작되고 얼마 지나지 않아 나는 와와가 영어
를 잘 못한다는 사실을 금방 알아차렸다.
　캐나다인 강사 제임스는 들어오자마자 수강생들의 이름을 하나

씩 확인했다. 와와는 자신의 이름을 두 번이나 반복해야 했다. 와와. 와와. 그런 후에야 사람들은 와와가 이름이라는 사실을 알아차렸다. 제임스는 자신이 와와의 나라에서 태어났다면 '제임스제임스'라는 이름을 갖게 되었을 거라고 농담했지만 와와는 어리둥절한 얼굴로 웃기만 했다. 알아듣지 못한 게 틀림없었다.

그게 아니라도 와와는 알아듣지 못하는 말이 많았다. 우선 수업이 시작되기 전에 수강생들끼리 하는 한국말을 알아듣지 못했다. 며칠이 지나자 겨우 고개만 까닥하는 식으로 인사만 했던 사람들은 날씨 이야기를 주고받거나 자신이 알고 있는 학원 정보를 나누면서 어떻게든 서먹서먹한 분위기에서 빠져나오려고 애를 썼다. 와와는 고개를 이리저리 돌리며 말하는 사람의 얼굴을 쫓아다니곤 했다. 눈이 마주치면 하얀 이를 드러내고 웃었다. 나도 몇 번이고 눈이 마주친 적이 있었지만 다른 사람들처럼 잠깐 웃어주는 것밖에 달리 할 수 있는 게 없었다. 그런 때 와와는 어색한 분위기 속에 발을 담그고 가만히 혼자 서 있는 것 같았다.

수업이 시작되고 모든 사람이 다 영어로 말할 때도 크게 달라지는 건 없었다. 와와의 발음은 악센트가 너무 강하거나 비음이 섞여 있거나 모국어로 굳어진 습관과 버릇 같은 것들로 대체로 낯설고 이상했다. 사람들은 같은 질문을 여러 번 해야 했고 와와는 같은 말을 똑같이 반복해야 했다. 가끔 와와가 무슨 말을 하고 있는지 알 것 같은 기분이 들었지만 나 역시 고개를 끄덕이고 말았다.

한번은 와와 곁에 선 제임스가 이런 말을 소곤거렸다. 수강생들이 조그마한 그림 카드를 들고 자리를 바꿔가며 여러 사람과 대화를 나눌 때였다.

와와, 말을 해야 해. 그래야 실력이 늘어.

와와는 말수가 적은 편이었다. 그게 서툰 영어 실력 때문인지, 낯선 환경 탓인지 알 수 없었지만 와와는 그때도 별다른 말이 없었다. 제임스가 검지를 세우고 질책하듯 말했기 때문에 어쩐지 나는 조마조마한 심정이 되었다. 그러나 와와는 고개를 끄덕일 뿐이었다. 잠깐 두 손을 하나로 모으고 무슨 말을 하려고 하는 포즈를 취했지만 언제나처럼 웃기만 할 뿐 별다른 말을 하지 않았다.

수업은 늘 5분에서 10분 정도 늦게 끝났다. 나는 가방을 챙겨 일찍 나오는 편이었지만 그날은 두고 온 우산을 가져오느라 조금 늦어졌다. 엘리베이터에 타고 보니 거기 와와가 서 있었다. 나는 간단히 눈인사를 한 뒤 문 쪽을 바라보며 섰다. 문이 열렸고 한꺼번에 많은 사람들이 내렸고 마지막으로 엘리베이터를 빠져나왔다. 와와는 보이지 않았다. 딱히 할 말도, 용건도 없으면서 나는 크고 넓은 1층 로비를 두리번거리다가 건물을 나왔다. 비가 내리고 있었다. 막 우산을 펼치려는데 저 멀리 와와가 보였다. 우산도 없이 한쪽 어깨에 커다란 가방을 메고 빗속을 걸어가고 있었다.

그때 왜 와와를 불렀는지 모르겠다. 어차피 그쪽으로 지나가야 하니까. 혹시라도 우산을 쓰고 지나가는 나를 본다면 내 입장이 좀 난처해질 것 같았다. 빗줄기가 거세지고 있어서 걱정스러운 마음도 들었다. 와와. 도로를 질주하는 차들이 내 목소리를 잘라먹었다. 와와. 나는 재게 걸었다. 사람들이 재미있다는 듯 나를 흘끔거리고 지나갔다. 점심 무렵이라 직장인도, 음식을 배달하는 오토바이도 많았다. 내 목소리는 점점 더 커졌다. 와와는 듣지 못하는 것 같았다. 버스 정류장 어딘가에 서 있었던 것 같은데 도착하고 보니 가고 없었다.

어제 널 불렀는데 돌아보지 않더라.

다음 날 와와에게 말했다. 무작위로 두 명씩 짝을 지어 어제 무엇을 했는지 묻고 답하는 시간이었다. 나는 우산을 쓰고 가는 시늉을 하며 같이 쓰고 가려고 했었다고 말했다. 와와는 환하게 웃으며 고맙다고 했다. 다행히 버스가 빨리 왔고 정류장과 집이 가까워 비를 많이 맞지 않았다고도 했다. 우리는 이 모든 이야기를 영어로 했는데 아주 기본적인 단어 몇 개면 충분했다. 신기했다. 평소 뭐하러 이렇게 많은 단어를 동원하고 있는지 의아할 지경이었다.

그즈음 나는 밤마다 인터넷을 뒤지고 오래된 다큐멘터리를 찾고 그걸 보면서 맥주를 마셨다. 맥주가 다 떨어지면 어두운 골목을 걸어가 맥주를 더 사 왔다. 그런 일이 반복되면서 가까운 편의점을 두고 더 멀리 있는 편의점까지 걸어가야 하는 날도 있었다. 야밤에 편의점을 지키는 알바들은 기억력이 좋았다. 가끔씩 그들이 내 뒤통수에 대고 게으르다거나 한심하다거나 별 볼 일 없다거나 그런 유의 말들을 뇌까린다고 생각하면 술이 다 깨는 기분이었다. 내일은 더 멀리까지 가야지. 돌아오는 길에 늘 그런 다짐을 했지만 지켜지는 날은 손에 꼽을 정도였다.

네르바의 네 식구는 거대한 쓰레기장에서 하루를 보냅니다.

내가 보는 다큐는 주로 태어날 때부터 가난해서 제대로 된 교육을 받지 못하고 할 수 없이 어린 나이에 일을 시작하고 결혼을 하고 어쩌다 애를 많이 낳고, 그러는 동안 건강을 잃고 그럼에도 대식구를 먹여 살리기 위해 단 하루도 쉴 수 없어 아무 일이나 닥치는 대로 하는 사람들의 이야기였다. 다리가 하나 없거나 팔이 하나 없거나 태어날 때부터 코가 없거나 눈이 안 보이는 사람들도 있었다. 사정은 어디나 크게 다르지 않아서 다큐를 보다 보면 피부색이나 국적, 배경 같은 것들만 교묘하게 뒤섞어 합성한 것처럼 보였다. 아니, 궁핍이나 허기 같은 것들은 모든 사람들을 다 비슷비슷하게 만들어버리는지도 몰랐다. 그것들은 엄청난 기세로 대륙을 가로지르고 산맥을 넘고 바다를 건너고 아무 집에나 불쑥 쳐들어가 죽지 않고 거기서 계속 살았다.

미안하죠. 너무 미안해요. 어떻게 미안하지 않을 수 있겠어요.

다큐 속에서 사람들은 경쟁이나 하듯 제 부모에게 자식에게 형제에게, 이웃이나 동료에게, 심지어 죽은 사람에게까지 항상 그렇게 사죄했다. 미안한 일이 너무 많아서 미안하다는 말조차 할 수 없다는 그들의 처지는 안쓰러웠지만 때때로 너무 무능해 보여서 화가 났다. 먹고살기 힘들다고 툭하면 흐느끼면서도 서로를 옭아매고 주거니 받거니 서로의 노동력과 기회와 인생 같은 걸 착취하거나 낭비하고 있다는 생각이 들어서였다. 서로가 서로를 위해 희생한다고 하지만 그게 다 같이 망하자는 게 아니고 뭔가. 나는 따져 묻듯 중얼거리며 사 온 맥주를 차례로 비웠다. 맥주를 다 비우면 또 어느 틈엔가 마음이 물렁해져서 화면 속에 시선을 고정한 채 바보처럼 훌쩍거리곤 했다.

며칠 뒤 수업을 마치고 나는 와와와 함께 큰길 쪽으로 걸었다. 여름이 지난 건 확실했지만 낮에는 여전히 햇살이 따가웠다. 와와는 한 손을 이마에 올린 채 해를 가렸다. 그때마다 손목에 끼워 넣은 알록달록한 팔찌들이 찰캉찰캉 부딪혔다. 나는 보폭을 맞춰 걸으며 미리 봐둔 식당이 있는데 여기서 멀지 않다고 말했다. 와와는 걷는 데는 자신 있다고 했고 이 정도쯤은 아무것도 아니라고 했다.

우리가 간 곳은 육수가 진하고 담백한 국숫집이었다. 점심시간이라 식당은 붐비고 있었다. 우리는 입구에 서서 누군가 우리를 발견해주길 기다려야 했다. 쟁반을 든 종업원들이 몇 번이고 우리를 그냥 지나쳐 갔다. 나는 벽에 걸린 커다란 메뉴판을 가리키며 와와를 돌아다보았다. 와와는 어리둥절한 얼굴로 사람들을 피해 벽에 붙어 서 있었다. 뭘 먹겠느냐고 물어보려 했는데 문득 오래전에 너희 나라를 여행한 적이 있다고 말하고 싶어졌다.

그때 정말 맛있는 국수를 먹은 적이 있어.

밤이었고 좌판들이 늘어선 골목길에 여행객과 현지인이 뒤섞여 이리저리 오가고 있었다. 낮 동안 뜨거웠던 열기가 한풀 꺾였는데도 간이 의자에 앉아 한 손에 그릇을, 한 손에 젓가락을 들고 국수를 먹는 동안 땀으로 온몸이 다 젖었다. 사흘간 거의 아무것도 먹지 못했을 때였다. 장염이었나. 식중독이었나. 아무튼 뭐든 먹으면 곧장 구토가 치밀었기 때문에 미지근한 물만 먹고 40도를 오르내리는 날씨에 여기저기를 쏘다니느라 체력이 바닥난 상태였다.

민소매 차림의 현지 남자들이 엄지손가락을 세워 보이며 굿?

굿? 물어봤었어. 굿, 정말 굿이라고 말해줬지. 나는 내 그릇에 국수를 조금씩 덜어주던 정을 떠올리고 있었다. 정의 얼굴이나 표정은 거의 남아 있지 않고 주홍색 가로등 불빛을 뒤집어쓴 것 같은 정의 어둑어둑한 실루엣만 또렷하게 생각났다.

그때 파치를 처음 먹었어. 파치, 파치 말이야.

파치가 고수라는 건 나중에 알았다. 고약한 향이 나는 풀 말이다. 향이 역하다고 생각했는데 언젠가부터 나는 그걸 아무렇지도 않게 먹게 되었다. 와와는 한참 만에 그 말을 알아듣고 반가워했다.

국물이 시원하고 맑았어. 면도 부드럽고. 가격도 저렴했는데 정말 맛있었어.

사실 그런 건 내가 하고 싶은 이야기가 아니었다. 나는 다른 이야기를 하고 싶었다. 생각해보니 그건 이제껏 누구에게도 한 번도 하지 않은 이야기였다. 정과 나는 5년을 만났고 아르바이트를 해서 함께 여행을 떠나기로 했는데 나는 돈을 거의 모으지 못하고 정이 여행 경비를 거의 다 부담했고 그래서 나는 여행 내내 사소한 것에도 짜증을 냈다는 이야기를 털어놓고 싶었다. 그땐 어려서 늘 어린애같이 굴었다고 생각했는데 지금도 별로 달라진 건 없어서 얼마 전 정이 큰 수술을 한다는 이야기를 전해 들었을 때도 망설이기만 하다가 문자도, 전화도 하지 못했다고 이야기하고 싶었다. 그러나 다시금 내가 하고 싶은 건 그런 식으로 요약되고 간추려진 이야기가 아니라는 생각이 들었다. 나는 고집스럽게 국수 이야기만 했다.

와와가 국수를 먹지 못한다는 건 한참 뒤에 알았다. 회사원들이

빠져나가고 빈 테이블을 차지하고 앉았을 때 메뉴판을 보던 와와
가 놀란 듯 말했다.

난 고기를 먹지 않아. 종교 때문에.

힌두?라고 물었지만 와와는 고개를 저었다. 그게 아니라는 뜻인
지 내 말을 알아듣지 못한 것인지 알 수 없었지만 더 묻지 않았다.
다른 대안을 생각해둔 게 없었으므로 일단 국숫집을 나와 함께 걸
었다. 떨어진 은행들이 터져 악취가 진동했다. 와와는 나처럼 은행
을 피해 조심조심 걸었다. 대로변까지 나왔는데도 딱히 어디로 가
야 할지 알 수 없었다. 그즈음 나는 끼니마다 혼자 밥을 먹었고 그
마저도 대부분 집에서 대충 해결하고 있었다.

너 저 사람들 아니?

횡단보도에 나란히 서서 신호를 기다리고 있을 때 와와가 물었
다. 몰라서 묻는 것인지, 아는 걸 확인하려고 묻는 것인지 알 수 없
었지만 나는 고개를 끄덕였다. 와와가 중얼거렸다.

정말 슬픈 일이야.

사람들은 천막을 세워놓고 그곳에서 밥도 먹고 잠도 잤다. 1년
내내 사람들로 붐비는 서울 한가운데서 그들은 종일 피켓을 들고
서 있거나 서명을 받거나 행진을 하거나 인터뷰를 하고 때로는 천
막 한가운데 멍하니 서서 천천히 지나가는 계절을 내다봤다. 나도
몇 번 그 앞을 지나간 적이 있었다. 어쩐지 구경하고 있는 기분이
들어서 나는 늘 빠르게 그곳을 지나치곤 했었다. 와와는 천막 주
변에서 눈을 떼지 못한 채 이렇게 물었다.

지금 저 사람들이 뭐라고 하는 거야?

한 무리의 사람들이 목소리를 높이고 있었다. 그들의 목소리는 크고 또렷해서 누구나 그 말을 정확하게 들을 수 있었다. 그런데 막상 뭐라고 번역해야 좋을지 알 수 없는 기분이 되었다. 어려운 말도 아닌데. 마음만 먹으면 아주 쉬운 몇 개의 단어로도 충분했다.

글쎄. 잘 모르겠어.

한참을 고민하고 나는 겨우 그렇게 대답했다.

우리는 근처 베이커리로 들어갔다. 나는 햄과 치즈를 듬뿍 넣은 샌드위치를 주문했고 와와는 플레인 베이글을 골랐다. 커피 두 잔이 먼저 나왔다. 사실 나는 와와에게 묻고 싶은 게 있었다. 지난번 수업 시간 때 와와가 한 이야기 때문이었다. 서로의 출신을 묻고 답하는 연습을 할 때 와와는 제임스에게 자신의 고향을 밝혔다.

아, 거기. 나도 알아. 큰 지진이 난 곳이잖아.

제임스가 그렇게 말하지 않았다면 나도 그냥 지나쳤을 게 분명했다. 와와는 그곳이 자신의 고향이며 1년 전에 거길 떠나왔다고 말했다.

많은 사람들이 죽고 다쳤잖아. 그렇지?

제임스가 알은체를 하면 와와는 고개를 끄덕였다. 그러니까 나는 그 이야기를 조금 더 듣고 싶었다. 내가 무슨 일을 하는지 말하는 게 도움이 될까, 안 될까 망설이다가 적당히 둘러댔다. 글을 써야 하는데 사실 뭘 해야 할지 잘 몰라서 밤에는 맥주를 마시고 낮에는 거리를 쏘다닌다는 이야기였다. 와와는 먹기 좋게 빵을 찢으며 반색을 했다. 반은 알아듣고 반은 알아듣지 못한 눈치였다. 와와의 손은 작고 마르고 검었다. 나는 냅킨과 물티슈를 가져와 테이블 모서리에 놓아두었다. 내가 샌드위치를 다 먹어갈 때쯤 와와가 입을 열었다. 와와가 아무런 말이 없어서 나는 샌드위치를 하나 더 먹을까 고민하는 중이었다. 먹고 또 먹고 자꾸 먹어도 허기가 가시지 않았다.

우리 집에는 선풍기가 있었어.

와와가 말했다. 자기네 나라말로 선풍기라는 단어를 말했기 때문에 나는 얼른 알아듣지 못했다. 와와가 손가락을 세워 테이블 위에 대충의 모양을 그린 다음에야 그게 선풍기라는 걸 깨달았다. 아, 선풍기. 알은체했지만 그건 이제껏 내가 한 번도 본 적이 없는 선풍기였다. 선풍기구나, 짐작한 것만도 대단한 일이었다. 그냥 팬이라고만 말했다면 난 전혀 엉뚱한 걸 상상했을 게 분명했다.

10년 전에 우리 가족은 그걸 중고 시장에서 아주 싼 가격에 샀어.

와와는 환하게 웃었다.

와와, 그날 그 마을에 있었던 지진에 대해서 이야기해줄 수 있어? 내 질문은 그것이었다. 처음엔 와와가 내 질문을 제대로 알아듣지 못했다고 생각했다. 와와는 계속 선풍기 이야기만 했다. 뭘까. 가만히 귀를 기울이면 어김없이 선풍기 이야기였다. 이야기는 선풍기 주위를 맴맴 돌다가 한두 걸음쯤 벗어났다가 강력한 탄성이 붙은 것처럼 되돌아오곤 했다. 때문에 이야기의 온도는 차가워지지도 뜨거워지지도 않고 쾌적하다 싶은 정도로만 이어지다 말다가 했다.

언젠가 그 선풍기 목이 부러졌었어. 내가 발로 선풍기를 만지지 말라고 했는데도 말을 듣지 않았어. 내 남편 말이야. 그 사람은 성격이 급하고 손발이 컸거든.

와와는 남편과의 사이에서 세 아이를 두었다고 했다. 열아홉이 되던 해 남편을 만나 결혼하고 세 살 터울로 내리 세 아이를 낳은 거였다. 남편은 군인이었고 와와는 간호사였는데 어느 날 남편이 그곳으로 발령이 났다고 말했다. 그곳. 지진이 난 지역이었다. 와와는 그 지역에서 20년을 살았다고 했다. 무엇보다 날씨가 너무 좋았다고 말하며 와와는 환하게 웃었다.

나는 그때 당시의 모습을 어느 기사에서 본 적이 있었다. 길 한가운데가 입을 벌린 듯 찢어져 있고 집들과 자동차들이 그 속으로 빨려 들어가 있던 모습이 생각난다. 휘어진 철로와 집 밖으로 쏟아져 나온 온갖 잡동사니 위로 커다란 나무들이 쓰러져 있던 장면도 생각난다. 취재와 보도를 목적으로 전 세계의 언론사들이 신속하게 그곳으로 모여들었지만 어쨌든 지진이 지나간 다음이었다. 아무리 빨라도 모든 기록은 지진 후에나 가능했다. 와와는 당시 그 지진과 함께 그 마을에 있었던 사람이었다. 지진이 거기 있을 때 그것을 몸으로 느낀 사람이었고 그건 내가 아는 사람 중 와와가 유일했다.

와와는 자신의 집 구조를 설명하는 데 오래 공을 들였다. 한참 만에 나무로 만든 거실에 늘 먼지가 떠다녔다는 이야기를 했고 그게 목이 부러진 선풍기 때문이었다는 이야기를 하면서 와와는 또 웃었다. 다시금 선풍기 이야기였다. 가끔씩 와와의 이야기가 내 질문으로부터 너무 멀리까지 갔다는 생각이 들면 나는 이런 이야기를 하고 싶어졌다. 정에 관한 이야기였다. 혹은 정에 관한 이야기처럼 어디에서도 누구에게도 단 한 번도 꺼내본 적이 없는 이야기였다. 그날 나는 정을 만나러 갈 생각이었다. 그날은 꼭 가야겠다고 생각했었다. 그 생각을 너무 많이 해서 내가 그곳에 갔다 왔나 하는 착각이 들 정도였다. 그러나 또 조금 지나면 그런 건 내가 하고 싶은 이야기가 아니라는 생각이 들었다.

와와는 남편에 대한 이야기를 했다. 아니, 듣다 보니 그건 와와의 남편이 만든 조그마한 나무 의자에 관한 이야기였다. 선풍기 이야기를 하고 있었는데 언제 나무 의자로 옮겨갔는지 알 수 없었다.

남편은 부지런하고 손재주가 좋은 사람이었어.

와와의 남편이 죽었다는 건 시간이 더 지난 후에 알았다. 지진이 찾아온 그날, 와와의 남편은 거실에 비스듬히 누워 텔레비전을 보고 있었다고 했다. 나는 순간적으로 뉴스나 신문에서 봤던 기사들을 떠올렸던 것 같다. 그러나 와와의 남편은 지진 때문에 죽은 것이 아니었다. 와와는 그런 게 아니라고만 했다. 그런 뒤 잊고 있었다는 듯 다시 선풍기 이야기를 하거나 남편이 만든 나무 테이블을 공들여 설명하곤 했다. 그럴 때 와와는 자신이 어디를 디뎌야 하는지 잘 아는 것 같았다. 자칫하다 미끄러지거나 한쪽 발이 빠지지 않도록 깊고 어두운 웅덩이 주변을 조심조심 걷고 있다는 생각이 들었다.

이런 의자와 비슷하지?

나는 내가 앉은 의자를 가리키며 물었다. 잠자코 듣기만 하는 건 어쩐지 예의가 아닌 것 같아서였다. 누군가 말할 땐 언제나 적당한 리액션이 필요하고 나는 대체로 그런 걸 잘 못하는 편이었다. 그래서 더 들을 수 있던 이야기를 듣지 못하고 하지 않아도 좋은 말들을 해야 하는 경우가 생기곤 했다.

아니, 등받이가 없었어. 네모나고 길쭉했어.

그럼 저런 벤치 같은 거구나.

나는 창밖을 가리키며 말했다.

아니, 저런 것과는 좀 달랐어.

와와는 아니라고만 했다. 아니라고, 네가 말하는 그런 게 아니라고. 와와의 남편이 만든 의자가 어떤 것이었는지 알고 싶었지만 이야기를 나눌수록 의자의 형체는 점점 희미해지더니 나중엔 아예 보이지 않게 되었다.

잘 모르겠어.

결국엔 내가 미안한 표정을 지어야 했다.

괜찮아. 괜찮아.

와와는 그게 당연하다는 듯 아무렇지 않게 웃은 다음 남은 커피를 다 마셨다. 집으로 돌아오면서 오후 내내 질문과 관련 없는 엉뚱한 이야기만 듣고 왔다는 생각이 들었다. 다음에는 그날에 대한 정확한 이야기를 들어야지 결심했지만 다음에도 크게 달라진 건 없었다.

너는 혼자 사니?

며칠 뒤 와와가 물었다. 우리는 지난번처럼 그 베이커리에 앉아 있었다. 창밖으로 계절이 지나가고 있었다. 가을이라 할 만한 빛깔과 공기 같은 것들이 먼 쪽으로 물러나고 있었다. 나는 대학을 가

고부터 혼자 살았고 여섯 번 이사를 했고 내 고향은 서울이 아니고 기차를 타고 서너 시간을 가야 한다는 이야기를 했다. 와와가 하는 질문 중엔 이상한 것도 많았지만 나는 성실하게 답했다. 이를테면 너는 주로 뭘 먹니? 같은 질문이 그랬다. 밥을 먹어. 밥, 밥, 알지? 아무래도 영어였기 때문에 우리의 대화는 비스듬히 어긋나거나 아귀가 딱 맞아 떨어지지 않을 때가 많았다. 우리는 한동안 호구조사 같은, 혹은 심문을 하는 것 같은 질문과 대답을 주고받았다. 그런 대화는 같은 자리에 서서 크고 단단한 벽에 공을 던지고 받는 것 같았다. 공을 아무리 던져도 벽엔 흠집 하나 생기지 않고 공은 늘 던진 자리로 되돌아왔다.

그날 이야기를 좀 해줄 수 있어?

나는 다시 물었다. 오래된 선풍기와 디딜 때마다 삐걱삐걱 소리가 나던 거실, 남편이 만들었다는 의자 같은 거 말고 네 발밑에서 올라오던 선명하고 낯선 감각에 대해 이야기해보라는 뜻이었다. 고요한 풍경을 찢고 가르고 튀어나온 눈에 보이지 않는 것들이 어떻게 일상을 뒤바꿔놓는지, 무너지는 어느 오후의 길 위에서 무엇을 놓치고 잃어버렸는지, 순식간에 몸집을 불린 감정들이 어떤 자국과 얼룩을 남기고 지나갔는지 나는 알고 싶었다. 그런 것들이 내 예상과 짐작에서 멀지 않다는 걸 확인하고 싶었고 그런 순간엔 뭔가 쓸 수 있을 것 같은 기분이 들었다. 그건 내가 다큐를 볼 때마다 느끼는 것이었는데 내가 끌어안고 있는 어떤 시간들이 가벼워지는 느낌이었다. 확실히 그 잠깐 동안은 모든 게 괜찮아졌다.

맞아. 그렇지.

다행히 와와는 자기방어가 강하지 않은 사람이었다. 사소한 이유로 다른 누군가에게 적개심을 품을 것 같지 않았고 잠이 들기 전에 누군가 한 말을 요리조리 돌려보면서 숨은 의도 같은 걸 찾아내려 하지도 않는 것 같았다. 와와는 다른 빈 의자들도 많은데 하필이면 우리 테이블에 와서 의자를 가져가겠다는 남자에게도 흔쾌히 고개를 끄덕여줬다. 함께 있는 동안 나는 그런 비슷한 장면을 많이 봤다. 그런 모습을 보는 건 기분 좋은 일이었다. 와와는 그날의 이야기를 했다.

그날은 날씨가 정말 좋아서 만두를 만들 계획이었어.

와와는 공중에 열 손가락을 펼치고 꼼지락거렸다. 눈부신 햇살을 표현한 것이었다. 그런 다음 시장에서 재료를 구입하고 생선살을 다지고 채소를 데치고 그것들을 커다란 양푼에 넣어 비비고 으깨고 하느라 오후가 다 가버렸다고 설명하는 데에 긴 시간이 걸렸다. 알고 보니 그건 그날의 이야기가 아니라 며칠 전 이야기였다. 만두를 떠올리다 보니 며칠 전 일이 생각난 모양이었다. 이야기는 또 다른 쪽으로 흘러갔다.

그 만두가 정말 맛있었거든. 너무 맛있어서 그걸 다 먹었어. 식구들이. 그 많은 양을 다 먹고 배탈이 났어. 막내가 말이야.

와와는 한밤중에 슬리퍼를 신고 약국으로 뛰어갔다고 했다. 문이 닫혀 있어서 그 앞에서 문을 두드리면서 두 시간 넘게 서 있었다고 말했다. 그 동네에는 약국이 거기 딱 하나밖에 없었고 그 약사는 그날 집이 무너지는 바람에 지붕에 깔려 죽었다고 와와가 말했을 때 나는 좀 놀랐다. 그런 말이 나올 거라고는 전혀 예상하지 못했기 때문이었다. 나는 뉴스에서 그런 장면을 봤다고 말했다.

어떤 장면?

와와가 물었다. 나는 길이 갈라지고 집이 무너지고 가로수가 뽑히고 전봇대가 쓰러진 풍경을 두서없이 묘사했다. 와와의 얼굴에서 웃음기가 가셨다. 그건 내 착각일지도 몰랐다. 와와가 말했다.

아니. 그런 게 아니야. 그렇지는 않았어.

그럼 어떤 것이었어? 어떻게 죽은 건데?

와와는 테이블 여기저기를 매만지며 말이 없었다. 그러다 문득 한국에 와서는 만두를 거의 먹지 못한다는 말을 했다. 언젠가 야채 만두를 사 먹은 적이 있는데 고기가 섞여 있는 걸 발견한 후로 어떤 만두를 먹어도 고기 냄새가 가시지 않는다는 것이었다. 그런 뒤 화가 난다는 듯 목소리를 높였다. 만두 가게에 대한 분노거나 속았다는 것에 대한 울분이라고 여겼는데 그게 아닐 수도 있다는 생각이 나중에 들었다. 사실 와와가 많은 말을 한 것도 아니었다. 수화를 하는 사람처럼 이리저리 손을 움직이고 모르겠다는 듯 고개를 저은 게 대부분이었다. 조용하고 조심스러웠지만 어쩐지 소란스럽고 어수선해 보이는 그 모습을 나는 참을성 있게 지켜보았다. 그러나 겨우 와와를 충동질하고 지나가는 어떤 기미나 조짐 같은 걸 엿본 게 전부였다.

사실 나도 종종 그런 충동을 느낄 때가 있었다. 그런 충동은 언제나 와와가 내 말을 결코 알아듣지 못할 거라는 확신과 함께 왔다. 뭐랄까, 안전하다는 생각이 들었다. 우리는 둘 다 영어를 잘 못하고 와와는 한국말을 잘 못하고 나는 와와의 모국어를 모르니까.

우리는 서로의 문을 어떻게 열고 들어가야 하는지조차 모르는 셈이었다. 그럴 땐 내가 디디고 선 견고하고 단단한 것들이 천천히 흔들리고 저 아래에서 뭔가 뜨거운 것들이 움직이고 요동치고 솟구치는 게 느껴졌다. 아주 멀고 깊은 곳에서 어떤 것들은 언제나 사라지지 않고 살아 있었다. 그 순간엔 그걸 분명히 알 수 있었다.

그러나 와와도 나도 아무 말도 하지 않았다. 몇 차례 숨을 내쉬고 들이쉬다 보면 충동 같은 건 지나가고 없고 내가 분명히 감지했던 사소한 진동과 파동 같은 것들도 거대하고 단단한 일상 속으로 되돌아가버린 뒤였다.

이제 없어. 그건 거기 없어.

와와는 딱 한 번 지진에 대해 그렇게 더 이야기하고 말았다. 그건 선풍기에 대한 이야기일 수도, 테이블에 대한 이야기일 수도, 만두를 만들었던 어느 저녁에 대한 이야기일 수도, 어쩌면 내게는 한 번도 말하지 않은 어떤 것에 대한 이야기일 수도 있었다. 어쨌든 그 말 너머에는 서서히 진동하는 땅이 있고 휘청거리는 건물이 있고 허물어지는 거리 위에서 무너지지 않으려고 허리를 곧게 펴고 의자에 앉은 와와가 있었다. 나는 그런 생각을 했다. 한 번 더, 또 한 번 더, 대답을 들을 때까지 묻고 또 묻고 싶었지만 하지 못했다. 어쩔 수 없이 또 잊을 만하면 찻잔이 떨리고 벽이 흔들리고 견고한 일상을 비집고 뭔가가 튀어나올 것 같은 아슬아슬한 순간들이 있다는 것을 와와의 입을 통해서는 확인할 수 없겠다는 생각이 들어서였다.

한 달이 다 되도록 와와도 나도, 다른 수강생들의 영어 실력도

늘지 않았다. 강의실에서 나누는 대화도 언제나 비슷했다. 월요일
이 되면 주말에 서로 뭘 했는지를 물었고 나는 매일 맥주를 마신다
는 말을 할 수가 없어서 뭔가 특별한 일을 만들어내야 했다. 나중
엔 금방 어떤 말을 해놓고도 무슨 말을 했는지 잊어버리곤 했다.

너는 지난 주말에 무엇을 했니?

한번은 그런 질문을 받고 정의 병원에 갔다고 말해버렸다. 그런
말을 하려고 한 게 아닌데 그 말이 불쑥 튀어나왔다. 이어 다른 말
이 또 다른 말이 차례로 따라 나왔다. 그러는 동안 나는 정을 생각
하고 있었다. 진짜는 그것뿐이었다. 다른 많은 진짜들은 멀리에,
그 너머에, 내 말이 닿을 수 없는 곳에, 그래서 어떻게 말해야 할지
모르는 어떤 곳에 있었다.

정말이니?

다른 사람과 이야기를 하던 와와가 돌아보았다. 나는 아무 말도
안 했다. 그냥 늘 와와가 그랬던 것처럼 웃고 말았다. 그리고 집에
돌아와 맥주를 마시며 글을 썼다. 와와가 내게 들려주었던 선풍기
와 만두와 테이블에 관한 이야기였다. 그건 여기에 없고 저 아래
고요히 숨죽이고 있는 어떤 지진에 관한 것이었다. 적어도 쓰는
동안에 나는 그것이 와와의 것이라는 생각을 놓치지 않으려고 애
써야 했다.

넌 왜 아무 말도 하지 않는 거야?

와와는 매일 빠지지 않고 학원에 나왔다. 제임스는 하루도 거르
지 않고 와와를 나무랐다. 처음엔 곁에 서서 소곤거리는 정도로만
말했고 시간이 지나자 다른 수강생들이 다 들을 수 있을 만큼 큰

소리를 냈다. 장난 같은 말투였지만 그런 일이 반복되자 와와는 당황스러운 기색이었다. 처음엔 대답을 생각하고 있었다거나 말을 하려고 노력 중이라며 더듬더듬 변명이라도 했는데 어느 날 보니 와와는 제임스와 눈도 마주치지 않고 바닥의 한 지점을 골똘히 노려보고 있었다. 전에 없던 일이었다. 제임스는 빙글빙글 웃으며 몇 마디를 더 보탰다.

넌 왜 여기 있는 거야? 넌 왜 아무 말도 하지 않는 거야? 넌 언제까지 입을 다물고 있을 거야?

좀 지나치다 싶었지만 나는 다른 사람들처럼 그 광경을 가만히 지켜만 보았다. 와와는 가방을 챙겨 그대로 강의실을 나가버렸다. 잠깐 눈이 마주쳤는데 화가 난 사람이라기보다는 어딘가 불편한 사람 같았다. 부끄럽고 황당하고 기운 없는 여러 개의 감정들이 한데 뒤섞인 표정은 쉽게 읽히지 않았다. 수업이 끝나고 나는 와와가 대답하지 않고 그대로 안고 가버린 몇 개의 질문들을 알게 되었다. 너의 가족은 몇 명이니? 너는 누구와 사니? 너의 남편은 무슨 일을 하니? 너는 이번 휴가에 무엇을 할 거니? 너는 어떤 날씨를 좋아하니? 너의 아이들은 몇 명이니? 너는 무슨 공부를 했니? 너는 혹은 너의 가족은, 으로 시작되는 수많은 질문 중 무엇이 와와를 망설이게 하고 머뭇거리게 만들었는지 찾고 싶었지만 그건 어려운 일이었다.

다음 날 나는 마지막으로 와와를 만났다. 마지막일 거라고 생각하지 못했는데 그게 마지막이었다. 수업을 마치고 나오는데 건물 입구에 서 있는 와와가 보였다. 나와 눈이 마주치자 와와는 얼른

와와의 문

다가와 알은체를 했다. 내내 나를 기다린 모양이었다. 나는 멀리까지 가지 않고 학원 근처 카페로 와와를 데려갔다. 글을 보낸 지 얼마 되지 않았는데 벌써 원고료가 들어와 있었다. 커피 두 잔을 주문했고 내가 계산을 했다. 커피를 반쯤 마신 후 와와는 입을 열었다. 제임스에 관한 이야기였다. 혹시나 했지만 이번에도 내 기대나 바람을 한참 비켜간 이야기였다. 나는 아무 내색도 하지 않고 와와의 이야기에 귀를 기울였다.

그래. 나도 제임스가 무례하다는 생각을 했어.

제임스의 이름을 말해놓고 어떻게 말해야 할지 모르는 와와 앞에서 그렇게 거들기까지 했다. 와와는 매일 수업에 가는 것이 너무 힘들다고 털어놓았지만 포기하고 싶지 않다고 선을 그었다. 그런 다음 제임스의 수업 방식이 나쁜 것만은 아닌데도 어떤 날에는 자신이 아무것도 모르고, 아무것도 못하는, 외국의 늙은 여자라는 생각이 머릿속을 떠나지 않아서 화가 난다고 말했다. 집에 돌아오면 왜 아무 말도 못 했을까 스스로를 자책하는 게 싫다고도 말했다. 와와의 말은 두서없이 이어지다 말다가 했다. 나는 내내 식은 커피 잔을 매만지고 남은 커피를 내려다보았다. 모르겠다. 그때처럼 와와가 많은 말을 한 적은 없었는데 나는 예의를 차리듯 와와의 얼굴을 한 번씩 바라보고는 이내 창밖으로 시선을 돌리고 카페 안을 오가는 사람들의 뒷모습을 이리저리 구경하게 됐다.

너 내 말을 이해하니?

와와가 물으면 얼른 고개를 끄덕였지만 뜨끔했던 기분은 금세 또 사라지고 없었다. 나는 커피 한 잔씩을 더 주문하고 왔다. 말이 그치면 일어나야지 했지만 와와는 어떤 낌새를 알아챈 사람처럼 서둘러 입을 열곤 했다. 커피가 다시 비어갈 때쯤 나는 이렇게 말했다.

와와. 너는 정식으로 학원에 문제를 제기해야 해.

와와가 가진 건 아무도 알아듣지 못하는 자신의 모국어가 전부였다. 그걸 모르지 않으면서도 나는 한 번 더 말했다. 와와는 어리둥절한 얼굴로 나를 바라보았고 한참 만에 이렇게 되물었다.

그런 걸 내가 할 수 있을까.

와와의 질문은 내가 그런 걸 할 수 있다고 생각하느냐는 반문에 가까웠지만 나는 급한 일이 있는 사람처럼 가방을 챙기고 자리에서 일어났다. 와와가 내 눈을 빤히 올려다보고 있었다. 무언가 들켜버렸다는 기분이, 뒤이어 들키고 싶지 않다는 생각이 차례로 따라왔고, 얼굴이 달아올랐다. 부끄러웠다. 일방적으로 인사를 하고 출입문을 밀고 나오기까지 오랜 시간이 걸리지 않았다. 그러지 말아야 한다고 생각했는데 문득 뒤돌아본 순간 다시금 눈이 마주쳤다. 순식간의 일이었다.

유리문 너머, 와와는 내 쪽으로 완전히 몸을 돌려세우고 앉아 있었다. 그리고 분명히 나를 향해 무슨 말인가를 하고 있었다. 입술이 빠르게 움직이는 것이 너무나 똑똑히 보였다.

그건 도움을 청하는 말이었을까.

애써 그런 쪽으로 짐작하려 했지만 와와의 낯선 표정과 굳은 얼굴, 검고 작은 눈동자를 채운 뜨겁고 위험한 기운 같은 것들이 자꾸만 생생하게 되살아났다. 그건 어떤 분노와 노여움처럼 느껴졌고 나중엔 나를 향한 비난이나 질책처럼 여겨졌다. 내 귀로 확인하지 못한 와와의 말들을 상상하는 건 곤혹스럽고 불편한 일이었다. 그럼에도 한꺼번에 떠오른 추측들과 억측들은 쉽사리 가라앉지 않았다.

목덜미를 타고 더운 기운이 얼굴로 번져왔다. 나는 빠른 걸음으로 붐비는 거리로 향했다. 거리 쪽으로 나아갔다. 끈질기게 따라붙는 감정들을 떨쳐내려고 그때부터는 뒤 한번 돌아보지 않고 걷기만 했다. 그러나 걷고 또 걸어도 어떤 순간들은 하나의 단어로, 문장으로 설명되지도, 끝까지 사라지거나 없어지지 않고 나를 꽉 붙잡고 있었다.

김혜진

1983년 대구에서 태어났다. 2012년 〈동아일보〉 신춘문예에 단편소설 〈치킨 런〉이 당선되었다. 2013년 《중앙역》으로 제5회 중앙장편문학상을 수상했다. 2012년 대산창작기금을 받았다.

아름답고 착하게

박민정

맛이 없다. 기본 면발에 간간한 국물이지만 잘 먹히지 않는다. 그래도 활주로를 보면서 먹는 칼국수다, 생각한다. 위로가 되지 않는다. 재이는 조그마한 치아로 자꾸만 면발을 뚝뚝 끊는다. 기껏 젓가락에 국수를 말아주면 전부 끊어버리는 바람에 맥이 빠진다. 공항에 입점한 식당에 아기용 메뉴 따위는 없다. 항아리 칼국수 1인분은 재이에게 너무 많다. 애초에 두어 젓가락 먹으면 그만둘 것이 뻔했다. 재이는 다 먹지도 못할 거면서 기어이 고집부려 자기 몫을 챙겼다. 재이 몫으로 주문한 국수가 아깝다. 장난칠 거면 먹지마. 주의를 줘보지만 재이는 들은 척도 하지 않는다.

재이가 끊어버린 면발은 앞 접시에 흡사 구더기처럼 오글오글 모여 있다. 그걸 손가락으로 집어 관찰한 후 다시 입에 넣으려는 모양을 보자니 기가 막혔다. 호되게 야단치고 싶지만 참는다. 참는 일이 어렵지는 않다. 저지레하는 모양에 울컥 화가 났다가도 재이의 포동포동한 손등을 보면 그새 마음이 누그러진다. 순간 치미는 화를 잘 참고 넘기면 다시 사랑스러운 아이, 그저 말랑말랑하고 귀한 살덩이 하나가 내 앞에 놓여 있을 뿐이다.

칼국수가 좀 더 맛있다면 좋았겠다. 무던하게 한 그릇 비우고 시작하는 여행길이라면 더욱 괜찮았으련만. 아니, 칼국수 맛의 문제는 아니다. 무엇이든 마찬가지였을 것이다. 억지로 국물을 삼킨다. 재이는 벌써 외투를 걸치고 미니 캐리어를 끌고 와 옆에 섰다. 외투를 입을 줄 몰라 걸친 것이지만 왠지 어른스러워 보여 웃음이 난다. 재이의 주장에 따르면, 재이도 어른들처럼 캐리어를 끌어야 한다. 먼 여행을 떠나는 길이니까 바퀴 달린 뭔가를 끌어야 한다는 것이다. 놀랍게도 영유아용 캐리어라는 것이 있다. 화장품 파우치만 한 크기다. 재이는 그 안에 사탕 한 봉지와 애지중지하는 작은 인형을 넣고 지퍼를 올렸다. 행인들이 짐짓 한 번씩은 재이의 모양을 주목한다. 어머. 작은 게 캐리어를 끌고 다녀. 젊은 여자가 키득거리며 제 입을 틀어막는다. 세 살 꼬마지만 대놓고 이야기할 수는 없는 것이다. 눈치가 빠른 재이는 새침한 표정으로 나를 돌아본다.

아빠. 얼른 와.

재이가 나를 재촉한다. 내가 재이를 따라가는 것 같다. 마치 그런 여행인 것 같다. 재이가 티케팅을 하고, 재이가 호텔을 예약하고, 재이가 스케줄을 정리하는 여행. 그런 여행이라면 좋겠다. 재이를 데려가는 것이 아니라 따라가는 여행이라면 좋겠다. 언젠가 그런 날이 오게 될까, 잠시 생각할 뻔했다. 그런 생각은 해봤자 좋을 것이 없다. 재이는 고작 세 살일 뿐이고, 아직 재이에게는 모든 것이 요원하다. 늘 생각하듯 재이에게는 완벽한 한 문장조차 요원하다. 아빠, 나 바퀴 달린 여행용 가방을 갖고 싶어요. 그래야 여행 가는 기분이 제대로 날 것 같아요. 이런 식의 문장들 말이다. 아빠. 바퀴. 나도. 저거. 내 꺼. 나도. 가방. 내 꺼. 아빠가 말고. 내가. 뭐 이런 식의 파편적인 의사표현이 아닌. 주성분과 부속성분이 알맞게 자리한 하나의 문장 말이다.

아빠. 빨리 와. 늦어.

재이가 외친다. 그렇다면 이런 문장은 완벽한가, 그렇지 않은가. 생각해보게 된다. 사실 성인도 정리된 하나의 문장을 내뱉는 경우란 거의 없다. 우리의 말은 대개 파편적이다. 녹취를 풀어 정리하는 아르바이트를 할 때 지겹게 실감한 사실이다. 이름난 교수들도 세미나장에서 이런 식으로 말한다. 아, 그러니까요, 가령, 그러한 것들이, 대체적으로 이러한 자세를 갖추고, 우리에게 육박한다, 뭐 정리하면 그렇다고도, 볼 수 있겠습니다, 이따위 말을 읽을 수 있는 하나의 문장으로 정리해야만 했던 적이 얼마나 많았나. 재이의 분절된 표현들과 나의 일상적인 말들이 서로 얼마나 다르다고 할 수 있나.

생각하다 보면 열심히 걷던 재이가 멈춰 돌아보며 다시 말한다.

빨리 오라고. 아빠.

대체 강의를 어떻게 한다는 것인지. 저런 화법을 가진 여자가. 그 여자에게 지금껏 남은 의문이다. 그러니까 그 여자는 대개의 어떤 인간들보다도 더욱 파편적인 화법을 구사하는 인간이었다. 낮에 봤을 때도 그랬는데, 밤에는 더했다. 낮에도 술을 마셨다면 밤과 같았을 것이다. 낮과 밤을 구분해서 술을 마시는 인간 같지는 않았다. 다만 나와의 첫 만남에서는 그것이 그나마 '미팅'이었기에, 돈 이야기가 오가는 자리였기에 다소 점잖았을 뿐이었다.

그러나 그걸 점잖은 태도라고 부를 수 있는지에 대해서 심각하게 생각해보면 또 자신이 없어진다.

돈이 필요하잖아, 자기한테는. 그렇지요?

이런 식의 기묘한 하대를 나는 무척 경멸한다. 차라리 첫인사를 나눈 직후 "내가 너보다 20년이나 더 살았으니 앞으로는 반말만 하겠노라" 선언하는 편이 더 낫다. 처음부터 끝까지 반말하는 사람이 차라리 깔끔하다. 나에게 불리한 내용을 언급할 때만 반말하고, 결국 종결어미에서는 존대를 하는 사람은 비겁하다. 자꾸 이상한 존대를 하며 교양 있는 사람인 척하려는 까닭도 분명하다. 결국 그녀가 내게 부탁하고 있기 때문이다. 내가 그녀에게 돈을 받아야 하는 처지라 하더라도 부탁을 하는 쪽은 그쪽이다. 이 만남의 용건은 부탁이다. 여자가 내게 부탁하는 자리라는 이야기다.

나한테는 좋은 문장이 필요하고.

마치 혼잣말인 양 그녀는 그렇게 말했다. 소변으로 구역을 표시하는 똥개 같아 보여서 나도 모르게 미간을 찌푸릴 뻔했다. 혼잣말인 척할 필요가 없다. 그녀에게는 좋은 문장, 아니 최소한 주어와 동사가 만나기라도 하는 문장이 필요한 것이고 나에게는 돈이 필요한 것이다. 이런 사실을 면전에서 새삼 일깨워줄 필요가 없다.

최 교수의 소개로 이미 우리의 목적은 서로에게 각인되었다. 자서전 대필 과정에서 만남이 불가피하다 하더라도 장소 선택은 신중했어야 한다고 생각한다. 그녀의 자녀들이 버티고 있는 자택이어도 좋았고, 조교와 학생들이 드나드는 그녀의 연구실이어도 좋았다. 왜 하필 호텔이었을까. 대낮에 호텔 1층에 있는 카페에서 젊은 남자와 나이 든 여자가 긴장하며 대면하고 있는 꼴이 남들 눈에 좋아 보이지도 않을 터였다. 첫 만남이라면 최 교수를 대동하는 편이 훨씬 좋았을 것이다.

최 교수는 왜 항상 이런 식으로 발을 빼는가. 왜 하나만 생각하고 둘은 생각하지 못하는가. 늘 그랬듯 최 교수는 생색내며 말했다.

뭐든 가리지 않고 해야 할 시기지. 아이를 키우려면 돈이 많이 들잖나.

그래, 그건 알면서 왜 이렇게 피곤한 여자와 처음부터 굳이 단둘이 만나게끔 하는지. 어차피 아는 사이라면서 한 번쯤 대동해 줄 수 없었는지. 이런 식으로 혼자 아이를 키우는 일에 대해서 처음부터 진지하게 생각하게 만드는지. 새끼손가락을 들고 커피를 마시는 여자를 구경하다 말고 싱글 대디라는 자신의 어려운 처지를 잠시 비관하도록 만드는지. 하기야 석사 논문을 쓰던 당시에도 그는 늘 그런 식이었다. 어서 졸업해야지, 아이도 생겼는데. 늘 그런 말을 입에 달고 살던 최 교수는 그러나 밤늦도록 나를 연구실에 붙잡아뒀고, 이 핑계 저 핑계를 대면서 논문 심사를 미뤘다. 결국 재이가 방바닥을 기어 다닐 무렵이 되어서야 졸업할 수 있었다.

가진 건 돈밖에 없는 여자라서. 유명한 공주님이라서. 이런 말도 필요 없다. 좋은 자리를 소개해줬다는 생색밖에 안 되는 말이다. 일하는 건 나다. 최 교수가 아니다.

재이가 말을 더 잘하게 된다면 최 교수를 혼내줬으면 좋겠다.

선생님(아저씨라 해도 무방하겠지. 아니, 할아버지라 해도 무방하다), 우리 아빠 그만 괴롭혀요. 해먹을 만큼 해먹었잖아요!

나는 옆에서 재이를 야단치는 척할 것이다. 엄마 없는 애라서 철딱서니가 없어요. 우리 애가. 그런 말을 덧붙이면서.

최 교수는 워낙 고생을 모르고 산 사람이라 철이 없긴 했지만, 그만큼 천진한 구석도 있었다. 나도 고생 많이 했지. 가끔 제자들을 모아놓고 예수님처럼 비장하게 주워섬기던 이야기들이 있다. 가령 미국 유학 시절 얼마나 고생해서 책을 모았는지. 몇천 권에 달하는 책을 한국에 배송하느라 얼마나 애먹었는지. 노란 피부 동양인, 특히 키마저 작은 동양 남자는 아이비리그 여학생들에게 수시로 놀림거리가 된다는 사실, 그 사실에 대한 서러움. 계급을 넘어서는 진정한 사랑을 찾기 위해 유학 시절 캠퍼스 내에서 헌팅한 여자와 결혼했다는 이야기. 그러나 최 교수의 헌팅 대상이었던 사모 역시 모 대학의 교수다. 계급과 상관없는 진정한 사랑을 찾으려면 나이트클럽에 갔어야지, 제자들은 뒤에서 비웃었다. 악의는 없는 사람이다. 이 여자도 그렇겠거니, 생각한다. 특히 저 연배의 교수들은 일부러 누군가를 괴롭힐 만큼 적극적이지 않다. 워낙 대접받고 살아서 상대의 눈치를 살필 필요가 없는 것이다. 그러니까 정도가 심해지면 상대의 아픈 곳을 찌르는 이야기도 서슴지 않고 하는 것이다.

아이가 하나 있다고 들었는데, 예뻐요? 남자 혼자 헌신할 만큼. 이딴 식으로.

두 번째 만남에서 나는 여자 혼자 술을 시키고, 그것을 마시고, 몸이 기울어지고, 머리카락이 헝클어지고, 얼굴이 붉어지고, 눈이 풀리고, 옷매무새가 흐트러지는 것을 꼼짝 못하고 관찰해야만 했다.

첫 만남이 이루어진 장소와 같은 장소였다. 여자는 역시 지난번에 만났던 곳이 편하겠죠?라고 말도 안 되는 소리를 했다. 호텔 1층에 있는 카페는 뭘 해도 찜찜한 뉘앙스를 풍긴다. 그곳의 인테리어와 값비싼 커피 등 모든 것이 마음에 들지 않는다. 저 여자의 취향이다. 내 취향이 아니다. 그러나 그녀가 말했듯 한동안은 그녀의 취향에 군말 없이 동의해야 한다.

두 번째 만남에서 밤은 쉽게 찾아왔다. 백화점처럼 창이 없으면 차라리 괜찮겠다는 생각도 들었다. 그곳의 창은 컸고, 바깥의 어둠은 실내에 쉽사리 침범했다. 실내가 함께 어두워지는 것은 아니지만 여자의 마음은 들뜨는 모양이었다. 불편한 상대와 단둘이 있는데 날이 어두워지고 상대가 흥분하면 나는 몹시 불안해진다. 애초에 약속한 시각 자체가 문제였다. 한겨울의 낮은 일찍 끝난다. 오후 4시 반, 시작이 낮이었더라도 끝은 밤이 될 수밖에 없는 시간대였다.

혼자 들떠서 술을 시켜 먹는 여자는 멋대로 자세를 풀고 막말을 해대는 것이다.

아이가 세 살?

정말 사랑스럽겠다.

가장 예쁠 나이잖아.

이제 막 말문이 트일 시기인데, 언어의 보따리가 풀어진 듯 신비롭지.

문득 여자의 비유가 괜찮게 느껴져 당혹스럽다. 재이에 대해 뭘 안다고 언어의 보따리니 뭐니 지껄이는 것일까. 재이에 대해 언급하는 것 자체가 불쾌하다. 그러나 틀린 말은 아니다. 요즈음 재이를 두고 가장 많이 하는 생각이 그것이었다. '저런 말은 어디서 배워온 걸까.' 텔레비전을 좀 본다고 해서, 어린이집 교사들의 말을 귀 기울여 듣는다고 해서 그토록 빠르게 습득할 수 있는 걸까. 인간의 말은 어떻게 갓 태어난 인간들에게 전염되는 것일까. 내가 한 번도 쓴 적 없는 표현을 재이가 쓸 때도 있었다. 스마트폰 메모장은 재이의 새로운 말들로 넘쳐난다. 머리를 감길 때처럼 손이 자유롭지 않거나 스마트폰이 저 멀리 있는데 아이가 속사포로 말을 뱉어낼 때에는 조급증마저 생길 지경이다. 늘 메모장을 끼고 살지만 잠시라도 손에서 놓칠 때면 몹시 불안한 것이다. 내 아이가 배운 새로운 말을 놓칠까 봐.

말하자면 언어의 보따리가 풀어지는 것 같은 현상인데, 그 신비를 이 여자와 나누고 싶지는 않다. 육아의 선배처럼 구는 꼴도 마뜩잖다. 내 생활 이야기를 하는 자리가 아니다.

당신의 인생 이야기를 하는 자리다.

취한 여자의 말은 실타래 풀듯 풀어진다.

그러니까. 아이는 그때가 제일이라고. 지나봐라. 아예 콱 죽이고 싶은 때도 다. 그런 때도 다. 아니, 지금이 지나면 없어. 그런 예쁨은. 난 그랬어. 그때 이후로는 없었다고. 그때가 제일이야. 그런데 어쩌겠어. 그 후로도 오랫동안 돈 잡아먹는 귀신처럼. 그것들은.

녹취를 풀어야 한다고 생각하니 막막했다. 써먹을 수 있는 종류의 이야기도 아니다. 아름답고 착한 이야기가 아니니까. 더불어 문득 여자의 세 자녀를 생각했다. 모두 좋은 학교를 졸업했고, 돈 잘 버는 인간들이다. 돌연 여자는 몸을 앞으로 당겨왔고, 나는 당황했다.

아이랑 같이 가요.

갑자기 여자의 발음이 분명해진다.

아이를 데리고 가. 여행한다 생각하고. 작업실에 처박혀서 나오는 글을 원하지 않아. 넉넉하게 줄 테니까 아이 데리고 작업하러 가요.

동해 물과 백두산이.

재이의 입에서 급기야 그런 말이 나오기 시작한다. 애국가를 어디서 들었을까 생각한다. 재이도 언젠가 애국가 1절을 다 외고야 말겠지. 그러고 싶지 않아도 그럴 날이 온다. 붙일 말이 없어 억지로 이것저것 갖다 붙인 듯한 애국가 4절까지 다 외다가, 언젠가 가물가물할 날도. 재이는 벌써 동해 물과 백두산까지 안다. 그리고 재이는 자꾸 일어서려고 한다. 재이가 나보다 더 불편하겠다는 생각도 든다. 나의 발은 바닥에 닿아 몸을 안정적으로 지탱해주지만 재이의 발은 공중에 떠 있다. 그런 상태로 안전벨트를 착용하고 좁디좁은 이코노미 클래스에 앉아 있으려니 퍽 답답할 것이다. 때

때로 일어서려고 꼬물거리는 재이를 눌러 앉히다 보니 비행기는 어느새 이륙하려는 중이다.

무더워.

비행기가 빠르게 달리자 재이는 눈을 꼭 감았다.

아이, 무더워.

털스웨터를 입고 무덥다 하는 꼴이 우스워 나는 숨이 넘어가도록 웃었다.

재이야. 무덥다는 말뜻을 아니?

아니?

아빠 말 따라 하는 거야?

아니. 몰라.

나는 문득 깨닫는다. 무덥다, 습기 찬 더위를 말하는 것이 아니라 재이는 무섭다고 말하는 중이다. 암담해진다. 재이는 여전히 두 눈을 꼭 감고 있다. 나는 재이의 손을 잡아주었다.

떠나기 전 나는 진지하게 의사를 타진했다. 아빠랑 같이 여행 갈래? 여행의 의미를 알아듣도록 30분 동안이나 손짓 발짓을 섞어 설명했다. 재이가 함박웃음을 지었다. 아빠랑 놀러. 거기까지 말하고 재이는 손뼉을 쳤다. 나는 고개를 끄덕였다. 그리고 덧붙였다.

그런데 아빠가 놀아줄 수 있는 건 아니야. 아빠는 일을 해야 해. 재이를 데리고 갈 뿐, 재이와 놀아줄 수는 없어. 그래도 괜찮겠어?

나만 놀 거야.

재이는 단호하게 말했다. 재이가 뭐라고 하든 그 말을 믿어보고도 싶었다.

사실 여자의 말은 무시해도 좋았다. 나에게는 고시원이 있었다. 월세 15만 원짜리 방은 방음이 전혀 되지 않는 것은 물론이거니와 창문도 없는데 언제나 추웠고, 오래된 소변 냄새가 났지만 작업 공간으로는 나쁘지 않았다. 대학 시절부터 카페니 도서관이니 독서실이니 전전하며 글을 써봤지만, 15만 원짜리 고시원만 한 곳이 없었다. 단연 집중력이 가장 높아지는 곳이었다. 작업을 빨리 끝내고 그런 공간에서 얼른 빠져나가고 싶은 까닭이 컸다. 이렇듯 고시원에 맛을 들이니 끊을 수가 없었다. 그러다 보니 항상 불편하게, 나쁘게, 소음을 견디며 글을 쓰는 버릇이 몸에 자리 잡은 것 같았다. 또한 나에게는 아직도 어머니가 있었다. 그다지 좋은 해결책은 아니었지만 어머니가 재이를 돌봐줄 수 있었다. 그러니까 여자의 배려 따위는 필요 없었다.

여자는 그런 걸 배려라고 생각한 모양이었다. 나로서는 별달리 배려로 느껴지는 제안이 아니었다. 1200매 분량의 원고를 작업해야 했고, 두 달이라는 기간은 넉넉하지 않았다. 하지만 나로서도 그 이상의 시간을 들일 수는 없었다. 보따리를 이고 지고 여기저기 강의를 다니는 시간강사에게 긴 분량의 원고를 집중해서 작업할 수 있는 기간은 3개월이 고작이다. 학기 중에는 아무래도 어려운 것이다. 여자는 홀로 아이를 키우는 내 사정을 거듭 언급하며 제안했다. 남부 소도시에 있는 호텔에서 한 달간 작업하라고. 서비스나 시설이 나쁘지 않을 것이며, 창밖에는 바다가 보이니 작업하기 좋은 환경이 아니겠느냐고. 그 대목에 이르러 나는 웃음을 참아야 했다. 바다라니. 작업실에 처박혀서 나오는 글을 원하지 않는다니. 고작 자신의 자서전을 두고 그딴 식으로 말하는 것도 우스웠지만, 어차피 글은 작업실에 처박혀야 나온다. 벽을 바라보며 한없이 앉아 있어야만 나온다. 월 15만 원짜리 쪽방 고시원에서든 오션 뷰 호텔 방에서든.

그러나. 그래도. 그렇지만. 하지만. 문득 이런 접속사들이 한꺼번에 떠올랐다.

재이에게는 바다가 처음이다. 먼 길 여행도. 비행기도. 호텔 숙박도 전부 재이에게는 첫 경험이 될 것이다. 호텔 근처에 맛집으로 소문난 식당들도 많다고 했다. 여자는 아이가 지루해하지 않도록 DVD와 동화책도 선물할 것이며, 부식비도 넉넉하게 지원하겠다고 했다. 세 살 아이를 데리고 가는 여행이라, 걱정도 이만저만이 아니었지만 돌연 기대감이 엄습했다. 재이와 함께 떠나는 여행. 호텔 방을 배경으로 재잘대는 재이의 모습이 궁금하기도 했다. 어떤 말을 배우게 될지, 어떤 행동을 새로 하게 될지도 궁금했다.

간혹 작업 따위는 까맣게 잊고 재이와 놀게 되더라도.

비행기가 도움닫기를 마치고 날아오르자 재이의 얼굴이 밝아진다.

이제는 안 무더워?

나는 재이의 말투를 따라 해보았다.

안 무더워.

털스웨터를 입은 재이는 환하게 웃는다. 통통한 팔목에서 팔찌가 반짝 빛난다. 어머니가 여행 기념으로 장만해준 미아방지용 팔찌다. 재이의 이름과 나의 휴대전화 번호가 적혀 있다. 오래전 나도 그런 걸 걸고 다닌 적이 있다. 그거 없었으면 널 잃어버릴 뻔했어. 어머니는 가끔 그런 말을 했다. 그럴 때마다 잃어버리다, 그것이 나에 관한 표현이라는 게 새삼 낯설게 느껴졌다.

재이를 갖게 된 후부터 어머니의 관용적 표현들 대부분이 이해되었다. 가졌다. 생겼다. 놀린다. 쥔다. 잃다. 사람에게 하는 표현이라기에는 어색하게 느껴졌던 그것들은 적확했다. 자식은 물건이나 마찬가지다. 그 무엇과도 바꿀 수 없는 너무나 귀한 물건이다. 어떤 사람도 이 물건보다 귀하지 않다.

아빠. 자도 돼?

굳이 허락을 받으려 하는 재이가 사랑스러워 꼭 껴안아주었다. 남부 소도시 근처의 공항에는 한 시간도 안 걸려 도착할 테지만, 나는 재이의 수면을 허락했다.

여자는 플래티넘 회원이었다. 재이와 나는 한 달간 숙박하기로 했다. 프런트의 직원은 미소를 지으며 우리를 맞이해주었다. 스튜어디스처럼 프런트 직원도 예뻤다. 이런 여자들을 볼 때는 습관적으로 두 가지에 주목한다. 귓바퀴 옆에 꽂혀 있는 가느다란 머리핀. 바른 듯 안 바른 듯 깔끔하게 발려 있는 누드 톤의 매니큐어. 단정한 차림 자체가 비즈니스의 일종인 여자들의 인상을 결정짓는 것들이다. 그런 여자들을 볼 일은 드물고, 이렇게 보게 되면 기분이 좋다. 그녀들은 항상 미소를 짓는다. 내 여자가 된 것처럼. 재이와 함께 있으니 그녀들은 더 많이 웃는다. 작은 캐리어를 끌고 다니는 귀여운 재이를 보면 누구든 웃지 않을 수 없으니까.

호텔의 하룻밤 가격은 20만 원에 육박했다. 할인율을 적용해보아도 꽤 비싼 밤들이다. 여행을 하며 이런 방에 묵어본 적도 없다. 내게는 여행 자체가 낯선 것이었다. 대학 시절에도 여행을 다녀본 적이 거의 없었다. 배낭여행 같은 건 내 세대의 일반적인 취미가 아니었다. 유럽으로 배낭 메고 떠나는 애들보다 일찌감치 9급 공무원 시험 준비하는 애들이 더 많았다. 어쩌다 가는 여행은 학과에서 단체로 떠나는 MT 같은 것뿐이었는데, 멀리 떠나기만 할 뿐 자취방이나 강의실에서 벌어지던 술자리의 연속이었다. 숙소는 나쁜 방들만 일부러 심사숙고해서 골라낸 듯 최악이었다. 자취방이나 강의실에서, 그리고 야외에서도 서로의 몸에 몸을 쌓으며 잘만 자던 우리들이었지만 멀리 떠나와도 변함없다는 사실은 조금 슬펐다.

여자들과 다녔던 몇 번의 여행. 그건 정말이지 처참하기 이를 데 없었다. 여자들은 나와 여행을 다녀오기만 하면 이별을 제안했다. 여행은 사람의 욕망을 전면적으로 확인할 수 있는 계기였다. 평소에도 주전부리 잘하던 여자들은 여행을 떠나면 더욱 식탐이 많아져 시도 때도 없이 먹을 것을 찾았고, 나는 대체로 받아주지 않았다. 여자들은 대부분 많이 먹기도 했지만 거의 전부가 깨끗한 숙소를 원했다. 잠만 잘 수 있는 곳을 원하는 여자는 한 명도 없다고 봐도 무방했다. 나는 좀처럼 그들을 이해할 수 없었다.

엘리베이터에서 내리자마자, 풍겨오는 향기는 대개의 호텔에서 풍기는 그것과 다르다. 평범한 머스크 향이었지만 이런 향을 풍기는 숙박업소를 본 적은 없었다. 어느 저녁 너른 거실 바닥에 가득 펼쳐놓은 마른빨래에서 날 듯한 기분 좋은 향이다. 시장통에 위치한 장급 모텔로 돌아가기란 힘들겠구나, 잠시 생각한다. 허름한 숙박업소 특유의 냄새가 있었다. 화한 락스 냄새와 달콤한 로션 향이 뒤섞인 듯한. 그런 곳에 들고 나면 머리카락이며 옷에 그 냄새가 밴 것 같았다. 사정이 여의치 않아 어쩌다 3만 5000원짜리 하룻밤을 보내게 되면 처지를 비관하게 될 것이다. 돌아갈 수 없게 되었다는 증거다.

벽에 걸린 그림들도 진짜 그림들이다. 모작이 아니란 이야기다. 마지막으로 갔던 모텔을 떠올려본다. 역세권에 있는 모텔이었다. 모텔 이름은 '행복한 눈물'. 1000만 달러를 호가하는 리히텐슈타인의 그림 제목이다. 동행한 여자는 눈살을 찌푸리며 이렇게 말했다. 설마 그건가? 리히텐슈타인 그림? 나도 설마 했지만 로비에 대문짝만 하게 걸린 모작을 보고 확신할 수 있었다. 행복한 눈물을 흘리는 그림 속 입 큰 여자처럼 그 여자의 입도 떡 벌어졌었다.

이제 여자들을 어렴풋이나마 이해할 수 있을 것 같다. 많은 여자들, 그리고 잘살아온 남자들이 양보할 수 없는 조건 같은 것들을. 누구나 좋은 것들을 겪고 나면 나쁜 것으로 쉬이 돌아갈 수 없다는 사실이야 이미 알고 있다. 나쁜 것에 대한 면역력이 떨어져버린 것이다. 고작 냄새만으로도 나는 이런 생각을 한다.

재이는 열쇠를 들고 가겠다고 고집을 부렸다. 유광 코팅으로 반짝이는 분홍색 카드였으므로 재이가 탐낼 만했다. 생일 파티 초대장이라도 되는 양 재이는 신나서 그것을 만지작거린다. 그러나 당연히 재이는 스스로의 힘으로 문을 열 수 없다. 버둥거리는 재이를 번쩍 들어 문을 열도록 도와주었다. 문이 열리자 재이는 신발을 벗으려 애쓴다. 패딩 부츠는 재이에게 난이도가 높은 신발이다. 신발을 벗는 걸 도와주려니 재이의 팔이 목에 감겨온다.

그때 나는 생각한다.

평범한 부모들을 두 부류로 나눠볼 수 있지 않을까. 일찍이 자식에게 좋은 것들만 겪게 하고 싶은 어떤 부모들. 나쁜 것들도 충분히 겪게 하고 싶은 다른 부모들. 전자라면 좋은 것들만 겪은 자녀가 설령 나쁜 것들을 겪게 되더라도 금방 좋은 것들로 돌아갈 수 있기를 바라는 것일 터였고, 후자라면 나쁜 것들도 겪어본 자녀가 설령 나쁜 것들을 겪게 되더라도 그 사실에 크게 불행을 느끼지 않기를 바라는 것일 터였다. 사실 전부 나쁜 것들에 대한 불안이다. 나는 재이에게 어떤 부모가 되려 하는 중인가. 재이는 신을 벗고 발을 올려놓는다. 대리석 바닥에.

나는 경대에 녹취 정리 서류와 여자의 포트폴리오를 포함한 참고자료들, 그리고 노트북을 부려놓는다. 짐을 정리한 후 재이의 옷을 갈아입히고 냉장고에 있던 과채 주스를 입에 물려주었다. 재이는 자꾸 자신이 끌고 온 캐리어 위에 앉으려 한다. 나는 캐리어를 옷장 안에 넣어버리고 소파에 있던 빨간 쿠션에 재이를 앉혔다. 재이의 자리는 여기야. 재이는 쿠션에 앉아 말가니 나를 본다. 그 모습이 문득 멀리 간 아빠를 기다리는 아이 같아 보여서 가슴이 아프다. 노트북 부팅을 기다리며 재이에게 기린 뿔 모양 머리띠를 씌워주고는 그 모습을 카메라로 찍었다. 남부 소도시에서의 첫 사진이었다. 재이는 통 유리창 앞에 앉아 있고, 손가락으로 V를 그린 재이의 뒤에 바다가 보인다.

　침구는 말끔하게 정리되어 있었다. 퀸사이즈 침대에는 얄궂게도 환영의 말을 담은 카드가 놓여 있다. 헬로 미스터 리. 낯간지럽다. 엄밀하게는 헬로 미시즈 허가 되어야 할 것이다. 허 교수, 그러니까 나를 이곳으로 보낸 여자의 돈으로 묵는 방이니. 자료들을 다시 정리하며 경대에 있는 어메니티를 확인한다. 스킨, 로션, 에센스, 크림, 전부 남성용이다. 당연히 비닐 봉투에 담긴 일회용이다. 누구나 함부로 사용할 수 있는 물건이 아니며, 나만을 위해 준비되었다는 뜻이다. 문득 챙겨 온 재이의 물건들이 떠올랐다. 재이의 로션, 크림, 파우더 등. 나는 경대에 부려놓았던 작업용 짐들을 소파 테이블로 치웠다. 경대의 빈 자리는 재이의 물건들로 채워졌다.

　재이야. 아빠랑 오니까 좋아?

　물어볼 시점이다.

　배고파.

　재이는 동문서답을 한다. 나는 배고프다며 시무룩한 재이가 그 옛날의 여자들과 흡사하게 여겨져 기가 막히고 우습다.

　밥 먹으러 가자.

　언제에?

　기대감에 충만한 듯 재이는 말꼬리를 길게 뺀다. 아빠 일 30분만 하고, 대답한다. 낮 동안 작업을 시작하긴 글러먹은 듯하다. 인터넷을 이용해서 처리해야 할 일만 후딱 해야겠다 싶다. 재이에게 밥을 먹이고, 장을 봐야 할 것 같다.

　아빠 이것만 하고, 아빠 이것만 할게, 재이가 듣든 말든 나는 습관적으로 중얼거린다. 재이가 곁에 다가와 오래된 잡지를 집어 든다. 무거울 텐데, 생각하는 찰나. 제XXVII권 제3호. 통권 제107호. 재이가 로마자를 유심히 본다. 그것을 읽어낼 수 있을 것처럼. 그래, 아이에게는 한글이나 로마자나 똑같이 해독 불가능한 문자다. 그러나 곧 재이는 로마자를 집어치우고 노래를 부른다.

　문득 이런 환상을 본 듯하다. 재이가 로마자를 주목한다고 해도 내가 그 사실을 알아챌 방법은 없다. 아빠 이건 뭐야, 정확하게 손가락으로 짚어내면 몰라도. 재이는 어느새 잠들어 있다. 비행기에서의 수면이 충분하지 않았던 모양이다. 나는 재이가 언제 깨어날까 가늠한다. 아무래도 한 시간 이상 잘 것 같다. 작업을 시작하기도 뭣하고 안 하기도 뭣하다. 문득 황망해진다. 어미가 일 나가며 재워둔 아이가 갑자기 잠에서 깼을 때 느끼는 황망함 같은 것이다. 집은 어둡고 아무도 없다. 내게 분명하게 남은 원체험이다. 어머니는 가혹하게도 문을 단단히 걸어두고 외출하곤 했다. 내 힘으로는 절대 열 수 없도록. 문 열기를 포기하고 다시 어둑어둑한 집 안을 감당하다 보면 한구석에서 기린 같은 커다란 짐승이 나를 노려보고 있는 듯했다.

　그런 기분이 든다. 그러나 어둑어둑한 집과 비교할 수 없을 만큼 호텔 방은 아늑하다. 자고 있는 건 내가 아니라 내 아이다. 재이가 깨어나서 황망함을 느낄 일은 없다. 아이에게는 내가 있으니까. 나에게는 아이가 있고. 내가 보는 환상은 커다란 짐승이 아니라 기린 머리띠를 쓰고 노래를 부르는 내 아이의 귀여운 모습이다. 재이는 머리띠를 쓴 채 잠들어 있다. 그것을 조심스레 빼내면서, 나는 재이의 곁에 앉았다.

　날이 어두워졌고, 더는 미룰 수 없다. 여자의 생애를 내가 시작한다. 내게 자서전 대필을 맡긴, 의상디자인과 교수인 이 여자는 단연 전자의 부모에게서 길러진 종류였다. 그녀의 부모는 예로부터 손 관리에 각별한 신경을 쓸 것을 주문했다. 여자의 이야기는 여기서부터 시작이다. 부모 말에 따르면 여자는 자고로 손이 예뻐야 물일뿐 아니라 각종 험한 일을 덜하게 된다는 거였다. 그런 여자가 핀 쿠션을 손목에 걸었을 때, 반짇고리를 달고 사는 일을 하기로 했을 때 여자의 부모는 반대했다고 한다. 그토록 가르쳐놓았는데 여공들이나 하는 일을 한다고 속상해했다고. 그때부터 여자는 우울증에 걸렸다고 했다. 아름답고 착하게 살라고 한 부모의 뜻을 거역한 자신에 대한 배반감 때문에.

　초반부터 뭔 개소린지, 생각하며 타이핑을 했다. 내가 본 여자의 손은 전혀 예쁘지 않았다. 그런데 부모님은 손이 예뻐야 한다고 강조하셨다는 내용으로 시작하려니 영 찜찜했다. 여자는 꼭 그 대목에서 출발해달라고 했다. 극적인 구성이기는 했다. 정확히 말하자면 집중적 구성이다. 오래전 그런 내용을 강의한 적 있다. 태반이 졸거나 떠드는 중학생들을 모아놓고. 지지리도 못사는 동네의 보습 학원이었다.

　어떤 인물의 생애와 업적, 언행, 성품 등을 사실에 바탕을 두고 기록한 글이다. 크게 일대기적 구성과 집중적 구성으로 나눌 수 있지. 본인이 스스로 쓰느냐, 다른 사람이 쓰느냐에 따라 나뉘어.

아름답고 착하게

이 중 자신의 생애를 직접 쓴 글이 자서전이다.

소설과의 차이를 애써 설명하기도 했다. 시험 성적에는 관심 없
는 아이들이었지만. 전부 맞벌이 부모들이 탁아소라도 되는 양 집
어넣고 간 아이들이었지만. 인물의 생애가 극적으로 제시된다고
하더라도 소설은 허구의 이야기이고 전기는 반드시, 반드시 사실
에 입각해야 한다. 교실 전체의 풍경은 메타 시점으로 각인되었다.
그 말을 마치고 냉수를 들이켜던 인간의 모습이 선명하게 떠오른
다. 재이가 태어나기 직전이었다. 나는 하루도 쉬지 않고 일했지
만 가끔 교통비도 없어 난감한 대학원생이었다. 대학원 수업을 들
으며 최 교수의 연구실에서 소처럼 일하던 시절이다. 엄마가 해준
게 뭐가 있어, 라는 말을 그때만 해도 입에 매달고 살았다. 내가 굶
어 죽게 되더라도 엄마한테 손 벌릴 일은 없을 거야, 이런 말을 해
버렸는데 아이가 덜컥 생겼다. 결혼식은 못 올려도 아이는 강보에
감싸 키워야 했다. 임금을 떼먹기 일쑤인 보습 학원에 나가는 것
만으로는 안 되는 것이었다.

아름답고 착하게. 24포인트의 압도적인 크기로 모니터 한가운
데 박혀 있다. 여자가 직접 만든 유일한 문장이다. 사실에 입각해
야 한다, 유독 입에 감기던 그 말이 떠오른다. 책상에 함부로 엎드
려 졸던 아이 중 한 명이 번쩍 손을 들어 이렇게 질문해왔다면 어
땠을까. 선생님, 본인이 스스로 쓴 글이 자서전이고 남이 써준 글
이 전기라면 자기 생애에 대해 본인이 쓰고 싶은 대로 남이 써준
글은 뭐라고 불러야 할까요? 출간되는 자서전 중에는 그런 글이
훨씬 많지만 나는 다시 잠이나 자라고 했을 것 같다. 또 어떤 아이

가 이렇게 질문했다면. 선생님, 제가 읽은 대부분의 위인전에는 그 사람이 얼마나 훌륭한지에 대해서 적혀 있었는데요. 전기의 주인공을 존경하지 않고도 그 사람의 전기를 쓰는 일이 가능한가요?

나는 아직도 이런 쓸데없는 생각들을 넘어서지 못한다. 노트북을 밀어두고 미동도 없이 잠들어 있는 재이를 바라본다. 다행히 재이는 주는 대로 잘 받아먹고 때가 되면 군말 없이 잠드는 아이다. 가장 놀라운 건 잠에서 깨어날 때다. 내가 얼마나 잠투정이 심한 아이였는지는 나도 기억한다. 아이 입장에서는 잠이라는 전환을 지나 현실을 마주할 때의 황망함이 견디기 어려운 것이다. 그러나 재이는 단 한 번도 잠투정을 부리지 않았다. 잠에서 깨면 헝클어진 머리카락을 긁으며 멍한 눈으로 앉아 있을 뿐이다. 하얀 내복 바람으로 그러고 앉아 있는데 토끼같이 귀엽다고 어머니는 재이를 끌어안으며 말했다. 너도 얘 같기만 했더라면. 씨도둑 한 거 아닌가 싶을 정도로 안 닮았어. 어머니의 비난을 감수하며 나는 나의 단점을 온통 거스르고 태어난 듯한 재이를 한 번 더 안아주곤 했다.

재이가 태어나기 전까지 어머니와 나는 단칸방에 살았다. 돈을 더 들여서 이사할 필요가 없었다. 나는 침대에서, 어머니는 바닥에서 잤다. 대부분의 시간을 학교나 작업실로 쓰는 고시원에서 보내는지라 집에서는 잠만 잘 뿐이었다. 방 두 개에 거실 딸린 집으로 이사 가기 위해서 얼마가 더 필요한지 가늠하지도 않았고, 어머니가 가진 재산이 얼마인지 궁금하지도 않았다. 그러나 재이가 태어난 후 우리에게는 돈이 자꾸 생겼다. 돈을 쓰다 보니 자꾸 생기는 것 같았다. 교통비가 없어 난감하던 옛날의 나는 없었다.

1970년대에 중학생이었던 여자, 허 교수도 비슷한 말을 했었다. 형제들은 모두 밥을 굶을 지경인데 내겐 파카 볼펜을 사다 주신 거야.

여자 생애의 내적 구조가 조금씩 이해되기 시작한다. 손이 예뻐야 한다고 했던 부모님과 그런 부모님을 거부하고 자신의 삶을 만들어갔던 여자. 결국 부모님이 원하는 결론을 맞았던 여자의 생애가 좀 더 확실히 그려진다. 나는 이 이야기의 내적 구조에 동의하기 시작한다. 타이핑에 속도가 붙고 지끈거리던 머리가 맑아진다. 생수 1.5리터를 비우자 만족할 만한 도입부가 완성되었다. 글이 잘 써질 때면 노트북 자판을 두드리는 느낌이 유독 만족스럽다. 교사용 참고서에 쓰여 있는 설명을 베껴 판서할 때면, 내용은 무엇이든 좋았고 물 백묵의 부드러운 필기감만 손에 감겼다. 판서를 하는 동안 나의 글씨 쓰는 솜씨는 빠르게 향상됐다. 나는 자로 잰 듯 정확하게 판서한다. 철새는 새의 하의어고, 텃새의 반의어다. 비록 그걸 노트에 받아 적는 아이는 단 한 명도 없다고 봐야 했지만. 우리들의 글쓰기 도구는 우리들 생각과 함께 작업한다. 왠지 좋아 오래전에 적어둔 니체의 말이다. 타자를 치면서 새 세상을 발견한 그가 감격에 겨워 한 말이다. 나는 아무 생각이 없어진다. 작업에 속도가 붙으면 더 많은 시간을 재이와 함께 즐길 수 있을 것이다. 갑자기 욕심이 난다. 이왕 떠나온 김에 다양한 사진을 남겨주고 싶다. 재이가 성인이 되어 본 사진 속 호텔의 모습이 촌스러울지라도, 그런 추억을 선물하고 싶다. 와, 이 시절에는 고급 호텔이

랍시고 이런 인테리어를 했구나. 재이가 친구들과 함께 그런 대화를 나누었으면 좋겠다. 머릿속이 온통 그런 상상으로만 가득해 기분이 좋다. 손은 점점 더 빨라진다.

수건은 충분하다. 커다란 목욕 수건도 넉넉해서 욕조 앞에 한 장 깔아두었다. 입욕제가 거품이 되어 몽글몽글 솟아난다. 재이는 자꾸 거품을 잡으려고 한다. 거품은 재이의 손에 쉬이 잡히지 않고 작고 낮은 코끝에 가서 앉는다. 재이는 후후 불며 코끝의 거품을 몰아내려 애쓴다. 그런 재이의 행동은 마치 베이비로션 광고에 나오는 앙증맞은 아이의 그것 같다. 나는 그 모습을 가만히 본다. 넌 어디에서 왔니. 재이를 낳아준 여자를 이미 오래전에 잊었다. 그러나 가끔은 재이에게 그 여자의 모습이 보이는 것 같다. 그게 어떤 모습인지는 모르겠다. 그러나 내게 없는 아름다움이 재이에게 있다면 그 여자가 준 것일 터였다. 내게 없는 것들이 보일 때마다 어떤 여자를 생각한다. 정확히는 어떤 여자의 어떤 아름다움을 생각한다. 그 아름다움의 일부를 하루 종일 골똘하게 생각하던 날도 있었겠지.

재이의 보디로션은 어느새 제법 줄어 있다. 나에게는 날마다 일회용 어메니티가 배달되므로 소모품을 통해 시간의 흐름을 가늠하기란 어렵다. 그러나 허 교수의 인생은 꽤 진행되었다. 호텔 근처의 식당도 제법 들러보았고, 인터넷에 올라오는 맛집과 진짜 맛집을 구분할 줄도 알게 되었다. 재이를 데리고 나가 다양한 배경의 사진을 찍어주었고, 호텔에서도 꽤 많은 사진을 찍었다. 대부분의 사진에서 재이는 그림책을 들고 있다. 나중에 재이가 이 사진들을 증거로 자신은 세 살에 이미 한글을 뗀 천재였노라고 주장할 것 같다는 상상을 하면 즐겁다.

재이는 그림책을 본다. 허 교수는 호텔로 꽤 많은 그림책을 보내주었다. 책을 들춰보면 놀랄 만큼 아름다운 색채의 그림이 가득했다. 내가 작업하는 동안 재이는 책에 있는 그림들을 구경하고, DVD를 보거나 낮잠을 잔다. 나는 거의 매일 밤 재이를 재우며 그림책을 읽어주었다. 재이는 듣는 둥 마는 둥 하다 잠을 잔다. 그러나 잠든 재이의 눈알이 닫힌 눈꺼풀 아래에서 빙글빙글 돌아가는 걸 본다. 재이는 재미난 꿈을 꾸고 있는 중이다. 그럴 때면 내가 읽어준 동화가 재이의 꿈속에서 펼쳐지고 있노라는 확신이 든다. 곤돌라를 타고 날아다니기를. 곤돌라도, 바깥세상도, 그저 안전하기를. 재이가 겪을 앞날은 그저 안전하기를 바란다. 재이를 낳아준 여자처럼 어느 날 덜컥 아이를 갖고 그 아이로부터 멀리 달아나는 그런 인생이 아니기를.

나는 허 교수의 안전한 인생을 쓰며 진심으로 바랐다. 재이의 앞날도 이만큼 평탄하기를.

매일 일정한 시각, 재이와 나는 바다 둘레길을 산책했다. 재이는 파도라는 중요한 단어를 배웠다. 파도가 철썩, 철썩. 파도 뒤에 으레 따라붙는 의태어도 배웠다. 바다를 직접 보며 그것을 배웠다는 것이 뿌듯하다. 재이는 가끔 빨간 쿠션에 앉아서도 그 말을 한다. 창밖 바다를 가리키며. 파도가 철썩. 그림책에 바다가 나오면 고개를 갸우뚱하며 창밖을 가리키기도 한다.

산책을 하다 바람이 불면 재이는 곧잘 눈살을 찌푸렸다. 종종 찡그리는 버릇은 나를 꼭 닮았다. 그럴 때면 나는 훤히 드러난 재이의 이마에 잡힌 주름을 손가락으로 펴주었다. 어머니가 내게 해주었던 것처럼. 산책을 마치고 돌아오면 그날의 청소가 끝나 있다. 청소를 마친 방에 들어가는 일은 매번 신기하다. 아무도 들었던 적 없는 방 같아 새날을 시작하는 실감이 난다. 우리가 벌여놓은 소지품들은 그대로 있는데, 침구며 어메니티류는 전부 새것이다. 빗과 칫솔, 치약과 화장품들, 면도기, 비누, 샤워블록 등이 모두 비닐에 들어 있다. 경대 앞에 몇 주째 버티고 있는 재이의 화장품들만 날로 낡아간다.

허 교수는 자신이 그 도시를 사랑하게 된 까닭을 발견해보라고 했다. 나는 그녀가 때로 호텔을 찾는 까닭에 동의했다. 쉰이 넘은 그녀가 알코올중독에 놀라울 만큼 교양이 없고 남편과 자식들을 경멸한다는 건 그녀의 생애사에 등장하지 않는다.

비싼 밤들이 아직 많이 남았다. 오늘 밤도 내 앞에 벌거벗고 누워 있다. 밤이 충분하므로 아직 꽤 남은 원고에 대해서는 걱정하지 않는다. 오늘도 일정량의 원고를 쓰고 재이의 곁에 누워 잘 것이다. 그리고 언제나 그렇듯 아침에는 욕조에 물을 받을 것이다.

나는 재이와 나를 여기에 보낸 허 교수의 저의를 다소 의심한다. 더불어 오래전 글을 쓰면서 꿨던 꿈을 생각한다. 명품 카탈로그만큼이나 화려하고 말도 안 되는 꿈이었다고 생각한다. 그때는 패션지를 보는 여자들을 비웃으며 그녀들이 아무리 명품을 욕망한들 소용없을 것이라 생각했다. 오래전 내가 쓰고 싶은 글만 쓸

때의 이야기다. 이제 남은 과제는 세상의 모든 글쓰기를 감당하는 일이다. 내가 맞서 싸워야 할 대상이 있다면 그 역시 글쓰기라는 행위다.

나는 노트북을 덮고 침대에 모로 눕는다. 재이가 작고 부드러운 발로 얼굴을 툭 건드린다. 나는 재이의 발바닥에 입을 맞췄다. 언제나와 같이 달콤한 재이의 발 냄새 때문에 행복한 꿈을 꿀 수 있을 것 같다.

아빠, 쓸데없는 생각하지 마.

재이가 유창하게 말하는 꿈. 오늘의 나를 꾸짖는 꿈.

박민정

1985년 서울에서 태어났다. 2009년 〈작가세계〉 신인상에 단편소설 〈생시몽 백작의 사생활〉이 당선되었다. 소설집 《유령이 신체를 얻을 때》가 있다. 김준성문학상을 수상했다.

길 위의 친구들

백수린

나는 이해하지 못하는 채 학생들 사이를 걸었다,
내 속의 벽들을 드러내지 않은 채, 매일같이
나뭇가지들을 위해, 빗방울과 잃어버린 달을 위해
내 보잘것없는 시를 찾으며.
– 파블로 네루다, 〈길 위의 친구들〉

우리는 끝을 향해 가기로 했다.

지난 몇 년간 친구들과 여행을 계획한 적이 있긴 했지만 단 한 번도 실행 단계까지 도달한 적은 없었다. 친구들이 하나둘 결혼을 하고 아이를 낳고, 삶이 가족 중심으로 한정되기 시작하면서 우선 순위가 바뀐 탓이었다. 계절에 따라 햇빛의 농도가 달라지는 것이 그러하듯, 나는 이 모든 변화가 자연스러운 일이라고 생각해왔다.

그렇지만 이번에도 흐지부지될 줄 알았던 여행 계획이 눈앞의 현실로 다가왔을 때 나는 내가 이런 일을 얼마나 그리워했는지 깨달았다. 커다란 배낭에 옷가지와 화장품 샘플을 챙겨 넣으면서, 고작 2박 3일 지방에 다녀오는 것인데도 불구하고, 지나치게 들뜬 기분이었다.

이번 여행이 신문에 실린 한 편의 글 때문에 성사되었다고 하면 지나친 비약일까? 올해 나는 별 볼 일 없는 단편소설을 써서 신춘문예에 당선됐다. 그 뒤 삶이 달라진 것은 딱히 없었지만 한 가지만은 분명히 깨달을 수 있었다. 그것은 내 소설을 당선시켜준 신문의 독자 폭이 생각보다 꽤 넓다는 사실이었다. 오래전 알고 지냈다가 연락이 끊겼던 사람들이 이러저러한 방식으로 축하한다며 연락을 해왔다. 그중에는 예전에 잠깐 만났던 남자도 있었고, 고등학생 때 짝사랑하던 국어 선생님도 있었다. 그런 연락은 대개 반가웠지만, 짧은 몇 마디를 주고받고 나면 끝나게 마련이었다. 그리고 3월을 지나가면서부터는 그런 연락을 받는 일조차 뜸해지기 시작했다.

민아가 연락해온 것은 그로부터 한참 후인 10월 말이었다. 등단하고 거의 1년이 다 되어가는 시점이었다. 민아와 통화하는 것은 퍽 오랜만이었다. 우리는 대학 시절 친하게 지냈지만 민아가 신랑의 직장 탓에 목포로 이사하고 나서는 거의 교류가 없었다. 민아는 등단 소식을 들었다며 뒤늦게나마 축하 인사를 전하고자 전화를 걸었다고 했다. "어떻게 등단해놓고 나에게 연락을 안 할 수가 있니?" 민아는 진심으로 섭섭한 말투였다. "아무래도 아기 키우고 그러니까 바쁠 것 같아서." 이것 역시 어느 정도는 나의 진심이었다. 이런저런 대화 끝에, 민아는 나에게 얼굴도 한번 볼 겸 함께 여행을 갈 생각이 없느냐고 물었다. "작가 선생님이 된 네가 어떻게 변했나 보고 싶으니까 바빠도 꼭 같이 가줬으면 해." 민아와 둘이 보는 것은 정말 오랜만이었고, 단둘이 하는 여행은 처음이었다. 평소에는 충동적인 결정을 하거나, 귀찮은 일을 벌이는 데 적극적이지 않은 나였지만 친했던 친구와의 여행을 생각하니 제법 설렜다. 등단 소식을 미리 전하지 못한 것에 대한 미안한 마음도 어느 정도는 작용했을 것이다. "그래서 어디로 갈 생각인데?" 웃음 섞인 나의 질문에 민아는 잠시 머뭇대더니, 조심스러운 말투로 "해남에 다시 가보면 어떨까?" 하고 물었다.

해남에 도착한 것은 다섯 시간 동안 고속도로를 달려온 뒤였다. 우리는 해남종합버스터미널에서 만나기로 되어 있었다. 민아는 직접 운전해서 오겠다고 말했다. 우리는 해남에서 1박을 한 뒤, 목포의 민아 집에 가서 하루 더 놀기로 결정했다. 나는 버스에서 내리기 전에 콤팩트를 꺼내 화장을 살짝 고쳤다. 날씨는 늦가을답지 않게 따뜻했다. 터미널에서는 달짝지근한 자판기 커피 냄새가 났다. 양지바른 창가에서는 폴리에스테르 소재의 점퍼를 입은 사내가 흙 묻은 고구마와 직접 따다 볕에 말렸다는 산고사리를 박스째 팔고 있었다. 나는 두리번거리며 터미널 안을 걸어 다녔다. 매표소 앞 벤치에 앉아 있던 누군가가 나를 보고 손을 들었다. 머리가 짧아져 알아보는 데 시간이 걸렸지만, 민아였다.

민아가 몰고 온 차는 흰색 SUV였다. 자동차에 문외한인 내 눈에는 꽤 비싸 보이는 차종이었다. 차 안에서는, 민아가 결혼한 지 6년 만에 어렵게 낳았다는 아이의 분 냄새가 났다. 뒷좌석에는 아이용 카시트가 실려 있었다. 차에 올라타서 우리는 반갑다며 다시 한번 인사를 주고받았다. 나는 민아의 외모가 예전과 많이 달라졌다고 생각했는데, 아무래도 시간이 많이 흘렀기 때문인 듯했다.

민아는 시동을 걸고, "먼 길 오느라 배고프지?" 하더니 나를 위해 챙겨 왔다는 바나나를 건넸다. 바나나가 멸종할지도 모른다는 뉴스를 들었다며, 멸종하기 전에 많이 먹어둬야 한다고, 자못 진지한 말투로 이야기해 나를 웃겼다. 민아는 자주색 헝겊 장바구니도 내게 건넸는데 안을 보니 유리병에 든 무화과잼과 매실청이 들어 있었다. "내가 직접 담근 건데, 너 주려고 싸 왔다. 설탕 많이 안 넣었으니 양껏 먹어." 과육이 보이는 무화과잼과 시중에 파는 것보다 색이나 농도가 훨씬 진한 매실청이었다. 뭔가 따뜻하고 간지러운 것이 옷 속으로 파고드는 느낌이 들어 나는 고맙다는 말 대신 괜히 "야, 이건 내가 목포 갔을 때 줘도 되잖아"라고 말했다. "아, 그러네. 내가 요새 정신이 이렇다. 너도 애 낳아봐." 나는 민아가 건네준 무화과잼을 손가락으로 찍어 맛보았다. 새벽 일찍 깨어 장거리를 이동한 탓에 피곤했지만, 친구가 지난밤 긴 시간 저어가며 만들었다는 잼은 달콤했다. 오길 잘했어. 친구와 함께 좋은 시간을 보내며 그동안 아무에게도 하지 못했던 이야기들을 나눌 수 있을 것 같은 느낌이 들었다. 자동차가 달리기 시작하자 창문 틈으로 바람이 조금씩 들어왔다. 창밖으로, 계절과 어울리지 않게 새파란

파밭이 빠르게 지나갔다. 거의 10년 만에 찾은 해남의 풍경은 낯선 듯 익숙했다. 민아가 틀어놓은 라디오에서는 가을엔 편지를 쓰겠어요, 하는 서정적인 음악이 흘러나왔다. 나는 등받이에 몸을 기대며 내가 지난 몇 년 동안 외로웠음을 새삼 깨달았다.

그리고,
송이 이 자리에 함께 있다면 얼마나 좋을까, 생각했다.

우리가 해남에 처음 방문한 것은 대학 졸업을 앞둔 즈음이었다. 그해 나와 민아는 졸업이 예정되어 있었고, 송은 휴학을 했던 탓에 아직 몇 학기를 더 남겨두고 있었다. 우리만의 여행을 계획했을 때, 해남행을 제안한 사람은 송이었다. 아무래도 이유는 땅끝마을 때문이었다. 우리는 갈 수 있는 한 가장 멀리 떠나고 싶었고, 그 시절 가장 저렴한 비용으로 갈 수 있는 가장 먼 곳이 바로 땅끝마을이었다.

성격도 외모도 서로 판이했던 우리가 친해진 이유는 대학 시절 문학 동아리 활동을 같이했기 때문이다. 지금은 문학 동아리라는 종(種) 자체가 멸절했지만 그 시절에도 문학 동아리에 가입하는 신입생은 극히 드물었다. 동기가 동아리 내에 셋밖에 없었기 때문에 우리는 자연히 친하게 지낼 수밖에 없었다. 동아리 일이라고는 별것이 없었고 시나 소설을 써서 문집을 엮는 것 정도가 선배들이 중시하는 사업이었다. 취미가 독서라는 단순한 이유로 문학 동아리에 가입해 억지로 소설이나 시를 지어냈던 민아나 나와 달리 송은 진지하게 소설을 썼다. 나는 제목만 들어봤을 뿐이었던《잃어버린 시간을 찾아서》나《죄와 벌》같은 소설들을 송이 고등학교 때 읽었다고 말해서 주눅이 들었던 기억도 있다. 도대체 그런 책을 어떻게 읽을 엄두를 낸 거야, 하고 언젠가 물었더니 송은 대수롭지 않은 듯 혼자 있는 시간이 너무 많이 남아돌았어, 라고 답했다.

자기 이야기를 하지 않는 편이라 송이 어떤 환경에서 자랐는지 알 길은 없었다. 송이 간혹 했던 말들을 종합해, 수유리 쪽의 인문계 고등학교를 나왔고 아버지가 고등학교 시절 돌아가신 것이 아닐까 짐작해볼 수 있을 뿐이었다. 식성이 까다롭지 않은 송은 유난히 치킨을 싫어했는데, 아무래도 송이 자라온 환경과 어떤 관련이 있는 것 같았다. 송의 식구가 통닭집을 했던 것은 아닐까, 신입생일 때였나, 그 이듬해였나, 송은 없고 민아와 둘만 있던 언젠가, 올리브유에 튀겼다지만 올리브유 향은 나지 않던 치킨을 뜯으며 추측해본 적이 있었다. 서울의 변두리, 프랜차이즈가 아니라 상호도 변변치 않은 허름한 통닭집에서, 몇 번이나 재사용한 기름이 들러붙어 끈끈해진 플라스틱 의자에 교복 차림으로 앉아 프루스트를 펴놓고 읽는 송. 멋대로 그런 상상을 하는 일이 얼마나 폭력적인 것인지도 그때는 미처 모른 채, 나는 그런 송을 그려보며 함부로 짠한 기분을 느꼈다. 무표정일 때는 제법 차가워 보여 친해지는 데 시간이 많이 걸렸지만 사실 송은 순진한 구석이 있었다. 순진하지 않았다면, 비웃음을 당할지도 모르는데 그런 말은 하지 않았을 거라고 나는 지금도 생각한다. 비가 많이 오던 날 두 평 남짓한 동아리 방에서, 소주병 안에 핀 곰팡이 꽃을 보다가 송은 민아와 나에게 말했다. 비밀을 털어놓듯이. 소설가가 되고 싶다고.

　　우리는 읍내에서 점심을 먹은 뒤 예전처럼 땅끝마을에 가기로
했다. "옛날에 그랬던 것같이 땅끝 전망대에서 일몰을 보고, 우리
가 묵었던 민박집에서 하룻밤을 자자." 말만으로도 우리는 그 시
절로 돌아간 양 설렜다. 우리가 모른 척하면 우리 사이에 많은 시
간이 흘렀다는 사실이 없어질 수 있기라도 한 듯이. 우리는 그해
우리가 했던 모든 일들을 기꺼이 복기하고 싶었다. 어쩌면 민아도
나처럼 만회, 하고 싶었던 것인지도 모르겠다.
　　우리는 우선 그 겨울, 점심을 먹었던 식당을 찾아 식사한 뒤 땅
끝에 가기로 했다. 식당은 전통시장 근처에 위치해 있었는데, 하필
이면 장날이라 주차할 자리를 찾기 위해 한참을 헤매야 했다. 색
색의 파라솔이 세워진 시장은 해수욕장같이 보였다. 파도가 밀려
오고 빠져나가듯, 알록달록한 색깔의 누비옷을 입은 아주머니들이
커다란 비닐봉지를 끌며 밀려왔다가 빠져나갔다. 인파를 뚫고 가
까스로 다다른 식당에는 손님이 거의 없었다.
　　우리는 메뉴판을 보고 음식을 주문했다. 얼마 안 있어 금세 반
질반질한 상 위로 참기름에 살짝 무친 나물 몇 가지와 잘 익은 김
치가 작은 종지에 담겨 올려졌다. 삼삼하니, 맛있네. 누군가 틀어
놓은 가게의 텔레비전에서는 리포터가 천일염 대신 중국산 정제
염으로 배추를 절인 업체들을 고발하고 있었다.
　　"저런 놈들 때문에 우리가 손해를 보는 거야."
　　주인아주머니는 우리가 주문한 떡갈비를 상 위에 내려놓으며

혼잣말인 양 중얼거렸다. 가만 들어보니 절인 배추의 대부분이 해남에서 생산되는데, 저런 비양심적인 업체들 때문에 해남 주민들 전체의 장사가 안 돼서 어떻게 하느냐는 것이 요지였다.

"사람들이 너무 이기적이에요."

우리는 최대한 공손한 말투로 아주머니에게 호응을 해드리며 음식을 먹었다.

"그런데, 얼마 전에 텔레비전을 봤는데 환자식 잔반을 재활용하는 병원도 많다더라."

아주머니가 사라지자 민아가 목소리를 낮추며 말했다.

"작은 병원에서는 영양관리사 둬야 하는 법 적용이 안 돼서 그런 거래."

민아는 중요한 비밀을 이야기하듯 심각한 얼굴이었다.

"너 큰 병원 갈 수 있게 보험은 들어놨어? 부모님 보험도 필요한 것 다 들었고?"

민아 신랑이 보험 회사에 다녔나? 갑자기 피곤해졌다.

"아이가 생기니까 병원 갈 일도 많아지고 그런 일들이 예삿일인 거 있지."

그렇게 말하더니 민아는 밥을 먹다 말고 휴대전화를 꺼내어 아이 동영상을 보여주었다. 커다란 리본을 머리에 매단 채 엉덩이를 들썩이는 민아의 딸은 결혼식 날 보았던 신랑의 얼굴을 똑 닮았다. 아이가 카메라를 보고 웃자 민아도 아이를 따라 웃었다. 아이의 엄마가 된 민아. 민아는 유행에 민감하고, 현실감각이 우리 중 가장 뛰어난 아이였다. 두 달에 한 번은 미용실에 가고, 그 계절에 유행하는 색의 색조 화장품은 꼭 챙겨서 사던 아이.

"미안."

갑작스러운 내 사과에 민아는 영문을 알지 못하겠다는 표정으로 나를 보았다. 그리고 휴대전화를 상 위에 올려놓고 다시 밥을 크게 한 숟가락 뜨다가 갑자기 생각난 듯이 말했다.

"참, 땅끝 가는 길에 그때 그 절에 들러보지 않을래?"

우리는 미황사 주차장에 차를 세우고 내렸다. 주차장에는 비수기라 그런지 차가 없었다. 미황사는 10년 전쯤 해남에 왔을 때 교통편이 불편해 우리가 미처 둘러보지 못한 절이었다. "네가 차를 가진 덕분에 여기도 결국 왔네." 절의 입구에서 우리는 신라 경덕왕 8년, 인도에서 온 경전과 불상을 싣고 가던 소가 누운 자리에 의조 스님이 이 절을 지었다는 설화를 읽었다. 절은 아담했다. 담벼락 가까이에는 커다란 감나무가 있었다. 아무도 따지 않는지, 꽃봉오리같이 환한 감들이 가지가 휘어지도록 열려 있었다. 사찰 뒤로는 달마산 자락이 펼쳐져 있었다. 민아는 점퍼 주머니에서 꺼낸 카메라로 절의 곳곳을 담았다. 민아의 얇은 점퍼가 바람에 둥실, 낙하산처럼 부풀어 올랐다.

"저쪽에 좀 가서 서봐."

나는 약간 어색한 몸짓을 하며 민아의 카메라 앞에 섰다. 잎이 마구 떨어졌다. 샛노란 은행잎이. 우리는 민아의 카메라로 우리의 얼굴을 담았다. 팔을 한껏 뻗어 찍은 사진 속에는 둘 중 한 명의 얼굴이 자꾸 잘렸다.

미황사를 다 돌아보고 난 뒤 민아가 달마산을 산책하는 것이 어떻겠냐고 제안했을 때 나는 사실 처음부터 탐탁지 않았다. 등산은 원래 우리의 계획에 없었고, 나는 컨버스화를 신고 있었다. 그렇지만 미황사는 상상했던 것보다 더 작았고 민아는 좀 아쉬운 기색이었다. "제때에 내려와 땅끝에서 일몰을 볼 수 있을까?" 내 말에 민아는 등산로가 있다는 표지판을 보았다는 말로 나를 설득하기 시작했다. "조금만 올라갔다가 금방 내려오면 되지."

민아가 앞서고, 그 뒤를 내가 따랐다. 표지판에 그려진 길을 따라 걷고 있었지만 기대했던 것 같은 등산로는 나올 기미가 보이지 않았다. 길이 생각보다 좁았고, 바닥이 울퉁불퉁했다. 산악회가 지나갔다는 흔적의 빛바랜 리본들이 나뭇가지마다 묶여 바람에 을씨년스럽게 흔들렸다.

나는 올라갈수록 발목이 걱정되었다. 민아는 전혀 신경이 쓰이지 않는지 저만치 계속 앞장서 갔다.

"근데 너 인세나 원고료는 얼마나 받니?"

빠른 속도로 걸어가던 민아는 불현듯 생각난 것처럼 물었다.

나는 민아의 말투가 전혀 공격적이지 않다는 것을 알았지만, 약간 당황했다. 내 설명을 들은 민아는 "그걸로 먹고살 수는 있니?" 하고 또 물었다. 민아가 진심으로 걱정해주고 있다는 것은 알았다.

"근데 너 시집 언제 가서 애 낳을 거야? 결혼 안 하면 삶을 반도 모르는 건데 좋은 글을 쓸 수 있겠어?"

민아는 늘 이런 식이었다.

나는 부러진 나뭇가지들을 밟았다. 민아는 옛날에도 퍽 고집이 세고, 무신경한 면이 있는 데다, 제멋대로였다. 잊고 살았는데 그러고 보면 민아와 나는 예전부터 여러 가지 면에서 종종 부딪치곤 했다. 우리가 별것도 아닌 걸로 다투거나 토라질 때마다 어른스럽게, 중재자 같은 역할을 했던 것은 송이었다. 재수를 한 탓에 우리보다 한 살 많았기 때문만은 아니었다. 가정 형편이 비슷한 민아나 나와 달리 송이 일찍부터 등록금을 마련하기 위해 아르바이트를 해왔기 때문이었을지도 몰랐다. 송은 끊임없이 휴학을 했고 그 탓에 우리는 수업을 같이 듣거나, 공강 시간에 밥을 함께 먹은 기억이 별로 없었다. 송이 휴학하고 아르바이트하던 학원 앞에 찾아가 셋이 생일 파티를 했던 기억은 있었다. 그 학기, 송은 평일에는 영등포 쪽 보습 학원에서 단과반 영어 강사로 일했고 주말에는 정릉 쪽에서 국어를 가르쳤다. 송의 생일이었던 어느 토요일, 우리는 송을 깜짝 놀라게 해주기 위해 케이크를 사 들고 무작정 정릉을 찾았다. 낡은 학원 외벽에 번개 모양의 금이 크게 그어져 있어 놀랐던 기억. 입구에서 송이 나오길 기다리며 더운 날씨에 생크림이 상해버리면 어쩌지, 안절부절못했던 기억. 학원 근처에 마땅한 식당이 없어서 결국 간판도 없는 삼겹살집의 철제 원형 테이블 위에 케이크를 올려놓았다. 5인분을 시켜 먹어도 배가 부르지 않던 신기한 삼겹살을 땀을 뻘뻘 흘리며 굽고, 또 굽고서, 우리는 계절과 상관없이 키위와 포도, 딸기가 올라간 케이크에 초를 꽂고 불을 붙였다. "축하 노래 부를까?" 축하 노래도 불렀다. 언제나 피로해 보였던 송의 얼굴이 촛불 뒤에서 아주 잠깐, 환하게 빛났던 것 같은 기억.

길 위의 친구들

103

우리는 계속, 계속 비탈을 올라갔다. 길은 좁고, 딱히 갈라지는 데도 없이 이어졌다. 길의 양옆은 난폭하게 자란 풀과 덤불로 에워싸였다. 신발 밑창이 얇아 돌멩이를 밟을 때마다 발바닥이 아팠다. 아직 시간이 일러 해가 하늘에 걸려 있었지만, 키가 큰 나무들 때문에 사위는 갈수록 어둑어둑해졌다. 밤이 일찍 찾아오는 계절이었다. 해가 지기 전에 땅끝에 도착할 수는 있는 걸까.

"슬슬 돌아가는 게 어때?"

앞서 걷는 민아를 향해 소리쳤다.

"조금만 더 가면 정상이 나올 것 같은데? 여기선 아무것도 보이지 않잖아."

민아가 뒤도 돌아보지 않고 답했다. 나뭇가지들에 가려 아무것도 내려다볼 수 없기는 했다. 조금만 더 올라가보지, 뭐. 어쨌거나 우리는 오랜만에 만난 거였고, 나는 친구와 별것도 아닌 일로 충돌하고 싶지 않았다. 사실 해남에서 일출과 일몰을 보고 싶어 하던 사람은 송이었다. "일출과 일몰을 동시에 볼 수 있대. 근사하지?" 송이 그토록 신나 하던 모습은 그 전에도, 그 후에도 본 적이 없었다. 시작. 끝. 그런 유의 단어들에 겁도 없이 매혹을 느끼던, 그런 시절도 있었다.

가도 가도 민아가 원하던 정상은 나타나지 않았다. 대신, 공기의 감촉이 바뀌고 어둠의 결이 촘촘해지기 시작할 무렵, 어디선가 푸드덕, 소리가 들려왔다.

"뭐야, 이건?"

내가 소스라치게 놀라 소리를 질렀다.

"새가 아닐까?"

우리는 잠시 멈춰 서서 주변을 둘러보았다. 사방이 조용해졌다. 민아는 다시 발걸음을 옮겼다. 새라고? 민아는 그렇게 믿는 것 같았다. 새라면 하늘로 날아가야 하는 게 아닐까? 소리는 분명히 아주 낮은 곳에서 들려왔다. 햇빛이 닿지 않은 그곳에는 거뭇거뭇한 잡풀들이 어둠 속에 뒤엉켜 있었다.

길은 계속 어디론가 이어졌다. 비탈은 가팔랐다가 다시 완만해지기를 반복했다. 민아의 뒤통수만 바라보며 허덕허덕 뒤쫓는 동안 이정표가 간간이 나타났지만 제대로 가고 있는 중인지는 알 수 없었다. 일몰을 보는 것은 차치하더라도, 더 어두워지기 전에는 산 밑으로 내려가야 하는 게 아닐까. 기분 탓인지 공기도 점점 서느레졌다. 가야 할 길에서 멀어지는 느낌이었다. 빽빽한 나무들 사이로는 빛이 잘 통과하지 못했다. 불안한 눈으로 사방을 둘러볼 때마다 나는 무엇인가 위험한 것, 알 수 없지만 치명적인 것이 어둠 속에 두 눈을 부릅뜬 채 웅크리고 있을 것만 같은 예감이 들었다. 그때 또다시 푸드덕, 소리가 들려왔다. 아주 가까운 곳에서. 너무 놀라 입 밖으로 비명이 튀어나왔다.

민아가 놀란 듯 가던 길을 멈추고 나를 쳐다보았다.

"이제 내려가자, 쫌."

나는 주저앉은 채로 민아를 올려다보았다. 목소리에는 나도 모르게 짜증이 배어 있었다.

비탈을 내려오면서 우리는 둘 다 말이 없었다. 꽤 많이 올라간 줄 알았는데 내려오는 데는 시간이 얼마 걸리지 않았다. 생각만큼 높이 올라간 게 아니었던 거다. 등산로의 초입에서는 누군가가 밟았는지 감이 터져 들큼하고 뗇은 내가 진동했다. 우리는 라디오도 틀지 않은 채 그냥 달렸다. 노면이 고르지 않아 차가 움직일 때마다 발밑에 내려놓은 장바구니 속 유리병들이 서로 부딪혀 자꾸만 덜그럭, 요란한 소리가 났다. 민아는 입을 앙다문 채 정면만 응시하고 있었다. 나는 어쩐지 신경이 곤두섰다. 해가 지기 시작했고, 이번에는 일몰을 땅끝에서 보지 못하는구나 하는 생각에 서글펐다. 땅끝마을에 도착했을 때는 이미 해가 사라져 있었다. 바닷물이 빠져나간 땅끝은 기억과 달랐다. 우리는 예전에 묵었던 민박집을 찾아 헤맸지만 아무래도 찾을 수가 없었다. 나중에 알고 보니 그 자리에는 횟집이 들어서 있었다. "하는 수 없지, 일단 저녁을 먹자." 저녁 식사 시간이 한참 지나 있었다.

식사를 마치고 나오자 진이 빠졌고, 우리는 그냥 음식점 옆의 커다란 모텔에서 묵기로 결정했다. 손님이 별로 없는지 조용한 모텔 내에서는 나프탈렌과 담배 냄새가 풍겼다. 나는 피곤이 몰려와 빨리 눕고 싶은 마음뿐이었다. 방은 작았고 킹사이즈 침대가 방 안 전체를 차지하고 있었다. 나는 서둘러 침대 위에 걸터앉았다. 민아는 방에 들어서자마자 침대 시트를 살피고, 화장실에 들어가 위생 상태를 점검하기 시작했다. 그리고 마지못하다는 표정으로 침대의 가장자리에 앉아서 "이런 데서 묵는 거 진짜 오랜만이다"라고 탄식조로 말했다. 서랍장 위에는 초록색 모기약과 모르는 사람의 머리카락이 붙어 있는 플라스틱 빗이 놓여 있었다. 나는 내가 부끄러워해야 할 이유가 전혀 없는데도 이불을 끌어당겨 천이 해진 시트를 얼른 감췄다.

우리는 굉장히 어색한 얼굴을 하고 침대 모서리에 앉았다. 소주라도 사 올까, 뭔가는 해야 하지 않을까 싶어 말을 꺼내려는데 민아가 어딘가로 전화를 걸었다. "응, 응, 여보. 연두는 재웠어?" 전화를 걸 남편도, 재웠는지 확인할 아이도 없었기 때문에 나는 할 수 없이 구형 텔레비전의 플러그를 찾아 콘센트에 꽂고 텔레비전을 켰다. 파밧, 소리와 함께 화면에 불빛이 들어왔고, 텔레비전에서는 공개 코미디 프로그램이 흘러나왔지만, 나는 좀처럼 프로그램에 집중할 수가 없었다.

밤새 뒤척였는데, 가까스로 잠들었다 생각하고 나서 눈을 뜨니 해가 솟은 지 한참 후였다. 민아는 일어나 침대 위에서 책을 읽고 있었다. 이번에도 일출은 보지 못했다.

날씨는 화창했고, 마을은 고요했다.

우리는 짐을 챙겨 모텔을 나왔다. 밝은 빛에서 보니 민아의 차는 어딘지 마을과 어울리지 않았다. 우리는 아침 겸 점심을 먹기 위해 근처의 아무 식당에나 들어갔다. 자리를 잡고 앉은 뒤 냅킨을 접어 상대방 앞에 깔고 수저를 탁탁, 챙겨 놓고 컵에 물을 따랐다. 우리를 감싸는 냉랭한 공기가 신경 쓰였다. 이럴 거면 여행은 왜 함께 오자고 한 거야. 나는 주인아주머니가 석쇠에 구워준 생선을 발라 먹다가 용기를 냈다. "전망대에 올랐다가 땅끝탑에 갈까?" 땅끝 전망대에 오르는 방법은 모노레일을 타는 것과 걸어가는 것이 있었다. 의도한 것보다 내 목소리가 퉁명스럽게 들려 살짝 당황했는데 민아가 "이번에는 모노레일을 타자" 웃으며 답했다. 민아 나름의 화해의 제스처였다. "아니야, 걸어가도 돼." 이번에는 내가 웃었다.

오래전, 우리가 아직 셋이었을 때, 우리는 두 차례 땅끝 전망대에 오르려고 시도했다. 한 번은 일몰을 보기 위해서였고, 또 한 번은 다음 날 일출을 보기 위해서였다. 그때는 셋이 걸었던 그 길을 이번에는 둘이 말없이 걸었다. 어제처럼 묵묵히, 앞에는 민아가, 그 뒤에는 내가. 오른쪽으로는 산, 왼쪽에는 바다. 커다란 배낭을 멘 사내들이 우리를 앞질러 지나갔다. 영원을 맹세하는 연인들의 이름이 새겨진 자물쇠가 철망에 위태롭게 매달려 있었다.
땀이 났다. 바람이 불었다.
한참을 걸은 끝에 겨우 도착한 전망대 앞에는 예전처럼 벤치가 있었다. 우리는 전망대 앞에서 바다를 한참 동안 내려다보았다. 우리가 아직 어렸을 때, 세상에 대해 두려운 것이 지금보다는 적었을 때, 지켜야 할 것보다는 우리를 지켜줄 것이 조금 더 많았을 때, 셋이 같은 방향을 향해 앉아 있다고 믿었던 그 벤치에 앉아서. 둥근 태양이 솟았다가, 다시 가라앉는 자리. 시작과 끝이 맞물려 있는 땅. 날이 맑으면 한라산 꼭대기까지 보인다는 전망대에는 굳이 입장료를 내고 들어가지 않았다. 높은 곳에서 바라보는 바다는 아득하게 멀었다.

그해, 우리는 일몰을 보는 데는 성공했지만 끝내 전망대에서 일출을 보지는 못했다.

그래도 그날 새벽의 일을 나는 잊지 않았다. 새벽인데다 켜진 외등마저 없어 깜깜했던 골목의 풍경을. 골목 어디에서인가 들려왔던 고양이의 울음소리를.

"그때 기억나니?"

벤치에 앉아 내가 물었다.

"그럼 기억하지."

민아가 답했다.

그날 새벽, 우리는 추위에 떨며 어두운 골목을 걸었다. "돌아갈까?" 누군가가 말했고 "아냐, 그래도 이왕 나왔는데, 일출을 봐야지" 또 다른 누군가가 말했다. 민아와 나는 겁이 나서 손을 꼭 잡았다. 송도 무서운 게 틀림없었지만 먼저 가자고 말을 꺼낸 사람이라 책임감을 느꼈는지 무섭지 않은 척 앞장섰다. 우리는 결국 전망대에는 다다르지 못했다. 땅끝탑에도 도착하지 못했다. 전망대로 향하는 계단에 도착하기도 전에 해가 뜨려 하고 있었기 때문에. 우리는 그냥 길 위에 멈춰 서서 바다 쪽을 바라보며 서 있었다. 날이 너무 추웠다.

"그때, 사라지더니 빈 박스를 몇 개 주워 왔잖아."

민아가 아련한 말투로 말했다.

그랬다. 기다리고 있으려며 어디론가 사라졌던 송이 빈 박스를 주워 왔다. 해가 곧 뜰 듯이 사위가 점차 밝아왔고, 송은 종이 상자에 라이터로 불을 붙였다. 바람이 불어 불은 붙을 듯 붙을 듯 붙지 않았다. "이제 관둬. 곧 해가 뜰 것 같으니 하늘이나 봐." 민아가 송의 팔을 끌어당겼다. 내가 민아에게 다가가 팔짱을 꼈다. 그때, 해가 수평선 위로 솟고, 불이 타닥, 타닥 소리를 내면서 간신히 옮겨붙었다.

"그 박스에서 비린내가 엄청 났잖아."

생선이라도 담겨 있었던지 불이 붙은 박스에서는 비린내가 진동했다. 바람에 날리던 불똥이, 밤이 내린 사막의 가장자리 위로 고요히 내리는 풋눈처럼 반짝였다. 우리의 얼굴로 치솟던 불길. 뜨겁고, 아름답고, 비릿했던 불길.

"혹시 카보 다 로카(Cabo da Roca) 나오던 소설 기억해?"

반도의 최남단임을 상징하는 땅끝탑 앞에 이르렀을 때, 민아가 물었다.

"응, 당연하지."

민아가 그 소설을 기억하고 있을 거라고는 생각하지 못했다. 그것은 송이 졸업 직전 문집에 실었던 소설이었다. 나는 작년 이맘때쯤 신춘문예에 투고할 소설의 첫 문장을 수없이 고쳐 쓰다가 침대 아래 처박아둔 문집들을 꺼내어봤기 때문에 그 소설을 기억하고 있었다. 송의 소설 속에서 주인공 K는 가까스로 찾아온 카보 다 로카 곶에서 몇 줄의 글이 담긴 유리병을 바다로 집어 던졌다. 소설의 마지막 장면은 대충 이런 식의 문장들로 이루어져 있었다. *그곳은 아메리카 대륙을 발견하기 전까지 유럽인들에게는 대륙에서 가장 먼 서쪽 땅이라고 알려져 있던 곳이라 했다. 대륙의 서쪽*

끝. 그러나 끝에 가 닿은 사람은 알 수 있다. 끝이라고 생각했던 그 곳이 결코 끝이 아니라는 것을. 끝인 곳에 이르면 길은 새로 시작된다. 단지 끝을 보기 전에는 아무도 그것을 상상할 수 없을 뿐이다. 벼랑 끝에 몰려, 이름마저 바꾸고 연고가 없는 낯선 도시에 가 홀로 정착하는 인물이 등장하던 송의 소설들은 대부분 이런 식의 터무니없이 낙관적이고 희망찬 말들로 끝났다. 허무에 기대는 것은 차라리 쉬운 거라고, 송은 언제나 내게 말했다.

아마도 민아의 청첩장을 받기 위해 셋이 모였던 날이었을 거다. 결혼식에는 가지 못할 것 같다며 대신 전해달라고 송이 5만 원을 내게 쥐여줬던 날. 1년여 만에 만난 송은 얼굴에 핏기가 하나도 없었다. 그때 나는 수습사원으로 일하던 잡지사에서 정직원으로 전환되는 데 실패해 마음에 여유가 전혀 없었다. 송은 여전히 각종 아르바이트를 전전하며 습작을 하고 있었다. 그즈음, 송은 기면증에 걸린 사람처럼 어디서든 갑자기 고꾸라져 잠든다고 했다. "어떻게 그럴 수 있어?" 하고 묻자 송은 멋쩍은 표정을 지으며 그 대신 번번이 소스라쳐서 잠에서 깨어난다고 답했다. 악몽을 꾸기 때문이었다. 송은 꿈꾸는 동안 손을 하도 꼭 쥐어 자다 깨어보면 손바닥에 손톱자국이 선명히 찍혀 있다고 말했다. 행복해 보이는 민아와 헤어지고 우리는 버스 정류장에 서서 버스를 기다리던 중이었다. "어디 아픈 건 아니니?" 나는 버스가 오는 방향을 쳐다보며 건성으로 물었다. 송은 하혈이 몇 달째 멈추지 않는다고 했다. "그러지 말고 산부인과에 가." 내가 말했다. "혹시라도 병이 발견되면 어떻게 해." 송이 말했다. "그러면 치료를 해야지." 나는 또 다시 버스가 오는 쪽을 살폈다. 버스는 오지 않았고, 송은 아이보리 종이에 금박 테두리를 두른 청첩장을 한동안 바라보았다. "수술해야 한다는 말을 듣기라도 하면 더 많은 아르바이트를 해야 하잖아. 그런 건 너무 무서워."

송이라는 이름을, 의식적으로, 언급하는 것을 피했기 때문에 우리의 대화는 어딘지 조금씩 구멍이 뚫려 있었다. 그것을 민아도, 나도, 똑같이 느꼈겠지만, 그러나 민아도, 나도, 둘 다 그 사실을 모른 척했다.

"이곳에서 병을 던지면 카보 다 로카 곶의 누군가가 받을 확률이 과연 있을까?"

암초 위로 파도가 거품을 내며 부딪쳤다가 사라졌다.

"그런 일은 기적에 가까운 일이 아닐까?"

송이 나의 인생에서 사라져버린 뒤, 다시 찾아 읽은 그녀의 소설 속에서 K는 바닷바람 소리보다 더 크게 숨을 몰아쉬며 세상의 끝을 향해 걸어나갔다. 구름이 짙게 드리워진 하늘 아래 황량한 바다. 잔영 속에 폐허 같은 모습을 드러낸 절벽 위의 십자가 돌탑. 그것을 향해 걷는 남루한 사내의 더운 입김, 한쪽으로 치우치는 발걸음, 홀로 오래 걸은 자 특유의 체취, 고독, 회한, 열망 따위의 것들. 자신이 결코 가본 적 없었을 반대편 끝을 형상화하기 위해 송이 수없이 지우고 또 지웠을 문장들을 상상하면 어쩐지 외로워졌다.

"네가 소설가가 되어서 기뻐."

민아의 얼굴이 순간 너무 진지해 나는 늘 말하듯, 난 아직 소설가가 아니야, 라고 대꾸하지 못했다.

"계속 열심히 써라."

삶에 생로병사가 있듯 사람 간의 관계에도 생로병사가 있다는 말을 들은 적이 있었다. 그 말은 한때 내게 위로가 되기도 했지만, 지금 생각해보면 그 말을 처음 한 사람은, 모든 관계가 생로병사를 겪으며 자연사하는 것이 아님을 모르는 게 분명했다. 나는 지척에서 우리에게 닿을 것처럼, 닿을 것처럼, 밀려왔다가 하얗게 부서지는 파도를 보며, 미필적 고의에 의한 사고사로 끝나는 수많은 관계들에 대해서 생각했다. 기습적으로, 불시에, 사멸하는 관계들.

땅끝탑에서 민아의 차가 세워진 선착장까지 이어지는 바다는 서쪽으로 기운 햇살에 소금밭처럼 빛났다. 바닷가에는 한쪽 어깨만 닳은 배들. 선착장 근처 시멘트 바닥 위, 누군가가 깔아놓은 군청색 방수포 위에서 은빛 멸치가 반짝이며 말라가고 있었다. 우리는 다음 일정에 대한 계획이 없었다. 아직 보지 못한 유적지를 둘러보아도 되었고, 아니면 간단히 이른 저녁을 먹고 해남을 떠나도 되었다. 우리가 망설이고 있는 사이, 고속버스 한 대가 선착장으로 들어섰다. 선착장 입구, 간이 판매대에는 보길도행 표를 판다고 적혀 있었다.

"섬에 갈래?"

민아가 물었다.

"배는 타기 싫어."

내가 말했다.

"그지?"

민아가 말했다.

어째서 이렇게 되어버린 것일까?

해면은 틀림없이 아름다웠다. 낙엽같이 빨갛고 노란 점퍼를 입은 아주머니들과 아저씨들이 새하얀 배 안으로 자꾸자꾸 들어갔다. 다시는 보지 못할 사람들처럼. 이상하게도 가슴이 먹먹해와 우리는 노아의 방주에 올라타는 짐승들처럼 쌍쌍이 갑판 위에 오르는 이들을 바라보다가 고개를 돌렸다.

우리는 차 안에 앉아 각자 말없이 생각에 잠겨 있었다. 수확이 끝나 텅 빈 들판 위로 드문드문 인적이 없는 민박집들이 서 있었다. 언뜻 바람에 휘청거리는 나무를 본 것 같은 착각이 일었다. 나는 어떤 이유 때문인지는 모르겠지만 무엇인가가 끝나가고 있음을 느꼈다. 붙잡을 수 없는 무엇인가. 그러자 나는 별안간 지금까지 누구에게도 하지 못했던 말을 털어놓고 싶은 충동에 사로잡혔다. 언젠가부터 시시로 나를 갉아먹던 두려움에 대해서 말하고 싶은 충동. 무엇인가 가장 소중한 것, 가장 순결하고 깨끗했던 것이 산산이 조각나버린 것만 같아 소스라치게 놀라야 했던 시간들. 무정하고 불가해한 일로 가득한 것이 삶임을 깨닫고 순식간에 늙어버렸다고 느꼈던 계절들에 대해서. 그러나 나는 아무런 말을 꺼내지 않았다. 먼저 침묵을 깨뜨린 쪽은 민아였다.

"몇 해 전, 언젠가, 카보 다 로카에 실제로 가보려고 포르투갈에 간 적이 있었어."

민아의 목소리는 깊은 해저에서 들려오는 듯 잠겨 있었다.

민아가, 카보 다 로카에?

"싸구려 호텔에 묵었는데, 왜 머릿기름 냄새가 막 하수구에서 나는 그런 호텔, 혹시 알아?"

민아는 대답을 기다리며 운전하고 있었고, 나는 그런 호텔을 상상할 수 있다는 뜻으로 고개를 끄덕였다.

"카보 다 로카가 보고 싶어서 수중의 돈을 털어 비행기 표를 끊고 몇 시간을 날아갔는데, 잠이 계속 쏟아지는 거야. 이틀을 꼬박 그냥 호텔에서 잤어."

나는 옆에 앉은 민아를 보았으나 민아가 어디를 바라보고 있는지 알 수가 없었다.

"사흘째 되는 날, 이래서는 안 되겠다는 생각이 들더라고. 일어나서 사흘 만에 씻고 나갈 준비를 했어. 머리도 빗고 화장도 하고. 막 나갈 참이었는데 유럽에는 무료 공중화장실이 없다는 게 하필 그때 떠오르지 뭐야. 화장실에 들렀다 나가야겠다 싶어 가방을 문 앞에 놓고 화장실에 갔어. 근데, 볼일을 보고 밖으로 나오려는데, 갑자기 문이 안 열리는 거 있지."

민아는 웃긴 이야기를 하려는 듯이 장난스러운 목소리를 내며 작게 웃었다. 나도 민아를 따라 웃었다.

"문을 잡아 흔들고, 몸으로 밀려고 해도 화장실 문이 안 열려. 처음에는 금방 열릴 줄 알았는데, 아무리 문을 흔들어도 열리지 않으니까 점점 무서워지더라고."

민아의 목소리가 점차 심각해졌다. 나는 무릎 위를 덮고 있는 스웨터의 까끌까끌한 부분을 손끝으로 훑었다.

"나는 화장실에 혼자 갇혀 있고, 누구도 내가 여기에 갇혀 있는지 모르는데, 대체 언제 여기서 나갈 수 있을까 하는 생각이 자꾸만 들어. 전화기만 있었어도 어딘가에 연락을 할 수 있었을 텐데 하필 휴대전화도 밖에 두고 온 가방 속에 있었어. 미친 듯이 문을 두드리고 소리를 질렀는데도 아무도 듣지 못하는 것 같았어. 바깥의 소리도 들리지 않았고. 문을 두드리는데, 팔이 막 아픈데, 별것 아닌 걸 알면서도 막 무서워져. 침착해야 한다고 생각했지만, 무서운 거야. 유럽의 화장실은 욕실과 분리되어 있는 경우가 많거든. 창고같이 좁은 공간에 변기 하나밖에 없고 창문도 없는 그런 화장실 말이야."

무슨 무슨 상회, 무슨 무슨 이발소 따위의 간판이 달린 단층 건물들이 우리 옆을 빠르게 지나갔다. 개가 컹, 컹, 짖었다.

"근데, 처음엔 나가고만 싶더니 앞으로 얼마나 더 오래 갇혀 있을지 모르겠으니까 침착해야겠다는 생각이 들더라. 질식하면 안 되니까, 너무 흥분하지 말아야겠다, 그래도 물은 있으니까 어찌 돼도 한동안 죽지는 않겠구나 하는 생각도 들고. 근데 말이야, 화장실 전등에 센서가 달려 있어서 사람이 움직이지 않으면 전등의 불이 자꾸 꺼졌어. 불이 꺼지면 사방이 정말 깜깜해졌어. 완벽히 깜깜한 거 말이야. 완벽히."

민아는 완벽히, 라는 부사에 힘을 주었다.

"그래서 나는 불빛을 만들기 위해, 일어났다가 다시 변기 위에 주저앉고, 일어났다가, 다시, 주저앉고."

어두워질 때마다 다급하게 벌떡 일어나는 민아의 작은 몸이 나의 머릿속에 떠올랐다. 민아의 부서질 것처럼 작은 몸.

"그러다가, 갑자기 그런 생각이 나. 이렇게 자꾸 불이 켜졌다, 꺼졌다 반복하다가, 전구가 나가버리면 그때는 어떻게 하지? 전구에 불이 들어올 거라는 기약도 없이 내가 이 안에서 버틸 수 있을까. 그래서 그때부터는 불이 꺼져도 일어나지 않는 거야. 전구의 필라멘트가 빨리 닳아버리면 안 되니까. 근데 참 이상하지, 사방이 칠흑같이 어두워지니까 오히려 마음이 진정되더라. 어쩌면 오늘 오후, 아니면 내일이라도 청소하는 사람이 들어오겠지 하는 생각이 들고, 무엇보다 차라리 여기에서 이렇게 죽으면 좋겠다는 생각이 드는 거지."

나는 놀라 민아의 얼굴을 바라보았다.

"응, 그런 생각이 들더라고. 화장실의 변기 위에 주저앉아서, 한 사람밖에는 들어오지 못하는, 관처럼 좁고 기다란 화장실 문 밑 미세한 틈으로 조금씩 들어오는 그 빛을 보면서. 해가 지면 저 빛마저 사라지겠지, 생각하면서. 저 빛이 사라지는 속도만큼, 천천히, 아무에게도 발견되지 않고, 그냥 이대로 조금씩, 조금씩, 아무도 모르게 이렇게 죽어가면 좋겠다고."

짧은 침묵.

"어둠 속에 그렇게, 변기에 기대어 눈을 감고 있는데, 갑자기 누군가 내 방문을 여는 소리가 들리고, 복도의 소음이 들려와. 어떤 사람들이 큰 소리를 내며 포르투갈어로 대화를 했어. 방 안으로 성큼성큼 들어오는 소리. 본능적으로, 누군가가 내 방 안에 들어왔다는 것을 알았어. 나는 나도 모르게 벌떡 일어나서 화장실 문을 두드렸어. 포르투갈어를 모르니까 막, 영어로, 한국어로, 나도 모르게 살려달라고, 도와달라고 소리를 쳐. 내 말을 알아들었는지 여자가 화장실 문을 잡아당기고, 열리지 않자, 뭐라고 말하고, 어떤 남자가 오고, 문을 다시 흔들고, 영어로 잠시만 기다리라고 말하고. 또 반나절은 더 걸리고, 일요일이라 수리공을 불러오는 시간이 좀 걸린다고 내게 사과를 하고. 그러고 나서, 한참 만에 결국 문이 열렸는데, 사람들이 나를 에워싸고, 괜찮으냐고, 물어보는데, 울음이 왈칵 쏟아졌어. 이제는 괜찮아요, 걱정 말아요, 나를 에워싼 사람들이 영어로 말했어. 그런데 나는 자꾸 울음이 쏟아졌어."

민아는 말을 마치고 입을 다물었다. 민아는 살아서 다행이라, 죽지 않아서 다행이라 울었던 것일까. 아니면 다시 살아가야 하는 게 무서워서 울었던 것일까. 우리 주변에는 다시 침묵이 흘렀다. 나는 옆에 앉아 있는 민아를 바라보았다. 한 문장, 한 문장을 말할 때마다 고통스럽게 흔들리던 민아의 얼굴을. 밝고, 과장하는 것처럼 느껴질 정도로 당당하지만 언젠가는 누군가가 휘두른 폭력을 감내한 적 있었을 것도 같은 사람의 얼굴을. 나는 무엇이든 민아를 향해 말을 건네야 한다고 생각했다. 그러나 무슨 말을 하는 것이 적절한지 선뜻 판단이 서지 않았다. 나는 그저 내 무릎 끝을 응시한 채 가만히 앉아 있을 뿐이었다.

그런데 황금빛 햇살이 유리창을 타고 들이치기 시작했다. 우리는 우리도 모르는 사이 창밖으로 일제히 시선을 돌렸다.

"차를 세워봐."

민아가 브레이크를 밟았다. 창밖으로 바다 위에서 커다란 해가
지고 있었다. 햇빛 탓에, 바다 쪽을 향한 민아의 비스듬한 옆얼굴
주위로 반투명해 보이는 빛무리가 생겼다. 빛 속에서 나는 핸들을
쥐고 있는 민아의 손을 좇았다. 햇살이 어른거리는 민아의 손톱은
바투 깎여 있었다. 나는 약간 안심했다. 어쩌면 삶은 돌이킬 수 없
는 것, 지나가버린 것들로만 이루어져 있는 것일지도. 이번 여행이
끝나면 우리 또한 완벽한 타인이 되어버릴지도 몰랐다. 한 번도
만난 적 없는 사람들처럼, 인생의 어느 한 점 교차한 적 없는 사람
들처럼, 언젠가는 우리도 그렇게 서로에게서 사라져버릴 수도 있
었다. 그렇지만 민아의 손톱은 짧았고 그러니까 민아가 혹여나 악
몽을 꾸더라도, 그녀의 손바닥에는 상흔 같은 손톱자국이 새겨질
일은 없을 것이었다. 나는 어디엔가 떠 있을지도 모르는 유리병을
상상했다. 그리고 그 병이 이곳에 닿을 수 있으면 좋겠다고 생각
했다. 혹은 카보 다 로카에. 사방을 금빛으로 물들이며 커다란 해
가 장엄하게 두 개의 바위 사이로 몸을 숙이는 모습을 우리는 1차
선 도로에 차를 세워놓은 채 바라보았다. 잠시만 더. 어차피 다른
차가 뒤에서 쫓아와 빨리 가라고 경적을 울리면 우리는 다시 달려
야만 할 것이었다. 적어도 그때까지는. 나는 창밖을 내다보며 나의
무심함으로 인해 지켜내지 못한 모든 것들을 생각했다. 눈부시도
록 찬란한 햇살이 우리가 타고 있는 차를 부드러운 파도처럼 집어
삼켰다.

백수린

1982년 인천에서 태어났다. 2011년 〈경향신문〉 신춘문예에 단편소설 〈거짓말 연습〉
이 당선되었다. 소설집 《폴링 인 폴》이 있다.

커서 블링크
(Cursor Blink)

윤해서

현실과 비현실 사이에 놓인 불의 다리
존재와 비존재의 끊임없는 공존이여.
　　　　　　　　—로제 아슬리로, 〈불꽃〉

경우에 따라서는

그러나 거부할 수 없는 아침.

나는 1년의 절반은 해가 점점 짧아지다가 나머지 절반은 해가 점점 길어지는, 신기한 도시에서 태어났다. 해가 짧아지거나 길어지거나. 살다 보니 신기한 것은 거의 사라지고 욕망과 추억이 버려진 묘지에 웃자란 잡풀처럼 무성하게 자라 있었다. 잡풀이 봉분을 뒤덮고 비석을 가리고, 그 자리에 묘가 있다는 사실을 완전히 감추었다. 봄이 가고 구름이 무거워졌다. 어느 날 비는 원망 조로 내렸다. 어느 날 비는 푸념 조로 내렸다. 몇 날 며칠. 비가 내리다 그치기를 반복했다. 해가 무섭게 내리쬐는 여름이 몇 해 지나갔다. 단풍은 어느 때나 축복이었으나. 점점 무성해지는 잡풀들. 뿌리를 깊이 박고 억세게 넝쿨을 늘려가는 잡풀들 아래. 땅속 깊이 관 하나가 놓여 있다는 것을, 사람 하나가 두 다리를 뻗고 잠들어 있다는 것을 잊었다. 작정하고. 무작정 사는 동안. 욕망과 추억이. 놀라운 생명력과 끈질긴 번식력으로 충동과 충돌, 사랑과 환멸, 그리움과 서러움의 시간들을 완전히 뒤덮기 시작했을 때.

내가 처음 가려고 했던 곳은 호수의 동쪽, 작은 마을이었다. 여행객들이 많지 않은 동부 호안을 따라 호수의 북쪽 끝까지 가려는 여정의 첫 목적지였다. 지프로 보름 이상 달려야 호수의 북쪽 끝에 이를 수 있다고 했다. 나는 작은 공항이 있는 시내에서 바퀴가 큰 검은색 차를 한 대 빌렸다. 포장된 도로는 시내에서 벗어난 지 두 시간쯤 됐을 때 끊겼다. 울퉁불퉁한 자갈길과 굴곡이 심한 진흙탕길을 지났다. 크고 작은 양 떼가 길을 가로질러 초원을 향해 걸어갔다. 나는 자주 차를 멈춰 세우고 새끼 양들이 어미 양의 뒤를 따라 걸어가는 모습을 지켜보았다. 양들이 무심하게 차 앞을 지나갔다. 끝없는 하늘과 땅, 드문드문 뜬 흰 구름들과 초원 위의 양 떼가 전부였다. 나는 계속해서 거의 같은 풍경 속을 달리고 있었다. 어디쯤 달리고 있는 것인지 알 수 없었다. 먹구름의 안쪽에 들어서면 비가 세차게 내렸다. 구름 그림자가 구릉 위에, 들판에 떠 있었다. 무지개가 광막한 초원을 가로질러 걸려 있었다. 세 시간여 동안 한 대의 오토바이가 요란한 소리를 내며 내 차를 앞질러간 것이 전부였다.

나는 오른쪽 숲으로 이어지는 길로 꺾어 들어갔다. 지도에 따르면 그 숲길을 통과하고 얼마 지나지 않아 여행자 안내소가 있을 것이었다. 호수는 아직 보이지 않았다. 마치 바다처럼 끝없이 펼쳐진 호수. 호수에 이는 잔잔한 물결. 맑은 물 위에 그대로 비치는 파란 하늘과 붓질을 해놓은 듯한 구름들. 호수에 깃든 고요와 적막 같은 것들을 나는 상상하고 있었다. 숲에 들어섰을 때 반쯤 열어 둔 창으로 향긋한 바람이 불어왔다. 새소리가 들렸다. 처음 들어보는 새소리였다. 나는 차를 세우고 시동을 껐다. 카메라를 꺼내 들고 내려 숨을 깊이 들이마셨다. 새가 다시 한번 울기를 기다렸다. 고개를 들어 주변의 나무들과 나뭇가지 사이로 보이는 하늘을 보았다. 바람에 잎들이 가볍게 흔들렸다. 가까운 나무 꼭대기, 가느다란 가지 끝에 아주 작고 새까만 새가 앉아 있었다. 나는 카메라 셔터를 조심스럽게 눌렀다. 포르르. 새가 날아올랐다. 숲의 끝은 멀리 호수가 보이는 내리막길의 시작이었다. 하늘과 호수가 맞닿아 멀리 보이는 호수가 하늘 같았다. 찰칵. 나는 다시 한번, 카메라의 셔터를 눌렀고 다음 순간 카메라에서 눈을 뗐을 때. 하늘에서 뭔가 내리고 있는 것을 보았다.

환영처럼.
갑자기. 그것은 반짝거렸고 가볍게 흩날렸고, 흩어지다 사라졌다. 그것은 익숙한 도시의 겨울, 꽁꽁 언 밤을 하얗게 밝히던 눈도

커서 블링크(Cursor Blink)

후득후득 떨어져 어느새 창을 따라 흘러내리던 빗방울도 아니었다. 그것은 바닥을 적시지 않았다. 그것은 어떤 흔적도 남기지 않았다. 잘게 부서진 은빛 연두. 빛 속에서 빛나는 빛. 빛 아래 빛으로 부서지는 빛. 스치듯 어떤 향이 느껴졌다. 주변을 은은한 박하 향이 감싸고 있었다. 숲의 한가운데. 사람의 흔적은 보이지 않았다. 나는 다시 하늘을 올려다보았다. 먼 하늘에서. 반짝이는. 점들. 아주 짧은 순간 나타났다 사라지는. 멀리 있던 별들이, 먼 우주에서 오래전에 사멸한 별들이. 가까이, 아주 가까이 다가온 느낌이었다. 하늘이 완전히 우주를 향해 열린 것 같은 느낌. 흩어진 몇 개의 점들로 보이던 별들은 이제 하늘의 절반 이상을 채웠고 박하 향은 선명하게 짙어졌다. 나는 고개를 들고 한참을 서 있었다. 내가 한낮의 별들 사이로 쏟아져 내리고 있는 기분일 때, 여자의 목소리가 들렸다.

처음은 다 그렇지.

나는 갑작스러운 사람 소리에 놀라 소리가 난 쪽을 돌아보았다. 여자와 눈이 마주쳤다. 처음 보는 눈. 양쪽 눈동자 색깔이 확연히 다른 여자였다. 한쪽은 검정에 가까운 초록이었고 한쪽은 옅은 회색이었다. 투명한 눈동자 안쪽이 선명하게 보였다. 나는 뭔가에 눈이 부셔 순간적으로 고개를 숙였는데 그 순간, 뜬금없이 문학수가, 학수에게 오래전에 들은 이야기가 떠올랐다.

아치

부탁할게.

학수가 공책을 내밀며 말했다.

정해진 주제로 글짓기를 하는 숙제였는데 학수는 아직 글자를 쓸 줄 몰랐다. 우리는 열세 살이었고 학수와 나는 6년째 같은 반이었다. 나는 대답 대신 고개를 끄덕였다. 학수와 짝이 된 지 일주일째 되는 날이었고 나는 사실 일주일 전까지 학수와 같은 반이었다는 사실을 몰랐다. 내가 학수의 옆자리로 옮겨 앉았을 때 학수가 말했다. 너 모르지? 우리 6년째 같은 반이야. 나는 당황했다. 시간이 지나면서 학수에게 점점 미안한 마음이 들었던 것을 기억한다. 나는 그때 어떤 식으로든 미안한 마음을 덜고 싶었을 것이다. 학수의 공책 위에 글씨를 최대한 예쁘게 쓰려고 노력하면서 학수의 이야기를 들었던 기억이 난다. 아이들이 시도 때도 없이 시끄럽게 떠드는 교실이었다. 학수는 내 옆자리에 앉아 있었고 학수의 이야기는 이렇게 시작되었다. 작은 섬이야.

작은 섬이야. 섬의 작은 언덕에는 오두막집 몇 개가 있어. 거기 가난한 소년과 소녀가 살아. 폭풍우가 치는 날이 많은데 바람이 너무 세게 부는 날은 파도가 소년과 소녀가 살고 있는 집을 덮칠 것 같아. 비가 퍼붓고 천둥 번개가 치면 소녀는 울어. 소리도 내지 못하고 눈물만 뚝뚝 흘리는 거야. 소년은 해줄 수 있는 게 없으니까 일찍 자리를 펴고 눕지. 동생을 꼭 안고 있어. 이불을 머리끝

커서 블링크(Cursor Blink)

까지 덮어쓰고 더운 숨을 훅훅 내쉬어. 답답하지만 꾹 참아. 오빠니까. 소녀는 울다가 지쳐서 잠이 들어. 소녀는 엄마, 아빠 꿈을 꾸고 싶은데 그런 꿈은 꿀 수 없어. 한 번도 엄마, 아빠를 본 적이 없거든. 그러던 어느 날 이 가난한 소년, 소녀에게 무서운 뱃사람들이 찾아와. 뱃사람들은 소녀를 제물로 바치기를 원하지. 소년은 펄쩍 뛰어. 세상에 둘밖에 없는데. 소년은 절대로 동생을 빼앗기지 않을 거라고 다짐해. 주먹을 꼭 쥐고 동생에게 말하지. 오빠가 지켜줄게. 오빠가 지켜줄 거야. 소년은 이른 새벽, 아직 해도 뜨지 않았을 때 소녀의 손을 잡고 달려. 달이 밝아서 아이들이 달리는 모습이 섬의 어디에서나 잘 보이지. 두 아이는 한참을 달려. 숨이 턱까지 차오르고 소녀가 더는 못 가겠다고 할 때까지 소년은 멈추지 않아. 아주 멀리 왔다고 생각하지. 아무도 여기까지는 따라오지 못할 거라고 생각해. 둘은 마을 뒷산 큰 나무 뒤에 몸을 숨기고 있어. 해가 뜨고 따뜻한 햇살이 내리쬐기 시작해. 소년과 소녀는 꾸벅꾸벅 졸아. 너무 일찍 일어난 데다 힘들게 달렸던 거야. 졸다 깬 소녀가 배가 고프다고 칭얼거리는 바람에 소년도 깜짝 놀라서 잠에서 깨. 동생을 달래지. 조금만 참아. 조금만. 밤이 되면 내려가자. 밤이 되면 다 좋아질 거야. 소녀가 칭얼거리고 울다 지쳐 잠들기를 반복하는 동안 정말로 밤이 와. 해가 지고 어두워지니까 마을이 고요해져. 가끔 풀벌레 소리만 들려와. 소년은 소녀의 손을 꼭 잡고 나무 뒤에서 나오지. 오솔길을 조심조심 내려와. 달이 밝아서 소년이 소녀의 손을 잡고 오두막으로 들어가는 모습이 섬 어디에서나 잘 보이지. 오두막으로 돌아온 소년은 방문을 걸어 잠그고 걸쇠에 숟가락을 꽂아. 그제야 방바닥에 남아 있는 감자가 눈에 들어오지. 어둠 속에서 소녀가 허겁지겁 삶은 감자를 먹고 있어. 소년은 등불을 밝힐 생각도 못하고 소녀를 데리고 이불 속으로 들어가. 날이 더워서 몸이 땀에 젖었지만 소년은 한겨울에나 꺼내 덮는 제일 두꺼운 이불을 꺼냈어. 이제 다 괜찮아. 소년이 이불을 소녀의 턱 끝까지 덮어주면서 말해. 두 아이들의 배 속에서 번갈아 꼬르륵 소리가 나서 아이들은 배가 고픈 것도 잊고 서로 마주 보고 웃고 말지. 오늘 처음으로 웃은 거야. 소년과 소녀는 너무 지친 나머지 금방 잠 속으로 빠져들어. 소녀의 손을 잡고 있던 소년의 손에 힘이 풀려서 아이들의 두 손은 헐겁게 연결되어 있어. 이제 막 맛있는 쌀밥을 한 숟가락 입에 떠 넣으려는 찰나인데. 뭔가가 소년의 팔을 잡아당겨. 차갑고 미끈거리는 거. 차갑고 미끈거리는데 힘이 아주 센 뭔가가 소년의 팔을 자꾸 잡아당기는 거야. 끈적거리고 기분 나쁜 악력이 소년의 앙상한 팔을 휘감고 있어. 소년은 악몽에서 깨어나면서 팔을 흔들어. 팔을 빼내고 싶거든. 그런데 차갑고 끈적한 것에 휘감긴 팔이 꿈쩍도 하지 않아. 소년은 눈을 번쩍 떴지. 그리고 보았어. 한 팔이 뱀인 남자가 뱀의 머리를 소녀의 얼굴 가까이 들이밀고 있었지. 뱀의 혀로 소녀를 위협하면서 나머지 한 손으로 소녀의 입을 막고 소녀 위에 올라타 있었어. 남자와 눈이 마주쳤지. 소년은 너무 무서워서 오줌을 지렸어. 어제 왔던 뱃사람들 중 한 명인 것 같기도 했고 처음 보는 얼굴인 것 같기도 했어. 소년은 남자를 당장 소녀에게서 떼어내고 싶었지만 그 좁은 방 안에 어떻게 그렇게 큰 문어가 들어왔는지. 소년과 남자, 소녀

커서 블링크(Cursor Blink)

과 소녀. 그들 사이에는 엄청나게 거대한 문어가 수많은 다리를 꿈틀거리고 있었어. 소년의 팔은 이미 문어의 다리에 꼼짝없이 휘 감겨 있었지. 소년은 두려움에 떨었어. 눈물을 흘렸는데 너무 무서 워서 소리는 나오지 않았어. 눈물과 땀으로 온몸이 범벅이 되었지. 소년의 몸부림은 아무 소용이 없었어. 소녀의 얼굴은 보이지 않았 지. 그리고 아주 잠깐, 눈을 질끈 감았다 뜬 거 같은데. 소녀는 남 자에게 끌려 나갔는지 남자도, 소녀도 보이지 않았어. 좁은 방 안 에는 문어와 소년뿐이었지. 그렇게 거대하던 문어는 온데간데없고 소년의 작고 여린 주먹만 한 머리에 앙상하게 마른 다리를 축 늘 어뜨리고 있는 보잘것없는 문어가 소녀가 누워 있던 자리에 놓여 있는 거야. 쭈글쭈글한 문어의 낯짝을 보자 소년은 참을 수 없었 어. 소년은 죽기 살기로 문어에게 덤벼들었지. 반짇고리를 뒤져 다 리에 녹이 슨 커다란 가위를 찾아냈어. 알 수 없는 소리를 꽥꽥 지 르면서 문어를 공격하기 시작했지. 문어는 너무 작고 힘이 없었기 때문에 오히려 소년의 몸이 바닥에 부딪히면서 몸 여기저기에 멍 이 들었어. 소년은 가위로 문어를 난도질하기 시작했어. 소년의 손 끝에서 문어는 잘려나갔지. 소년은 문어의 머리를 정확하게 반으 로 갈랐어. 문어의 머리를 몇 번이고 잘랐지. 몇 조각으로 잘려 흩 어진 문어의 다리들을 보면서 소년은 계속 분노에 떨었어. 그리고 곧 깨달았지. 소녀를 잃었다는 것을. 소녀가 영영 사라졌다는 것 을. 소년은 방문을 열어볼 생각도 하지 못하고 자리에 주저앉았어. 엉엉 울기 시작했지. 엉엉 울다가. 엉엉 울면서 소녀는 잠에서 깨 어났어. 잠에서 깬 소녀는 어리둥절한 눈으로 방을 둘러보았지. 문어도, 남자도, 소년도 보이지 않았지만. 이불은 평 젖어 있었어.

갑자기 깨달아질 때가 있다

눈이 내리지 않는 나라의 사람이 겨울을 꿈꾸듯.

나는 다시 고개를 들어 하늘을 보았다. 구름 한 점 없이 맑은 하늘, 정오의 태양은 하늘 높이 떠 있었고 더는 아무것도 내리지 않았다. 양쪽 눈동자의 색이 다른 여자는 마치 나에게 말을 걸었던 적이 없었던 것처럼 이미 저만치 떨어져 숲 속으로 휘적휘적 들어가고 있었다. 학수는 지금쯤 뭘 하고 있을까. 나는 갑자기 떠오른 학수와 학수의 이야기를 오래 생각하고 있을 수 없었다. 잿빛 뒷모습의 여자가 방금 어떤 언어로 나에게 말했는지 생각나지 않았다. 분명 우리말은 아니었는데. 내가 그 말을 어떻게 알아들었는지 알 수 없었다. 뭔가에 잠깐 홀린 기분이었고 박하 향은 사라지고 없었다. 나는 이상한 숲을 빨리 빠져나가고 싶어졌다. 차에 올라탔다. 카메라를 조수석 위에 올려놓고 시동을 걸었다. 나는 숲길을 빠져나가면서 반대쪽 숲으로 깊이 들어가고 있는 잿빛 여자의 뒷모습이 시야에서 완전히 사라질 때까지 백미러를 들여다보았다.

뜻밖에도.

몇 시간 뒤, 내가 도착한 곳은 올리브 나무가 자라는 작은 마을, 로드하라였다. 로드하라는 이름만에 위치한 작은 섬이라고 했다.

물론 로드하라는 내가 처음 가려고 했던 호수의 동쪽 마을은 아니었고. 내가 바다 같은 호수라고 알고 달려온 호수는 바다였다. 로드하라는 육지에 다리로 연결되어 있는 작은 섬이라고 했다.

다리를 지나온 적이 없는데요.

나는 호텔 주인에게 물었다. 엉뚱한 마을에 도착했다는 생각에 계속 어리둥절해 있었다.

무성한 숲으로 둘러싸여 있으니까.

주인이 말했다.

나는 뭔가 더 묻고 싶었지만. 이를테면. 만에 섬이 위치한다는 게 말이 되는지. 다리 위에 그렇게 무성한 숲이 자랄 수 있는지 같은 질문들. 하지만 그렇게 미심쩍은 상태로 로드하라를 받아들였다. 사실 긴 운전으로 너무 지쳐 있어서 더는 운전을 할 수 없었기 때문에. 길 끝에서 호텔을 발견했을 때 무작정 차를 세웠던 것이다. 호텔은 로드하라의 초입에 있었고 바닷가에 잇닿은 비탈면 꼭대기에 위치하고 있었다. 짐을 풀고 호텔 앞 정원에 내려가 바다를 바라보았다. 섬이 한눈에 내려다보였다. 호텔 아래쪽으로 붉은 색깔의 낮은 지붕들이 계단식으로 펼쳐져 있었다. 호텔의 앞쪽에는 간판이 없었고 울타리 안쪽에 나비 모양의 잎을 달고 있는 나무들이 많았다. 나뭇잎들이 작게 흔들렸다. 완전한 어둠이 내리기 전이었는데 멀리서 종소리가 들려왔다. 어둠을 더해가는 검푸른 저녁 하늘 위로 번지는 낮은 종소리에 마음이 가라앉았다. 밤이 깊고 종소리가 그치자 적막이었다. 밤과 밤바다와 적막. 바다에서 이따금 들려오는 파도 소리. 그게 전부였다. 한참, 바람을 기다리고 있었는데 밤늦게 비가 내렸다.

해가 뜨기 전의 마을은 전날 오후의 마을과 또 다른 느낌이었다. 상점들은 모두 문을 닫았고, 아직 사람들이 다니지 않는 골목은 조용했다. 거리의 개들이 어슬렁거리며 돌아다니거나 배를 깔고 엎드려 있었다. 몇 개의 골목을 지나쳤을까. 특이한 구조의 집들을 올려다보다가 나는 길 끝에 있는 문 앞에 멈춰 섰다. 해는 높이 떠올랐고 더는 앞으로 갈 수 없었다. 사람이 드나들기에는 조금 작은 문, 막다른 길에 푸른 문이 길을 막아섰는데 작은 기차역 앞이었다.

기차가 다니지 않는 기차역 앞에 로드하라라는 간판이 붙어 있었고 흰 꽃들이 가득 피어 있었다. 처음 보는 꽃이었다. 허공에 흰 물감이 잘게 떨어져 번진 것처럼 꽃의 줄기가 보이지 않았다. 푸른 문을 달고 있는 돔 모양의 작은 역사 뒤로 짧은 철로와 두 량의 빨간 기차가 보였다. 운행을 하는 기차는 아니고 기차 모형의 카페 같았다. 기차가 다니지 않는 마을에 철로 모형의 철로와 기차 모형의 기차가 있다니. 왠지 로드하라에는 없는 것이 없을 것 같다는 생각을 하고 있을 때 푸른 문이 열렸다. 챙이 큰 모자가 불쑥 나타났는데 인도계로 보이는 눈이 크고 아름다운 여자였다. 허리를 숙이고 좁은 문을 빠져나온 여자는 생각보다 키가 몹시 작았다. 나는 마치 작은 인형 같은 여자의 얼굴을 힐끗 보았고 여자와 눈이 마주쳤는데 여자가 웃어 보였다. 나는 여자가 나와 같은 여행자일 것이라고 생각했고 안도했다. 로드하라에서 만난 첫 번째

커서 블링크(Cursor Blink)

여행객이었다. 나는 나와 같은 여행객이 있다는 사실에 왠지 마음이 느긋해져 여자가 골목을 빠져나가기를 기다렸다가 그 골목을 천천히 돌아 나왔다.

나는 압사했네.

그래 압사했지. 분명히 압사였어. 아주 오래전이지만 기억이 나. 물론 뜻밖의 일이었어. 그래 뜻밖이었지. 그건 중요한 게 아니야.

내가 하는 말이 다 그렇지. 다 그렇듯. 무의미한 말일세.

그런데 자네는 무엇을 포기했나?

골목을 돌아 나오다가 기차역에서 멀지 않은 곳에 좌판을 펼치고 있는 노인을 보았다. 마치 나를 향해 말한 것 같았는데 골목 끝에 앉은뱅이 의자를 깔고 앉아 있던 눈이 움푹 꺼진 남자가 말했다.

미친 노인네야.

남자 앞에 낡은 구두들이 나란히 놓여 있었다.

미치기 전엔 유명한 배우였다는 말도 있긴 한데. 그것도 떠도는 말이니. 어디 믿을 수가 있나.

미치다니! 미치긴 누가 미쳐.

노인은 말하지 않았다. 남자의 소리가 들리지 않는지. 들리지 않는 척 연기를 하는 건지. 노인은 주어진 대사를 다 말해버린 배우처럼 입을 다물어버렸다. 그에게 남은 연기는 잠자코 콩을 파는 것이라는 듯. 좌판에 볶은 콩만 펼쳐놓고 있었다. 아무 일도 없었던 것 같은 연기. 두 사람의 모습은 연극의 한 장면 같았다. 나는 이 둘이 같은 장면을 여행자들을 향해 하루에도 수십 번, 수백 번 반복해서 연기하는 것은 아닐까 생각했다. 그러는 당신은 무엇을 견디고 있습니까. 노인에게 묻고 싶었지만. 곧. 연기라면. 학수의 연기가 볼만했는데. 라는 생각과 동시에 다시 학수가 떠올랐다.

체념력

학수는 검은색 반바지에 소매가 긴 흰 셔츠를 입고 한참 유행 중인 서스펜더를 착용하고 있었다. 나는 초등학교를 졸업하고 우연히 두 번 학수를 만났는데 그날은 10년 만에 처음으로 학수를 만난 날이었다. 집 근처 강가에 있는 쇼핑몰이었는데 한 매장 앞에 여러 명의 사람들이 멈춰 서 있었다. 나는 다음 날 면접 때 입을 검은색 정장을 사기 위해 여러 매장을 돌아보고 있었다. 사람들이 멈춰 서 있는 매장에 유난히 키가 큰 마네킹이 서 있었다. 나는 사람들을 피해 그 매장 앞을 지나쳐가다가 마네킹을 힐끗 돌아보았다. 가까이에서 보니 마네킹처럼 서 있는 마네킹은 사람이었는데 낯이 익었다. 문학수.

나는 학수의 얼굴을 정확히 기억했다. 그사이 키만 훌쩍 자랐는지 학수는 어릴 때 얼굴 그대로였다. 소처럼 선한 눈에 까무잡잡한 피부, 두툼한 입술. 나는 사람들이 자리를 뜨기를 기다렸다. 사람들이 흩어지고 매장 앞에 학수와 나. 둘만 남았을 때, 나는 학수

커서 블링크(Cursor Blink)

에게 물었다.

힘들지 않아?

학수보다 키가 한참 작은 나는 고개를 바짝 들고 있었고 학수는
아무 대답도 하지 않았다. 눈도 깜빡이지 않았고 고개를 끄덕이지
도 않았고 무게중심을 오른 다리에서 왼 다리로 옮기지도 않았다.
줄곧 한곳을 응시하고 있는 학수의 눈에는 마치 아무것도 보이지
않는 것 같았다. 학수는 초점 없는 눈빛으로 나를 바라보았다. 나
를 못 알아보는 걸까? 학수가 아닌 걸까? 초조해지려 할 때 학수
가 대답했다. 그럭저럭.

어쩔 수 없어.

어쩔 수 없지. 학수의 말과 동시에 불꽃이 터졌다. 눈부신 은색
불꽃이 하늘에서 점점이 흩어졌다. 10년 만에 만난 학수는 여전했
다. 어쩔 수 없다는 말밖에 할 말이 없냐? 뭘 어쩔 수 없는데? 남
자애들이 수없이 시비를 걸었을 때도 학수는 빙긋이 웃었다. 그러
니까 아주 오래전에. 다리 위에서 커다란 원을 이룬 불꽃은 두 번
의 폭발을 거치며 다섯 개의 작은 원으로, 아주 작은 불씨들로 흩
어지다 어둠 속으로 사라졌다. 고개를 들고 이제 막 피어오른 새
빨간 불꽃을 올려다보며 걷는 사람들의 무리가 학수를 못 보고 지
나치는 바람에 학수는 그들 사이에서 이리저리 부딪혔다. 나는 팔
을 뻗어 학수의 손을 잡아당겼다.

10년 만에 만났는데 밥이나 먹을까? 저기서 기다릴게.

나는 초점 없는 학수의 눈을 똑바로 바라보며 말했다. 학수가

일하는 매장 맞은편에 있는 카페에서 쇼핑몰의 폐장 시간까지 기다렸다. 학수는 훌륭했다. 몇 시간 동안 거의 움직이지 않았다. 그때 내가 왜 무작정 학수를 기다렸는지. 학수가 왜 아무 대답 없이 나를 따라 강가까지 걸어 나왔는지. 나는 기억하지 못한다. 그때 우리 머리 위에서 터지던 불꽃이 너무 화려했기 때문에. 10년 만에 만난 우리가 계속해서 불꽃이 터지는 강가를 걷는 것은 당연하게 여겨졌다. 나는 이리저리 휘둘리는 학수의 손을 좀 더 힘껏 잡아당겼다. 그때 학수가 나를 보고 빙긋 웃었던가. 나는 학수의 표정을 미처 확인하지 못했다. 또 한번 커다란 폭발음이 들렸고 이어 붉은 불꽃이 하늘을 가득 채웠다. 하늘 가득 피어오른 붉은 불꽃이 일제히 무수한 포물선을 그리며 쏟아져 내리는 광경은 한 번도 목격한 적 없는 우주의 대폭발을 연상하게 했다. 그즈음 어떤 폭발은 사람들의 내부에서 더 자주, 더 격렬하게 일어나는 것 같았지만. 그것은 불꽃놀이에 비하면 우주의 폭발만큼이나 고독하고 고요한 폭발이었다.

어떻게 지냈어? 내가 학수에게 물었다. 그럭저럭.
너는? 학수가 물었다.
나도 그럭저럭. 아직 저기 살아?
강가에 서 있는 오래된 아파트를 가리키며 내가 물었다.
응. 너는?
나도. 한동네에 계속 살았는데 어떻게 한 번을 안 마주쳤을까.
신기하네.

커서 블링크(Cursor Blink)

그러게.

학수는 또 빙긋이 웃었다.

10년 만이었지만 우리는 별로 말이 없었다. 어제 만나고 오늘 만난 것처럼. 무덤덤했고 편안했다.

이제 좀 무서운 거 같아.

내가 말했다. 뭐가?라고 학수는 묻지 않았다.

5년쯤 됐나? 아닌가? 1년은 더 된 거 같은데.

내가 말했다. 뭐가?라고 학수는 묻지 않았다.

그때, 머리 위에서 새로운 불꽃이 피어올랐다. 주황색 불꽃이 하늘에 열매를 맺듯 크고 작은 둥근 원들로 피어올랐다. 학수와 나는 무의식적으로 고개를 들어 하늘을 올려다보았다. 화려한 주황색 불꽃이 터지는 하늘을 넋을 놓고 바라보았다. 아주 잠깐이었지만.

우리 무슨 얘기 하고 있었지? 내가 물었다.

학수가 어깨를 으쓱하며 자신도 모르겠다는 듯 빙긋이 웃었다.

요즘은 뭐든지 금방 잊게 돼. 심지어 막 화를 내고 있다가. 엄청 화가 났는데. 내가 왜 화가 났었는지를 까먹는다니까. 아무것도 해결되지 않았는데. 아무 생각도 오래 할 수가 없어. 이러다 진짜 아무것도 기억하지 못하게 되는 거 아닐까. 심각해. 심각하게 멍청해. 점점 더 멍청해지는 거 같아.

괜찮아. 그렇게 중요한 얘기는 아니었어.

학수가 괴로워하는 나를 보고 빙긋이 웃었다.

뭐가 괜찮은데? 뭐가 중요하고 뭐는 중요하지 않은데? 나는 학수에게 계속 뭔가 더 묻고 싶기도 했고. 앞으로 학수를 가끔은 만나게 될 것 같기도 했다. 불꽃놀이는 몇 년째 계속되고 있었다. 비가 내리거나 눈이 내리는 날을 제외하고. 불꽃을 잘 볼 수 있는 강가에 모여드는 사람들의 수는 줄었으나 하룻밤에 터지는 불꽃의 수는 오히려 는 것 같았다. 그래 어쩔 수 없지. 나는 학수의 말을 떠올리며 불꽃이 사라진 서쪽 하늘을 올려다보았다. 아주 잠깐의 암흑, 위로 초록과 보라가 은은한 조화를 이룬 긴 띠의 불꽃이 피어올랐다. 강을 가로지르는 다리를 따라. 나는 아주 작은 불꽃과 더 작은 불꽃이 만들어내는 초록 은하수 위에 선명하게 피어나는 보랏빛 불꽃을 넋을 놓고 바라보았다.

자꾸 바라보게 돼. 불꽃이 터지니까. 자꾸 터지니까.

어쩔 수 없는 걸까. 정말 어쩔 수 없는 게 맞을까. 나는 불꽃들이 잘게 흩어지며 사라지고 있는 허공을 바라보며 말했다. 그런데 학수는 뭘 어쩔 수 없다는 거였더라. 생각이 나지 않았다. 화려하게 색을 갈아입는 불꽃, 불꽃, 불꽃들. 10년 만에 만난 학수는 여전했고 여전히 아무 질문도 하지 않았다. 펑, 펑, 펑. 끝없는 폭발과 점멸이 있을 뿐이었다.

달리는 것, 달리는 사람

너는 다른 아이들처럼 왜? 그건 왜? 그러는 법이 없었어. 단 한 번도.

이게 뭐야? 이건 뭐야?

이건?

이건?

그렇게 묻고는 그만이었지. 아주 아기일 때부터. 그저 끄덕거리
면 그걸로 그만이었다.

하지 마. 학수야. 그렇게 하면 안 돼. 학수야 그건 안 돼.

그러면 그렇게 하거나, 그렇게 하지 않거나. 또 그걸로 그만이었
지. 네가 아주 좋아하는 뭔가를 못 하게 해도. 왜 하면 안 되는지
묻지는 않고. 나를 그냥 빤히 봐. 엄마는 그게 무서웠다. 내가 거기
없는 것처럼. 너무 빤히, 언제나 나를 빤히 보기만 하는 네가 무서
웠어.

무서웠다.

학수의 엄마가 세상을 떠나면서 학수에게 남긴 유일한 유언이
었다.

학수는 끝까지 왜 아버지가 없는지 묻지 않았다. 아버지가 어디
에 있는지 묻지 않았다. 학수에게 무서웠다는 엄마의 말과 강이
한눈에 내려다보이는 아파트 한 채가 남았다.

왜 태어난 걸까? 왜 살지?

넌 왜 사냐?

막 수염이 자라기 시작할 때쯤이었던가. 처음으로 자위를 한 다
음 날 아침이었던가. 학수의 친구가 물었다.

왜라니?

학수는 사람들이 왜, 왜라는 말을 그렇게 많이 하는지 묻지 않

왔다. 학수에게 세상은 딱히 궁금할 것도 이상할 것도 없는 곳이었다. 나는 태어났고, 살고 있고, 아직 살아 있다. 그것 외에 또 뭐가 문제가 된다는 말인가. 물론 이조차 학수의 생각은 아니었지만. 오직 살아 있음. 그것 외에 학수는 별생각이 없었다.

야, 닥치고 밥이나 먹자.

왜 태어난 걸까?

넌 왜 사냐?

왜 살아야 되는 거야? 묻던 친구의 말에 학수가 뭐라고 대꾸도 하기 전에 다른 한 친구가 두 사람의 뒤통수를 치며 말했고, 학수와 학수의 친구와 학수의 친구의 또 다른 친구는 닥치고 밥이나 먹었다.

나는 왜 이렇게 어리석은가?

왜 나는?

왜 나에게?

나한테 왜 이런 일이 일어나지?

너 나한테 왜 이래?

왜?

왜 그랬니? 왜 그랬어?

왜 그럴까? 왜 그래?

너는 왜?

네가 왜?

그게 왜?

그건 왜?

커서 블링크(Cursor Blink)

왜?라는 고리 끝에 걸린 끝도 없는 질문들이 학수에게는 단 한 번도 떠오르지 않았다. 그게 어떤 대상에 대한 순수한 호기심에서 시작된 질문이든, 습관적인 반응이든, 상황을 받아들이려는 노력이든, 절규에 가까운 외침이든. 왜, 나는 어떤 순간에도 왜라는 의문을 품지 않는가? 하는 질문조차도. 학수에게 왜란, 먼 나라의 뒷골목. 녹슨 갈고리 끝에 걸린 전혀 맛보고 싶지 않은 시뻘건 고깃덩어리 같은 것이었다.

거의 10년 뒤. 다시 우연히 학수를 만나게 될 때까지. 그리고 다시 10년 뒤. 학수의 목소리를 라디오에서 듣게 될 때까지. 나는 이런 사실들을 전혀 몰랐지만.
이제 내가 아는 한 학수는. 처음부터. 거의 처음으로.
아무것도 묻지 않는. 아무도 아닌. 그였다.
아무도 묻지 않는. 아무것도 아닌 시절. 시간은 무심하게 흘러갔다.

광장

어차피. 그래 어쩌면. 네 말대로. 우리는 빛이 아주 사라져버린 동굴 속에 있어. 그림자마저 사라진 어둠 속에. 얼마 남지 않은 암흑과 멀리서 끝없이 터지고 사라지는 불꽃. 펑. 펑. 펑. 볶은 콩을 한 봉지 사 들고 로드하라의 다른 골목들을 헤매고 다니면서 나는 이렇게 계속 학수를 생각했다. 밤이. 밤마저 사라진 것 같아. 나는 그때의 학수에게 메시지를 보내고 싶었다. 입 속에 콩을 한 주먹 넣고 턱이 아플 때까지 씹었다. 그때의 학수는. 그때의 나처럼. 어디론가 사라지고 없겠지만. 학수는 지금쯤 어디 있을까. 얼마나 골똘히 생각하고 있었는지 나는 내가 중앙 광장의 한가운데 서 있다는 것을 뒤늦게 깨달았다. 어쩌면 콩을 너무 열심히 씹느라 걷고 있다는 생각을 잊었는지도 몰랐다. 바닥을 보며 걷고 있었던 것 같은데 눈앞의 돌무더기가 앞을 가로막았다.

나는 고개를 들었다. 엄청난 무더기가 광장을 가득 채우고 있었는데 돌무더기인 줄 알았던 그것은 가까이에서 보니 살아 있는 무엇 같았다. 쿵쾅, 쿵쾅. 심장이 몹시 뛰었다. 심장, 심장, 심장들. 나는 그 돌무더기로 보이는 검붉은 덩어리들을 보는 순간, 심장을 느꼈다. 누군가 내어놓은 심장 무더기. 물가에, 산사 마당에, 불상 앞에 쌓여 있는 작은 돌탑들이 떠올랐다. 곧 무너질 듯한 위태로움으로 긴 세월을 견뎌낸 돌탑들. 어딘지 슬프고, 그래서 아름답다 생각했던 것들. 어쩌면 다른 누군가를 위해서. 누군가의 삶과 죽음을 위해서. 숨을 죽이고 쌓아 올렸을 두근거림. 누군가의 간절한 소원이 조심스럽게 쌓아 올려진 무수히 많은 돌탑들. 차곡차곡 쌓아 올린 거대한 심장 무더기를 보자 숨이 멎을 것 같았다.

나는 어제저녁 호텔에서 내려다봤을 때 보이지 않던 섬의 반대편까지 온 것 같았다. 정신을 차리고 보니 붉은 심장 무더기는 커다란 원형 광장의 한가운데 있었다. 나는 왠지 달아나고 싶었고 내가 빠져나온 골목이 어느 골목인지 찾고 싶었지만. 수없이 많은 골목들이 광장을 향해 뻗어 있어서 내가 어느 골목에서 나왔는지

커서 블링크(Cursor Blink)

알 수 없었다. 모든 골목은 광장을 향해 연결되어 있는 것 같았다. 나는 선 자리에서 한 바퀴 돌아보았다. 거대한 심장 무더기와 텅 빈 광장과 똑같이 생긴 수십 개의 골목 입구들. 그 한가운데 사람이라고는 나 혼자뿐이었다. 광장은 고요했다. 뜨겁게 내리쬐기 시작한 햇빛과 이따금 불어오는 바닷바람. 쿵쾅쿵쾅. 멀리서 들려오는 파도 소리가 전부였다.

아침을 먹는 것도 잊고 돌아다녔기 때문에 나는 몹시 배가 고팠다. 둘러보니 광장을 중심으로 커다란 원을 그리며 둘러선 식당들과 카페들이 많았는데 모두 문이 닫혀 있었고 창이 없어 안이 들여다보이지 않았다. 나는 일단 간판이 제일 눈에 들어오는 한 집을 향해 걸어갔다.

딱 맞춰 오셨네. 어서 올라가요. 어서.

식당 문을 열자 주인으로 보이는 살집이 좋은 여자가 내가 올 것을 미리 알고 있었던 것처럼 반색을 하며 끌어당겼다. 나는 거의 여자의 살집에 밀려 비좁은 계단으로 밀어 올려졌다. 좁은 계단 끝에 천창이 열려 있었고 빛이 쏟아져 들어왔다. 계단은 곧장 건물의 옥상을 향해 나 있는 것 같았다.

옥상에 올라선 나는 깜짝 놀랐다. 광장에 서 있을 때 건물의 옥상들마다 이렇게 많은 손님들이 앉아 있는 것을 보지 못했다. 광장은 이상할 정도로 고요했고, 분명 사람 소리는 전혀 들리지 않았다. 그런데 이 건물의 옥상은 물론이고 광장을 둘러싸고 있는 모든 건물의 옥상에 손님들이 가득 차 있었다.

손님을 위한 마지막 자리입니다.

턱시도를 입은 젊은 남자가 나를 의자가 광장을 향해 놓여 있는 구석 자리로 안내했다.

식당이며 카페는 모두 빈자리가 없이 가득 차 있었다. 아무것도 주문하지 않았는데 종업원으로 보이는 턱시도를 입은 남자가 맥주 한 잔과 샌드위치를 가지고 돌아왔다. 나는 내가 앉아 있는 식당의 옥상을 둘러보았다. 아침에 보았던 챙이 큰 모자가 올려져 있는 테이블이 눈에 들어왔다. 반가운 마음이었다. 여자가 맥주를 마시며 이따금 한 번씩 하늘을 올려다보고 있었다. 거의 모든 사람들이 혼자였다. 나는 모든 테이블에 의자가 한 개씩만 놓여 있다는 것을 깨달았다. 사람들은 뭔가를 기다리고 있는 것 같았다. 광장을 내려다보는 사람도 있었고 하늘을 올려다보는 사람도 있었는데 나는 도무지 이 사람들이 무엇을 기다리고 있는지 알 수 없었다. 여자에게 말을 걸어보고 싶었고 갑자기 외롭다는 생각이 들었다. 여행을 떠나고 처음이었다. 외로운가. 생각하자 또다시 학수의 얼굴이 떠올랐다. 10년 뒤, 학수를 두 번째 만났을 때, 학수는 지하철역에 서 있었는데. 여기까지 생각했을 때 주변에 은은한 박하 향이 감돌기 시작했다. 나는 반사적으로 고개를 들었다.

줄곧 울고 싶은 나날이었다

작은 폭발음이 들린 것도 같았고 아무 소리도 들리지 않은 것도 같았다. 어떤 불꽃은 화려하고 거대했지만 폭발음이 전혀 들리지 않기도 했고 어떤 불꽃은 그저 밤하늘에 흩어져 있는 몇 개의 별일 뿐이라는 듯 작은 몇 점에 불과했지만 유례없이 큰 폭발음으로 이제 불꽃의 폭발에 익숙해진 사람들마저 창밖을 내다보게 만들었다. 어딘가 불규칙적이고 돌발적인 폭발음은 사람들의 사고의 흐름을 끊고 그 찰나, 시간의 빈틈으로. 영원히 반짝거릴 것 같은 허기의 불꽃을 피워 올렸다. 사람들은 아무도 모르게 긴장했고, 자신이 긴장하고 있다는 사실을 아무도 몰랐다. 폭발이 주는 묘한 긴장과 불안이 줄곧 도시를 에워싸고 있었다.

연애는 어땠어? 여자를 만난 적은 있어?

나는 그날 강가에서 학수에게 물었다.

너는 왜, 왜냐고 묻지를 않아?

왜?

도대체 왜? 왜?

여자들이 하나같이 그러더라. 차였지 뭐.

학수는 빙긋이 웃었다. 나는 웃고 있는 학수의 얼굴을 빤히 보았다. 정말 한 번도 왜라고 물은 적이 없을까? 그게 가능할까? 그게 가능해? 사람이 그럴 수 있을까? 생각했지만. 정말 왜라고 물은 적이 없어? 한 번도? 단 한 번도? 마음속으로도? 그게 말이 돼? 사람이. 사람이라면 그럴 수 있니? 학수에게 묻지는 않았다. 불꽃이 아름다웠고 폭발음이 수시로 끼어들어서 진지하게 긴 이야기를 할 수 없었다.

우리는 가볍게 한잔하기로 하고 술집에 들어갔지만. 그날 밤이 새도록 몇 군데의 술집을 돌며 술을 마셨고 여러 번 잔을 부딪쳤다. 평화를 위해. 짠. 차탕족을 위해. 짠. 오늘 태어난 아기들을 위해. 짠. 5000만 년 동안 죽은 영혼들을 위해. 짠. 물러터진 자두들을 위해. 짠. 올해의 매미들을 위해. 짠. 철새들을 위해. 짠. 호수로 흘러드는 아흔여섯 개의 강과 아흔여섯 개의 강 중 유일하게 바다로 흘러가는 단 하나의 강을 위해. 짠. 어제 새로 페인트를 칠한 벽과 흔들리는 다리들을 위해. 짠. 공중에서 죽은 비둘기들을 위해. 짠. 짠. 짠. 짠. 우리는 위할 게 너무 많았다. 위하고 싶은 게 정말 많았다. 어쩌면 아무것도 위할 수 있는 게 없어서. 나는 오직 나를 위해. 이렇게 많은 것들의 이름으로. 끝없이 잔을 부딪쳤고, 잔을 부딪쳤다. 학수는 위하여 놀이에 기꺼이 참여했고 어쩔 수 없음을 위해. 그럭저럭을 위해. 그럴 만함을 위해. 참을 만함을 위해. 짠. 짠. 짠. 잔을 부딪쳤다. 그즈음 나는 위하여 놀이에 열정적이어서 술에 취하지 않았을 때에도. 술잔을 손에 들지 않고도. 눈을 뜨면서. 꿈속의 나비들을 위해. 지구의 모든 졸참나무들을 위해. 라고 중얼거렸다. 눈을 감고. 길이 막히는 차 안에서. 불꽃이 터지는 한밤중에. 나는 여러 가지 부등식을 위해. 자랑광들을 위해. 조언광들을 위해. 통점들을 위해. 중얼거렸다. 위하여를 위하여. 학수와 나는 아침 일찍 헤어졌다. 학수는 출근을 하기 위해 서둘러 집으로 돌아갔고 나는 출근하는 사람들을 보면서 면접을 보러 가지 않기로 결심했다. 가족들이 깨기 전에 몰래 내 방으로 숨어들었고 나는 금세 곯아떨어졌다.

커서 블링크(Cursor Blink)

계속 걸었어. 걷다가 오리들을 보았는데. 내 보기엔 꼭 오리들 같았지만. 진짜 오리였는지 모르겠네. 난 목이 좀 아팠거든. 목이 아파서 목을 잡고 있었는데. 오리들이 낄낄거리는 거야. 뭐라는 거 야? 나는 오리들이 말을 하고 있다는 것이 이상하다는 생각도 못 하고 오리들이 무슨 말을 하는지 들어보려고 가만히 목을 잡고 서 있었지. 속상할 때 너는 어디가 제일 아프니? 밤이 너무 많아. 목 이 아프다. 목이 너무 아파. 이럴 땐 목에 심장이 있는 것처럼 목 이 두근거리고, 목이 뻐근하고, 목을 움켜쥐게 돼. 왜 눈물은 눈으 로 흘리는지. 차라리 목덜미로 울지 그래? 배꼽이나 항문, 귓등으 로 우는 건 어때? 붉은 달 아래, 목이 긴 오리들이 낄낄거렸다. 그 때 분명히 들었어. 분명하다고 말하니까 좀 자신이 없어지기도 하 는데. 오리들이 노란 주둥이를 내밀고 있었지.

다음 날 아침, 나는 꿈에 대해 학수에게 말하고 싶었다. 왜 이런 꿈을 꿨을까. 생각하다가. 너무 속상하면 목이 아파. 왜 목이 아프 지? 누군가 나에게 물었던 것이 떠올랐다. 물론 학수는 아니었지 만. 학수에게 이 이야기를 받아 적어달라고 부탁하면 학수는 어떤 표정을 지을까. 궁금했다. 술이 깼을 때 나는 학수와 전화번호를 교환하지 않았다는 사실을 깨달았다. 그리고 지금처럼. 술이 깬 뒤 에는 꼭 학수가 떠올랐다.

느닷없이 사랑하고 싶은 날

어쩌면 착각일 수도 있지만.

그것은 순간이었다. 주변에 박하 향이 짙게 감돌고 하늘에서 작은 은빛 연두들이 흩날리기 시작했을 때. 작은 별들이 거의 자욱하게 하늘을 뒤덮었을 때. 심장 무더기는 움직이기 시작했다. 마을 어디에서 그렇게 많은 사람들이 쏟아져 나왔는지 한 사람이 단 하나의 심장을 집어 들었을 뿐인데 그 거대하고 붉은 무더기는 순식간에 사라졌다. 수많은 사람들이 아주 빠른 속도로 골목에서 빠져나와 심장을 하나씩 집어 들고는 아무 일도 없다는 듯이 골목으로 들어가버렸다. 나는 정신을 차릴 수가 없었다. 눈앞에 있던 엄청난 심장 무더기는, 광장 한가운데 있던 심장 무더기는 사실 광장을 둘러싸고 있는 어떤 건물들보다 높았다. 옥상에서도 올려다보아야 했던 그 거대한 심장 무더기가 순식간에 흩어지는 것도 신기했지만. 무엇보다 하늘에서 내리고 있는 눈도 비도 아닌 것들. 반짝거리며 공중에 흩어지고 있는 것들. 어디에도 내려앉지 않고 손으로 잡으려고 해도 잡히지 않는 것들. 내가 아는 단어로는 설명할 수 없는 것들이 또 순식간에 흩날리다, 사라졌다는 것을 믿을 수 없었다. 나는 주변을 둘러보았다. 나처럼 어리둥절한 표정을 짓고 있는 사람들은 없는지. 이 상황을 모두 아무렇지 않게 받아들이고 있는 건지. 나는 몹시 궁금했다. 정신을 차리고 주변을 둘러보았다. 옥상에 사람들은 한 명도 보이지 않았다. 나는 텅 빈 옥상에 홀로 서 있었고 옆 건물, 그 옆 건물 옥상에 있던 사람들도 모두 마

커서 블링크(Cursor Blink)

찬가지로 보이지 않았다. 나는 아래쪽을 내려다보았다. 챙이 커다란 모자를 쓴 여자가 두 손으로 조심스럽게 심장 하나를 받쳐 들고 빠른 걸음으로 저 멀리 사라지고 있는 것이 보였다. 숲에서 만났던 양쪽 눈동자의 색깔이 다른 여자. 잿빛 뒷모습의 여자로 보이는 여자들은 너무 많아서 그 많은 잿빛들 중 어느 잿빛이 그녀의 잿빛인지 알 수 없었다. 골목은 사람들로 가득 차 있었다. 내가 묵고 있는 호텔은 어디쯤일까. 나는 내가 호텔이 있는 섬의 비탈면 반대쪽에 와 있다는 것도 잊고 혼자 구경꾼으로 남은 이 당황스러운 상황을 모면하고 싶어 계속해서 눈으로 호텔을 찾았다.

저 실례지만. 접시를 치워도 될까요?
턱시도를 입은 남자가 물었다.
나는 남자의 눈동자를 유심히 들여다보았다. 평범한 갈색 눈동자였다.
방금 전에. 그러니까 방금 전에.
나는 뭔가 묻고 싶었는데. 어떻게 물어야 할지. 무엇을 물어도 되는 것인지 확신할 수가 없었다. 나는 두려웠다. 테이블 끝에 내려앉았던 흰나비 두 마리가 반대 방향으로 날아갔다. 낯설고 이상한 도시. 나는 최대한 빨리 호텔로 돌아가서 날이 어둡기 전에 이 도시를 떠나는 편이 내가 할 수 있는 최선일지도 모른다고 생각했다.
안심하셔도 됩니다. 그때 남자가 내 생각을 읽은 것처럼 말했다.
우리말로는 혼이라고 합니다. 손님은 어느 나라에서 오셨습니까?

나는 영어에 hon이라는 단어가 있는지 알 수 없었고 지금 이 남자가 우리말이라고 하는 로드하라의 언어가 영어인지도 확신할 수 없었다. 그리고 무엇보다 남자의 안심하라는 말이 나를 더욱 불안하게 만들었다.

그것은 눈도 비도 아니지요. 그것은 이곳 로드하라에만 내립니다. 로드하라를 여행하려는 사람들은 모두 혼을 보러 찾아옵니다. 정오의 태양이 광장을 뜨겁게 비출 때 혼은 내리기 시작합니다.

남자가 말했다. 나는 아무래도 좋다고 생각했다. 그것이 무엇이든. 그만 이곳을 빠져나가고 싶었다. 계산을 하고 서둘러 식당을 빠져나왔다. 좁고 가파른 나무 계단에서 발을 헛디뎌 구를 뻔했지만 살집이 많은 주인 여자가 나를 그 넉넉한 살집으로 받쳐주었다. 나는 푹신한 그녀의 품에 거의 안기다시피 해서 광장으로 나왔다.

텅 빈 광장 한가운데.

나는 한동안 방향을 잃고 가만히 서 있었다. 붉은 무더기가 사라진 광장은 더욱더 넓어 보였고 모든 골목의 입구는 똑같이 생긴 것 같았다. 어느 쪽으로 가야 호텔이 있는 섬의 비탈면으로 갈 수 있는지. 로드하라. 마을 입구의 주차장으로 갈 수 있는지 나는 가늠할 수 없었다.

나는 압사했네.

그때 내 그림자는 뺑소니차에 치인 주정뱅이처럼 길게 누워 있

커서 블링크(Cursor Blink)

었지.

한평생 그랬어. 한평생이었다니까.

그럴 수 없지. 어떻게 그럴 수 있어?

그런데. 그럴 수 없지가 어쩔 수 없지가 되고 어쩔 수 없지가 그럴 수밖에가 되는 게. 그렇게 거지 같은 게.

물론 그게 중요한 건 아니지만 말이야.

맞아. 무의미한 말일세.

그때 멀리서 낯익은 노인의 목소리가 들려왔다. 그렇지만 말이야. 시간이 몸에 흘러간 흔적을 남긴다는 게 신기하지 않나. 이 주름들을 봐.

그런데.

다시 보니 노인의 얼굴이 어딘지 학수와 닮은 것 같았다. 노인이 방금 전까지 어떤 언어로 이야기하고 있었는지 생각나지 않았다. 나는 노인이 다시 이야기를 시작하기를 기다렸지만. 노인은 또다시 이미 대사를 다 말해버린 배우처럼 입을 다물었다. 나는 다시 학수의 얼굴을 떠올렸다. 그건 정말 학수가 지은 이야기였을까. 학수는 왜 그때 그런 이야기를 지었던 걸까. 그때 그 글짓기의 주제가 무엇이었던가. 나는 떠오르지 않는 단어를 떠올리고 싶었다. 어쩌면 학수가 했던 그 이야기 때문에 학수를 자꾸 떠올리는 것인지도 모른다고 생각했다. 학수는 기억하고 있을까. 지금쯤 학수는 어디 있을까. 나는 노인의 꽉 다문 두툼한 입술을 보고 생각했다.

示

　다시 10년 뒤. 학수를 다시 만났던 그해. 나는 백화점에서 텐트를 팔고 있었다. 내가 다니던 백화점은 영등포에 있었는데 퇴근길에 대방역에서 미친 사람을 보았다. 신길역에서 문이 열리고 한 사람이 내리고, 아무도 올라타지 않았다. 대방역에서 다시 문이 열리고 한 사람이 내렸다. 한 사람이 올라탔던가. 창문으로 건너편 승강장 끝에 서 있는 남자가 보였다. 언뜻 보기에 정신이 나간 것 같았다. 한눈에 미친 사람. 미친 사람이라는 느낌은 어디에서 비롯되는 걸까. 나는 생각했다. 저 사람은 왜 미친 사람 같은 걸까. 주위 시선을 무의식적으로도, 의식적으로도 의식하지 않기. 허공을 향해 뭔가 말하기. 비실비실 웃기. 커다란 손짓 발짓을 반복하기. 그리고. 또.
　남자는 이 모든 행동을 거의 한꺼번에 하고 있었다.
　문학수.
　내가 남자의 얼굴에서 학수의 이름을 떠올렸을 때는 이미 전철이 출발한 뒤였다. 다음 날도, 다음 날도, 그다음 날에도. 나는 전철에 타면 문학수를 기다리는 기분이 되었다. 나는 거의 매일 같은 칸에 오르고 내렸다. 전철이 대방역에 진입하면 학수가 있는지 긴장이 되었다. 학수는 일주일 넘게 같은 역, 같은 자리, 같은 창 너머에 있었다. 같은 역, 같은 창이 아니었는지도 모르겠다. 아무튼 나는 학수에게 다가가지는 않았다. 그러니까 학수를 두 번째 우연히 만났을 때 나는 혼자서만 학수를 보고 말았다. 학수가 미

커서 블링크(Cursor Blink)

친 사람이 되었기 때문이었을 수도 있고. 그 남자가 학수가 아니기를 바라는 마음에서였을 수도 있고. 그렇게 며칠이 흘렀다.

그리고 어느 날 저녁.

창 너머, 승강장 끝. 그곳이 아닌 곳에서 그 남자를 다시 만났다. 한눈에 미친 사람. 그 남자는 연극 무대에 서 있었다. 한눈에 미친 사람을 연기하는 사람. 그는 미친 사람이 아니었다. 그는 미친 사람을 연기하기 위해 미친, 미친 사람인 척, 정신이 나간 척, 매일 같은 자리에서 연기 연습을 하던 사람이었다.

메리 크리스마스.

미친 남자가 관객석 사이를 뛰어다니며 손을 내밀었다.

메리 크리스마스.

관객들은 남자와 악수를 하며 반갑게 눈인사를 했다.

〈메리 크리스마스〉는 즐거운 상상으로 채워진 유쾌한 연극이었다. 죽은 사람들이 1년에 한 번. 크리스마스에 사랑하는 사람들을, 혹은 복수하고 싶은 사람들을 찾아오는 이야기. 누구나 태어나고 한 번은 죽지만. 1년에 한 번, 크리스마스에는 죽은 사람들이 산 사람을 찾아올 수 있는 다른 조건의 삶. 다른 조건의 죽음을 그린 연극이었는데 미치광이 남자는 줄곧 무대의 뒤편 정중앙에 서 있었다. 한눈에 보기에도 미친 사람. 미친 연기는 훌륭했다. 사람들은 배경으로 서 있는 남자의 미치광이 연기에 별 주의를 기울이지 않았다. 죽은 자들의 방문은 담담했고, 살벌했고, 애틋했다. 슬프고 아름다웠다. 즐겁고 소란스러웠다. 한바탕 소동이 지나듯. 모든 사건이 일어났다. 사라졌다. 모든 발화가 끝났다. 배우들이 하나, 둘, 퇴장했다. 무대가 텅 비었다. 텅 빈 무대 위에 미치광이 남자만 남았다. 배경만 남았을 때 불이 꺼졌다.

암전.

흘러간 바람에 답하듯.
흩날리는 꽃처럼.
우리는 사라진 한철이었다.

암전. 가늠할 수 없는 예정된 암흑 속에서 남자의 목소리가 들렸다. 남자의 마지막 대사. 연극의 마지막 대사는 메리 크리스마스였다. 미친 연기에 미친 배우. 문학수. 나는 속은 기분이었다. 뭔가 실망스러운 것도 같았고 혼자 알고 있던 어떤 비밀을 잃은 것도 같았다. 다음 날에도, 다음 날에도, 그다음 날에도 나는 퇴근길에 학수를, 미친 연기를 하는 연기자가 아닌 진짜 미친 학수를 기다리는 기분이었다. 한동안 대방역을 지날 때마다. 전철 문이 열리고 한 사람이 내리고 아무도 올라타지 않았다.

비좁고 가파른 내가

그건 그렇고. 다시 몇 년 뒤. 운전 중이던 나는 라디오를 듣고 있었다. 뉴스 프로그램에서 쏟아지는 매일의 사건들을 참기 어려워서 채널을 돌리고 있었는데 낯익은 목소리가 흘러나왔다.

네. 한 번도 없습니다.

학수의 목소리였다. 학수는 그사이 꽤 이름이 알려진 배경 전문 배우가 되어 있었는데 누군가 학수에게 또 그런 질문을 던진 모양 이었다.

왜?라고 물은 적이 한 번도 없다고요?

여자 아나운서가 격앙된 목소리로 물었다.

네. 아마도 저는 체념력을 타고난 것 같습니다.

선천적으로 궁금한 게 없어요. 체념증.

어쩌면 질병일 수도 있겠네요.

거짓말.

나는 나도 모르게 중얼거렸다.

미친놈.

학수는 한 시간 가까이 아나운서의 질문에 성의껏 대답했다.

어머니의 유언에 대해. 연애의 실패에 대해. 친구들의 놀림과 자 신의 곤란함에 대해. 왜, 왜가 궁금한지 잘 모르겠다는 식의 답변 으로 한 시간여의 인터뷰는 마무리되었다. 나는 그때까지 내가 학 수에 대해 거의 아는 게 없었다는 것을, 아주 중요한 사실마저 잊 고 있었다는 것을 깨달았다. 학수와 처음 짝이 되었던 열세 살. 학 수와 6년 동안 같은 반이었다는 것을 전혀 알지 못했던 것처럼.

좋은 쪽이든 나쁜 쪽이든. 더 나쁜 쪽이든.

맞아. 아무 이유 없이 태어난 걸 수도 있지.

근데, 병신. 병신아 너 뭐가 그렇게 두려우냐?

나는 술에 취해 아무 말이나 주워섬겼고 주워섬기다 키득거렸다.

하긴 아무 이유가 없을 수도. 꼭 어떤 이유가 있어야 되는 건 아닐 수도 있겠지. 그렇지? 그런데. 그런데 말이야.

아무것도 묻지 않으면. 아무것도 변하지 않는데. 안 그래? 안 그런가? 그래 뭐 꼭 변하는 게 좋은 건 아닐 수도 있지.

근데 너 정말 한 번도 왜?라는 의문을 품은 적이 없어?

미친. 세계가 저 불꽃 속으로 빨려 들어가는 것 같아.

나는 오래전. 내가 학수에게 했던 말들만 드문드문 기억하고 있었다. 학수가 정말 내가 하는 어떤 말에도 별다른 반응을 보이지 않았는지. 내가 학수의 반응에 별 관심이 없었던 것은 아닌지 이제 확신할 수가 없었다. 그날 밤.

모든 기억을 불꽃이 집어삼켰다. 꽤 오랫동안 짙푸른 바다색의 거대한 불꽃이 강 위에 떠 있었다. 기꺼이 모두를 삼킬 준비가 되어 있다는 듯이. 우리는 술집 창으로 비치는 불꽃을 한동안 말없이 바라보았다. 모든 것을 빨아들일 것 같은 거대한 빛 무덤 앞에서. 나는 압도되었다. 나는 사라졌다. 그 순간, 세계는 부재했다. 시간과 공간은 삼켜졌다. 어둠은 증발했다. 그 순간. 누군가에게. 불꽃은 역사였고 예언이었다. 불꽃은 종교였고 죽음이었다. 불꽃은 선언이었고 악몽이었다. 동시에. 불꽃은 유산이었고 슬픔이었다. 불꽃은 열애였고 이별이었다. 불꽃은 무한이었고 순간이었다. 그러나 불꽃은 터지고 곧 사라졌다. 누구에게 무엇이었든. 순간, 먼

커서 블링크(Cursor Blink)

157

지처럼 흔적을 남기지 않고, 사라졌다. 누군가 사라짐을 기억하기 전에. 눈앞에 또다시 새로운 불꽃이 피어올랐다. 쌍둥이 불꽃이었다. 똑 닮은 두 덩어리의 불꽃이 요란한 폭발음과 함께 피어올랐다. 멀리서 환호와 박수 소리가 들려왔다. 강가의 사람들은 더없이 화려한 불꽃 앞에 서 있었고 우리는 끝없이 터지는 불꽃과 무관하게 허기와 권태, 분노와 체념에 시달렸다. 아니다. 시간이 지날수록. 우리는 거의 아무것도 느끼지 않게 되었다.

저기 봐.

내가 새벽하늘을 가리켰다. 손가락 끝에서. 둥근 오렌지색 불빛 위로 가느다란 회청색 불꽃이 하늘을 가로질러 지나가고 있었다. 나는 불꽃에서 눈을 뗄 수 없었다. 불꽃은 많은 것을 연상시켰다. 순간적인 충만함을 느끼게 했고 불꽃이 사라진 자리에 무한한 공허감을 남기기도 했다. 사실은 그게 어떤 감정이든 미처 그 감정에 이름을 붙이기 전에 곧 새로운 불꽃이 솟아올랐다.

그런데.

그런데 말이야. 별을 본 게 언제였지? 헤어지기 전에. 술집 앞에서 술에 취한 내가 물었다. 나는 학수의 얼굴을 올려다보았고 학수는 대답 없이 또 한번, 빙긋이 웃었던가. 푸른 새벽빛으로 밝아오는 하늘. 위로.

펑. 펑. 펑. 또 다른 푸른 불꽃이 피어올랐다.

탈구

그런데. 학수는 지금쯤 어디 있을까. 무심히 돌아가고 있는 시곗 바늘에 깊이 찔리기라도 한 것처럼. 나는 다시는 말할 생각이 없 다는 듯 입을 다물고 있는 노인을 뒤로하고 걷기 시작했다. 노인 과 구두 수선공을 지나 한참을 걸었다. 숨이 차올랐다. 나는 호텔 이 있는 비탈면으로 돌아왔다고 생각했다. 숨을 거칠게 몰아쉬며 오르막길을 올랐다. 가파른 오르막길 끝으로 멀리 숲이 보였다. 숲 앞쪽에 사람들 몇이 서 있었는데 나무들인지도 몰랐다. 나는 갑자 기 시력이 나빠졌다고 느꼈다. 나무들이 숲으로도 사람으로도 보 였다. 길 양편으로 노란색 트램이 지나갔다. 나는 오늘 아침, 로드 하라에 트램이 있었는지 생각했다. 호텔이 있는 비탈면에 트램이 지나다니는 것을 본 적이 없는 것 같았다. 나는 어디쯤 걷고 있는 걸까. 얼마나 걸은 걸까. 몹시 목이 말랐다. 이미 수많은 골목을 헤 매고 다녔는데. 같은 골목은 하나도 없었다. 나는 계속 전혀 다른 도시의 거리를 걷는 기분이었다. 오르막길은 끝났지만 숲은 더 멀 어져 있었다. 참을 수 없는 허기와 갈증이 얇은 베일처럼 눈앞을 가리고 있는 것 같았다. 호텔은 어디쯤 있는 걸까. 나는 아무에게 라도 묻고 싶었지만. 호텔의 이름이 기억나지 않았다.

호텔의 이름을 떠올리고 싶었는데.
갑자기. 왜, 없이는. 왜 없이. 어떤 이야기가 시작될 수 있을까. 왜 없이. 왜를 앓지 않고. 이야기가 있을 수 있을까. 나는 궁금해졌

커서 블링크(Cursor Blink)

다. 나는 그새 또 잊고 있었다는 것을 깨달았다. 학수의 이야기를. 학수가 언젠가 나에게 이야기를 들려준 적이 있다는 것을. 문학수. 나는 학수를 향해 걷기 시작했다. 묻고 싶었다. 너는 한 번은. 적어도 한 번은 왜?라고 생각했잖아. 아니야? 그렇지만. 그게 무엇이었든. 너는 나에게 이야기를 들려줬었는데. 나는 그때 글자도 모르는 네가 이야기를 만들었다는 사실에 너무 놀랐었는데. 멍청해. 이렇게 멍청하게도. 또 잊고 있었어. 아무것도 깊이 생각할 수가 없어 이 미친.

나는 숨을 헉헉 몰아쉬며 무엇을 향해 하는 말인지 모를 이 미친, 이 미친, 이 미친, 을 내뱉었다. 그리고 마침내. 호텔에서 내려다보이던 낮고 붉은 지붕들이 계단식으로 펼쳐진 골목으로 접어들었다고 생각했지만. 내가 들어선 길은 벽화가 그려진 좁은 골목이었다. 알 수 없는 이미지들이 그려진 벽을 따라 한참을 걸었다. 그림이 여러 겹으로 겹쳐 그려져 있어 골목을 가득 채운 벽화가 무엇의 형상인지 알 수 없었다. 그것은 한 번도 본 적 없는 축제의 상징처럼 보이기도 했고, 한 번도 상상해본 적 없는 장례 의식의 한 장면처럼 해석되기도 했다. 나는 한참 동안 벽화를 바라보았다. 벽화가 그려진 골목을 통과하면서 호텔을 찾는 것은 무의미하다는 생각이 들었다. 내가 호텔로 돌아갈 필요가 있을까. 차가 세워져 있는 섬의 입구는 어딜까. 점점 호텔로 돌아가야겠다는 생각은 사라졌다. 나는 어딜 향해 걷고 있는 걸까. 어느 쪽으로 걸어야 하는 걸까. 생각하고 싶었지만. 몹시 피곤했고 생각은 점점 희미해졌다.

나는 목적 없이 섬의 이곳, 저곳을 계속 헤매고 다녔다. 하나의 골목을 돌아서면 길모퉁이에서 전혀 다른 도시의 골목으로 이어지는 골목, 골목들. 나는 하나의 골목이 끝날 때마다 한 도시를 통과해온 기분이었다. 아름다운 골목들과 낮고 붉은 지붕들. 이끼 긴 석탑들과 금빛 계단들을 지났다. 올리브 나무가 자라는 작은 마을 로드하라에 이렇게 많은 골목들이 존재할 수 있다니. 골목은 끝없이 증식하는 것 같았다. 끝이 보이지 않는 금빛 계단을 오르면서 나는 이대로 시간이 흐른다면. 다다를 수 없는 어떤 곳에 닿을 것만 같았지만. 금빛 계단은 어느새 또다시 새로운 골목으로 이어졌다. 혼자이고 싶은 시간과 어딘가에라도 닿고 싶은 시간들이 동시에 지나갔다. 나는 혼자였으나 혼자이고 싶었다. 나는 누군가 그리웠고 누가 그리운지 알 수 없었다. 어떤 터널 속을 걷고 있는 기분이었다. 터널의 끝에 다다랐다고 느낄 때면 터널의 끝은 또 다른 터널의 한복판이었다. 나는 거대한 터널 속에 있는 터널 속에 있는 터널 속에 있는 터널. 무한한 골목들로 이루어진 어떤 도시에 버려진 것 같았지만. 나에게 돌아가야 할 곳이 있을까. 맨 처음 내가 떠나온 곳은 어디였을까. 아무것도 생각할 수 없을 때. 나는 또 다른 어떤 골목을 걷기 시작했고 꼬리잡기를 하느라 우르르, 우르르 몰려다니는 아이들을 보았다. 꼬리에서 떨어지지 않으려고 앞아이의 허리를 힘껏 끌어안은 아이와 눈이 마주쳤다. 나는 왠지 꼬리잡기 놀이에 끼어 아이들의 겨드랑이에 간지럼을 태우고 싶은 마음이었는데. 그날 밤, 골목에서.

커서 블링크(Cursor Blink)

붉은사슴, 토끼, 멧돼지, 주머니쥐, 옛도마뱀을 보았다.

작은 미끄럼틀을 보았다.

sin, cos, tan를 보았다.

당기세요와 미세요를 보았다.
C단조와 D장조를.

땀에 젖은 남자들을 보았다.

24년 전에 한쪽 눈이 실명된 분을 찾습니다. 병원에서 병에 눈
이 찔린 현재 50대 후반 남성입니다. -도움을 주신 분께 사례하겠
습니다. 벽에 붙은 현수막을 보았다.

환한 고요, 슬픈 침묵, 늘기만 한 프로작

여름, 열매들을 보았다.

새빨간 자두 빨갛다가 빨갛다 까맣다
혀를 깨물기도 했다.

무심코

너를 잊은 듯이

침팬지도 쌍둥이를 낳아

사랑에 대해 말하려는데 이별의 기억들이 먼저 떠오릅니다. 삶
에 대해 말하려면 죽음으로부터 시작할 수밖에 없는 것처럼 말입
니다.

우리에게는 빛나는 폐허가 있어
대개, 한 번은 죽고 싶다고 생각하지만

병력의 목록은 유행가처럼

상처를, 말할 수 없는 상처를, 세계의 찢어진 구멍들을, 당신을,
나를, 말해보려고 애쓰는

아무도 없는 작은 놀이터
집에서 누군가와 싸우고 뛰쳐나와 앉은 그네
그네 위에서 앞뒤로 흔드는 두 발

새롭게 태어나는 아기들, 간지럼, 널 어쩌면 좋니
억울할 것도 아쉬울 것도 없다는 듯
한차례 세차게 쏟아지는 빗줄기 같은

커서 블링크(Cursor Blink)

비에 젖은 땅과 나뭇잎, 눈물짓는 여자들을 기억해

시간이 지나도 어쩔 수 없는 것들과 어쩔 수 없어서는 안 되는
것들을

갑작스럽게 터지는 울음과 밤의 희미한 뒤척임

부어오른 시간을 문지르는 엄마의 손길
문밖에 밤, 이미의 세계

무의미의 무게를 견디느라
그 무게를 떠받치느라 그렇게나 많은 물건들이 필요하단다

그리고
설명할 수 없는 발병처럼
느낌은 생겨나

또 그렇고 그런 밤이 되겠지만

힘들다, 너무 힘들다는 누군가의 신산한 고백을 듣게 된 날
너도 그렇구나
아무것도 돌려줄 말이 없어

깜빡, 깜빡, 사라졌다 나타나는 순간, 순간, 들

위중한 허기의 기록
물오른 봄 처녀 보지

로드하라는 빼곡한 소원들, 낙서들의 도시지
돌아가고 싶다면 로드하라가 위치한 만의 이름을 기억해

나는 벽에 적힌 낙서들을 보았다. 낙서들의 골목을 통과하는 동안, 마당에 나와 머리 빗는 여자들과 눈이 마주치기도 했는데. 결국 바람결, 숨결, 물결. 글쎄라는 그물에 걸리지 않는 극과 극. 안녕과 안녕의 간극. 흰 벽에서 흰 벽으로. 끝없이 이어지는 검은 문장들만 남은 것 같았다. 여기는 어디일까. 나는 순식간에 내가 살았던 모든 시간을 동시에 살고 있는 기분이었다. 그것들은 단번에 수많은 이미지들로 되돌아왔다. 내 피부는 희고 부드러웠다. 내 피부는 뜨거운 빛에 검게 그을렸고, 빈틈없이 쭈글쭈글했다. 나는 그저 어떤 한 골목을 통과하고 있었는데.

반짝이는 혼, 고요한 혼. 빛나는 혼.

몇 시간쯤 지났을까. 주변에 박하 향이 감돌았다. 도시가 도시로부터 떠오를 것 같았다. 깊은 어둠으로부터. 도시 전체가 그대로 떠올라 사라질 것 같은 그 순간, 빛나는 은빛 연두. 빛 아래 빛으로

커서 블링크(Cursor Blink)

부서지는 빛.

펑. 펑. 펑. 멀리서 불꽃이 터지는 소리가 들려왔다.

윤해서

1981년 경기 부천에서 태어났다. 2010년 〈문학과사회〉 신인문학상에 단편소설 〈최초
의 자살〉이 당선되었다.

몇 개의 선

이주란

1.

한 번은 해명을 하고 싶다고 늘 생각해왔는데 마침 작년 가을에 어떤 기회를 가질 수 있었다.

나가니?
엄마가 물었고 나는 웅, 이라고 대답했다.
누굴 만나는 거야?
내가 대답을 하지 않자 엄마는,
혼자 그냥 나가는 거야?
하고 재차 물었다. 내가 또 대답을 하지 않자 엄마는 하던 일을 계속했다. 에어컨의 부속품을 분리해 닦고 있던 엄마는,
이거 10년도 더 된 건데, 새것 같지?

하고 또 물었다. 나는 당장 다음 달 집세가 없어 늘 전전긍긍하며 살던 10여 년 전에 엄마에게 에어컨을 사자며 지랄을 했고 정말로 엄마가 에어컨을 사 온 후로 죄책감에 오래 시달렸다.

이거 오빠가 깜짝 선물했던 건데.

응?

엄마가 나를 돌아봤다.

내가 난리쳐서 산 게 아니고?

내가 묻자 엄마가 물었다.

니가?

긴 연휴인데다 날씨가 좋아서 인천공항이 여름 성수기 때만큼 붐비고 있다는 소식과 전국 고속도로 정체 소식이 들려왔다. 그것은 늘 일어나는 일이었고 내가 싫어하는 뉴스였다. 그제는 강남구청역에서 일어난 폭발물 오인 소동에 관한 뉴스를 들었고 그러자 기분이 슬쩍 좋아져 종일 기운이 나기도 했다. 나는 57분 교통정보를 듣다가 집을 나섰다.

버스정류장에서 9호선 개화역에 가는 버스를 찾으려고 노선표를 보고 있는데 누군가의 시선이 느껴졌다. 뒤를 돌아보니까 초, 중, 고 동창인 여자애가 있었다. 마스크를 하고 있는데도 날 알아본 것 같아 짜증이 났는데 타야 할 버스에 그 애가 타기에 화가 났다. 나는 그 애가 탄 버스를 보내고 뒤이어 온 버스를 탔다. 우리는 서로 인사를 하지 않았고 그것은 옳은 일이었으나 우리가 같은 버스를 타고 가다가 대형 사고라도 난다면 같은 해에 태어나 초, 중, 고를 함께 다닌 뒤 같은 해, 같은 날에 죽은 두 친구가 될지도 몰랐다. 물론 둘 중 한 명은 죽지 않을 수도 있고 그렇다면 살아남은 한 명은 평생 죄책감을 가진 채로 살아야 할 것이다. 죄책감은 느끼는 것이 아니라 가지는 것이다.

개화역에서 노량진역은 멀지 않았다. 나는 출구를 잘 몰라 아무 데로나 나온 다음에 육교로 갔다.

도착했니?

네. 출구는 모르겠고 육교에 있어요.

무언가 익숙한 느낌이었고 그 기억은 금세 떠올랐다. 예전에 내게는 약속 장소를 늘 육교로 정하는 친구가 한 명 있었다. 거기서 약속 시간에 늘 늦는 나를 기다리는 거였는데, 보면 늘 육교 중간쯤에서 8차선 도로를 내려다보고 있었던 것이다. 그녀는 입버릇처럼 매일 죽어버리겠다고 말하면서 주위 친구들을 더 우울하게 만들곤 했는데 지금은 꼴 보기 싫을 정도로 잘 살고 있다고 몇 남지 않은 친구들이 말해주었다. 글쎄, 난 죽고 싶진 않은데. 나는 노량진역 육교 중간쯤에서 아래를 내려다보며 잠시 그 애를 생각했다.

정장 차림을 한 선배는 곧 손을 흔들며 내 쪽으로 왔다. 선배는 마스크를 빼면서 물었다.

여기 잘 알아?

아뇨.

나는 귀에 걸린 마스크의 한쪽 끈을 빼며 말했다. 만나기로 하고선 노량진을 검색하니 노량진근린공원과 사육신공원이 있었는데 아무래도 사육신공원엘 가보고 싶었다.

사육신공원 아세요?

응, 일단 내려가자.

우리는 육교를 내려갔다. 조금 더웠고 거리에는 어디에나 사람이 꽉 들어차 있었다.

똑같다.

선배님도요.

밥은?

먹었어요.

선배는 밥을 먹자면서 길을 건넜다. 우리는 컵밥과 베트남 쌀국수를 파는 노점이 늘어선 거리를 지나 식당가로 들어섰다. 돈가스와 우동을 파는 프랜차이즈 음식점에서 우리는 냉모밀과 돈가스마요덮밥을 주문했다.

예전에 교보문고 근처에서 메밀 먹었던 것이 기억나요. 광우병 때…….

정말?

네.

그랬나.

네.

내 말을 도무지 믿지 않는 눈치라서 나는 기분이 좀 상했다.

이거 맛있다, 먹어봐.

괜찮아요.

카페에 들러 커피 두 잔을 샀고 왔던 길을 되짚어 걸었다.

가서 얘기하자.

선배는 다시 마스크를 하고 걸었다. 공원은 멀지 않았다. 날씨가
좋다 못해 덥기까지 했는데 그늘진 곳에 앉을 자리가 마땅치 않아
근처를 좀 빙빙 돌았다. 멀진 않았지만 왔던 길을 되짚어 오기까
지 했는데 앉을 자리조차 쉽게 찾지 못하게 되자 나는 선배가 짜
증이 날까 봐 조금 초조했다. 다행히 선배는 아무 데나 앉았고 우
리는 커피를 마셨다.

근데 사육신이 누구지?

글쎄요, 전 잘…….

아, 옛날엔 알았는데.

선배는 아쉽다는 듯이 입맛을 다셨는데 되게 궁금한 것 같진 않
았다.

그 책이 이건데.

선배가 가방에서 《부대관리 노하우 123》이라는 책을 꺼냈다. 나
는 책을 받아 들었다. 그 책을 읽고 A4용지 두 장 분량의 독후감을
써내면 간부 훈련을 받고 있는 선배의 남자 친구가 가산점 3점을
받는다고 한다.

선배와 이야기를 나누는 동안, 내가 하는 모든 말들이 몹시도
재미가 없다는 것을 느꼈다. 뭘 어떻게 해야 선배가 즐거울지 몰
라 속으로 곤란해하고 있을 때 선배가 일어서며,

3시?

라고 물었고 내가 고개를 끄덕이자 선배는 마스크를 한 뒤 손을 흔들며 역 쪽으로 걸어갔다. 우리는 3일 후에 다시 만나기로 하고 헤어졌다.

나는 책 한 권을 손에 들고 노량진역 근처에 있는 대형 프랜차이즈 카페로 들어갔다. 손님 대부분이 노트북이나 두꺼운 책을 두고 혼자서 공부를 하고 있었다. 나는 카페의 중앙 쪽에 자리를 잡고 카운터로 가 주문을 했다.

아이스 아메리카노 주세요.

네?

나는 마스크를 반쯤 벗고 다시 주문을 했다. 내가 마스크를 반쯤 벗었을 때 점원이 내 인중을 뚫어져라 본 것 같아서 기분이 나빴다. 나는 준비된 음료와 《부대관리 노하우 123》을 자리에 두고 화장실로 갔다. 마스크를 벗어 보니 콧잔등과 인중에 땀이 많이 나 화장이 거의 지워진 상태였다. 화장은 마스크로 옮겨가 있었는데 말하자면 인중도 엉망이고 마스크도 엉망이 된 것이었다. 나는 땀을 닦아낸 뒤 마스크를 단단히 착용했다.

자리로 돌아왔을 때 내 자리에 어떤 여자가 앉아 있었다. 나는 여자의 어깨를 뒤에서 톡톡 쳤다.

아, 죄송해요.

여자는 그렇게만 말하고 일어나지 않았고 나는 여자를 노려보았다.

잠깐 앉으면 안 될까요?

나는 처음 마주한 이런 상황이 불편했고 혹시 앉더라도 마스크를 벗고 대화를 나눌 생각은 없었다. 내가 앉을까 말까 생각하는 사이 여자가 일어나면서 물었다.

혹시 간부 준비하세요?

내가 그저 여자를 바라보자 여자는 뭔가 비밀을 말해줄 것처럼 입술을 꾸물거리더니 창가 쪽으로 걸어갔다.

나는 책을 대충 읽고 나서 선배의 남자 친구가 느꼈을 법한 것들을 열심히 썼다. 내가 쓴 독후감의 요지는, 비단 군에서 뿐만 아니라 사회에서도 가정에서도, 말하자면 사람이라면 꼭 깊이 새겨야 할 말들로 가득한, 매우 좋은 책이라는 것이었다.

나는 그날 한 사람이 미로 속을 헤매다가 가방에서 긴 펜을 꺼내 땅을 짚으며 걷는 것을 바라보는 꿈을 꾸었다. 그는 집엘 가고 있었는데 아무래도 도착이 어려워 보였다. 나는 적당한 거리를 두고 그의 뒷모습을 쫓다가 결국은 놓치고 말았다. 나는 꿈에서 깨자마자 노트에 꿈 내용을 적고 《꿈으로 들어가 다시 살아나라》라는 책을 펼쳐 여기저기를 넘겨보았다. 사실 그 책을 굳이 보지 않더라도 그 사람이 누군지 나는 아주 잘 알고 있었다.

2.

그는 1982년생이고 절필했다.

3.

　나는 7년 전에 이미 그보다 오래 산 사람이 되었다. 내가 누나라
고 생각하니 괴기스럽다. 그는 건강하진 않지만 아주 오래 살 것
같은 사람이었다.

4.

　그는 25년을 살았고, 나는 25년을 다 살고 난 다음부터의 시간
에 대해 자주 생각해왔다. 내가 최근 2년간 가장 많이 한 생각이
바로 그 시간에 관해서였다. 그가 살지 않은 시간을 내가 사는 것
이 나는 이상하게 생각되었고 이 세상에 그가 없는 것이 아니라
없어야 할 내가 있는 것 같다는 생각이 자주 들었다. 그 생각은 내
가 한 것이지만 마치 누군가 대신한 다음 내게 주사한 것과 같이
느껴졌다.
　우리는 단 하나의 계절만을 함께했고 그것은 이미 10년도 더 된
일이라 거의 모든 기억이 흐릿했다. 나는 2년 전부터 시간을 들여
그 봄의 기억들을 노트에 옮겨 적었다. 생각을 하는 데 많은 시간
을 들였지만 정작 연필을 들고 무언가를 쓰는 데 쓴 시간은 얼마
되지 않았다. 노트의 메모를 보면 그와 내가 얼마나 달랐는지 알
수 있다. 나는 그를 조금 싫어했던 것 같다.

그는 쌍꺼풀이 짙고 속눈썹이 길었으며 아주 마른 체형이었다. 피부랄지 걸음걸이가 아주 오래된 사람의 것 같았는데 특히 손이 그랬다. 시력이 안 좋은 것은 확실하다. 무테안경을 쓰고 다녔다.

그는 집안의 막내였다. 누나가 둘인가 셋 있고, 부모님은 두 분 다 살아계셨으나 늦둥이라서 누나들과 나이 차가 많이 났다고 들었다.

그는 말이 없었다. 우리는 가끔 우리끼리 말을 하다 하다 지쳐 그에게 농담을 걸었다. 우리는 그에게 벙어리가 아닌가 하고 물은 적이 있고 그러면 그는 침묵으로 대답했다. 그런 식의 농담이 짜증을 유발하는 포인트였다. 두발로라는 주점에서 우리는 다짐했다. 오늘은 두 발로 걸어 나가자.

그는 수업이 없을 때면 늘 건물 끝에 있는 연못가에 앉아 있었다. 거기에 앉아 있을 때 그는 잘 보이지 않았다. 그가 연못가 쪽 벤치에 있을 때 우리는 볕이 잘 드는 중앙 출입구 앞 소파(누군가 어디서 주워 온)로 몰려가 떡볶이를 안주로 술을 마셨다. 그러다가 학교 앞 주점으로 자리를 옮기면 그는 어느새 주점의 맨 구석 자리에 와 있었다. 우리가 그에게 언제 왔는지, 집에 왜 안 갔는지 물으면 그는 대답 없이 그저 어깨를 한 번 으쓱할 뿐이었다. 그는 술을 거의 마시지 않았는데 술자리가 끝날 때쯤엔 누군가가 꼭 그에게 몇만 원을 받아내곤 했다.

그는 집에서 학교까지 자주 걸어 다녔다. 그는 걷는 것을 좋아했을 것이다. 그가 쓴 글을 보면 산책을 하면서 한 생각과 작은 에피소드가 많이 나온다. 우리는 그의 집이 어딘지 몰랐고 그의 글을 보고 지루하다고 말하곤 했다.

어느 날인가 아현역에서 학교까지의 약도를 그려보는 수업을 했다. 그는 마치 미로처럼 약도를 그려냈다. 서대문구 전체를 휩쓴 듯한 미로였다. 교수가 그걸 들어 보였을 때 모두가 박장대소했다. 나는 그때 약도를 그린 스무 명의 학생 중에서 가장 간단한 약도를 그린 학생으로 뽑혔다. 너에게 중요한 것은 던킨 도넛과 나이키로구나. 교수가 그렇게 말했고 나는 과연 그렇다고 생각했다. 나는 여러 켤레의 나이키 운동화를 갈아 신고 다니며 도넛을 사먹었고 파출소 앞 공중전화 부스를 발로 차며 헤어진 남자 친구에게 받지 않는 전활 걸곤 했다.

또…… 별명이라고 해야 할까? 사람들은 그를 마법사라고 불렀다. 실제로 그는 마법사의 지팡이처럼 긴 펜을 가지고 다녔고 가끔 우리를 향해 마법을 부리는 시늉을 하기도 했는데 원래도 재미없을 장난인데 분위기도 따라주지 못했다. 그가 멋쩍게 웃으면 나 같은 애가 핀잔이나 주었던 것이다. 오빠, 미쳤어?

그는 사람들의 손금을 봐주고 다녔다. 작은 학교에 소문이 퍼지자 누구나 그를 마주치면 손부터 내밀었고 어느 날엔 초면인 사람의 손금도 봐주었다. 그는 손금을 봐주고도 좋은 소리를 듣지 못했는데 그런 것엔 개의치 않는 것 같았다. 낮부터 술에 취한 어떤 고학번 선배는 장난하냐?라고 하면서 그의 머리를 치거나 안 좋은 소문을 퍼뜨리기도 했다. 아무도 그에게 손을 내밀지 않는 날이 올 때까지, 그는 누구에게나 친절하게 손금을 봐주었다. 나는 그가 어떤 선배로부터 뒤통수를 한 대 맞는 것을 보면서 그에게, 볼 줄 모르지?라고 했다.

볼 줄 알았을 것 같다. 내 손금을 보며 너는 꼭 너처럼 살겠네, 라고 말한 것을 보면.

손금을 봐주는 것을 그만하게 되면서 그는 지팡이 같은 긴 펜으로 사람들을 그리기 시작했다. 그냥 모여서 놀고 있으면 저 멀리서 뚜벅뚜벅 걸어와 종이 한 장을 내미는 것이었다. 언젠가 한번은 어떤 집요한 시선이 느껴져서 고개를 돌려 그를 봤더니 나를 그리려고 하는 것 같았다. 화를 내면서 그의 작은 노트를 찢었는데 노트에는 선 몇 개만이 그려져 있었다. 그걸 보고 나는 조금 미안한 마음이 들었지만 그때는 지금보다 더 뚱뚱하고 못생겨서 참을 수가 없었다. 실물보다 예쁘게 그려줘, 하고 말 것을 나는…….

나는 그와 함께 어떤 모임을 같이했다. 다섯 명이었고 나이는 달랐지만 동기였다. 지금은 아무와도 연락이 되지 않고, 그러나 그 계절 동안엔 늘 함께 쓴 글을 나눠 읽고 술을 마셨다. 우리가 만든 인터넷 카페에 그는 많은 글을 올렸다. 나는 그 모임에 그가 있는 것이 싫었다. 사람의 발길이 끊긴지 오래된, 이 세상에 있다고 해야 할지 없다고 해야 할지 모르는 그 카페에 그가 쓴 글이 있다. 나만 7년 전에 그 카페를 탈퇴했다.

한 장의 단체 사진 속에서 그는 자기 몸보다 세 배는 더 큰 옷을 입고 있다. 그해에 찍은 많은 사진들에서 그는 늘 곧게 선 채 카메라를 똑바로 응시하고 있다. 나는 가끔 너무나도 뚫어지게 눈을 마주치는 그가 부담스러웠다. 그는 거의 침묵하는 인간이었으나 할 말이 아주 많은 사람이었던 것 같다. 그는 언젠가 이대 입구에 있는 가이아라는 카페로 나를 찾아와 한 권의 책을 주고 간 적이 있다. 그날은 1학기를 마치던 날이어서 기억이 나는데, 문자메시지로 어디냐고 물어 말해주었더니 그 커다란 옷자락을 끌고 걸어와 아이스 카페모카가 놓인 테이블 위에 판타지 단편집을 내려놓은 것이다.

마법사 맞네, 맞아.

책을 두고 가는 그 뒷모습에다 대고 나는 그렇게 말했다. 나는 몇 년 전에 누군가에게 이 일을 이야기하면서 웃다가 운 적이 있다.

그는 그해 여름에 입대했다. 몇 없던 남자 동기들이 그해 여름과 겨울에 입대했고 이듬해 봄엔 복학생 선배들이 돌아왔다. 내가 살아 있던 그를 마지막으로 본 것은 그가 제대를 앞두고 휴가를 나온 어느 날의 학교에서였다. 방학이어서 학교엔 사람이 거의 없었고 그는 그날 개구리 연못가 벤치가 아니라 중앙 출입구 앞 소파에 앉아 있었다.

왜 왔어?

나는 그가 짧은 머리를 하고 곧 죽을 것만 같은 오래된 눈빛으로 거기 있는 것이 싫었다.

너는?

그가 물었고, 다시

밥 먹을래?

하고 물었다.

아니. 진짜 싫어.

내 기억이 맞는다면 나는 '밥 먹'까지 듣고 '아니'라는 대답을 했던 것 같다.

그는 자리에서 일어났고 나는 그가 떠난 자리에 앉아서 어딘가로 걸어가는 그의 뒷모습을 아주 잠깐만 바라보았다. 몸이 전보다 더 말라 있었고,

참 볼품없네.

하고 나는 생각했다. 바람이 불어서 위아래로 맞춰 입은 생활한복이 그의 뼈를 중심으로 이리저리 펄럭였다. 나는 가방으로 조금 가려진 그의 엉덩이쯤을 보다가,

쯧쯧, 엉덩이가 아주 없는 것 같네, 없는 것 같아.

혼잣말을 했다. 그는 혼자서 어딘가로 걸어갔다. 그러자 나 역시 그 자리에 혼자 남겨지게 됐다는 걸 그때는 몰랐다.

5.

그날은 친구의 생일이었다. 나는 내 생일도 아니면서 그날 어떤…… 기분을 내고 싶었다. 그날 낮에 친구들과 갔던 패밀리 레스토랑과 저녁에 도착한 그의 장례식장에서 한 대화를 더듬어보면 내가 새롭게 시도한 패션에 대한 이야기가 여러 번 화두에 올랐다는 것을 알 수 있다. 이후 나는 여러 번 그날의 나를 참을 수 없었고 그럴수록 내 모습이 선명해져 몹시 괴로웠다. 옷에 대해서, 약간 우쭐한 상태에서, 그러니까 도대체 왜 그렇게 오래 말했을까…… 왜 그렇게 오래…… 알면 뭘 얼마나 안다고!

6.

영정 사진 속에서 그는 나를 뚫어지게 바라봤다.

나는 그를 잘 몰랐지만 이제는 어쩐지 가까운 사이처럼 느껴진다. 그는 지구보다도 더 오래 살았던 사람 같다는 생각이 든다. 나는 종종 그의 미니홈피에 걸린 그의 어릴 적 사진을 클릭해 확대한 뒤 그것을 오래 바라보곤 했다.

그가 미로에서 헤맨다. 긴 펜을 꺼내 땅을 짚으며 걷는다. 그는 자주, 멋지게 늙고 싶다고 말했다. 그럴 수 없다.

정말 상관이 없었더라도 내가 지금 그것을 상관없이, 라고 쓰는 것. 나는 상관이 있기를 바라는 것인가, 없길 바라는 것인가? 하여간 모든 것이 미안하다. 그가 인터넷 카페에 남긴 글의 대부분은 내가 그를 외면한 순간에 대한 글이었다. 나는, 아니 나만 7년 전에 그 카페를 탈퇴했다.

7.

나는 불우한 환경에서 평범하게 자랐다. 나만큼 불우한 것은 너무나도 흔한 일이 되어버려서 비교할 수 없을 만큼 부유하고 화목하게 지낸 사람들도 내게 내 마음을 다 안다고 말하곤 한다. (물론 각자의 사정은 있었겠지만) 나는 어릴 적에 그년들의 말을 곧이곧대로 믿었다. 어디 가서 한순간이라도 진짜 위로라는 것을 받으려면 나는 내가 살아온 삶보다 몇 배는 더 불우해야 했을 것이다.

나는 커가면서 점점 친구가 없어졌다. 어디서부터 뭐가 잘못된 건지 알 수 없었고 알고자 노력했으나 나만 그런다고 해결되는 문제도 아니었다. 그 과정에서 깨달은 것이 있다면 내가 나 자신과 가족을 포함한 모든 인간을 싫어한다는 것과 따지고 보면 모든 것이 내 잘못이라는 것이었다. 그리고 어느 날 불현듯 그가 떠올라 뇌리에서 지워지지 않고 있다는 것이다. 나는 나 때문에 일이 크게 잘못된 몇몇의 경우를 기억하고 있다. 그럴 때는 복잡하게 생각할 것 없이 '모든 게 나 때문이다', 그렇게 확신해버리면 마음이

편했다. 그다음부터는 미안해하기만 하면 되었다. 그러나 많이 미안해하면 죄책감을 가지게 되므로 조금만 미안해해야 했다. 나는 종종 착하다는 소리도 듣게 되었다. 그리고 나는 그러니까…… 어느 날부터인가 무언가를 쓰고 있었다. 누군가는 일기인 줄 아는 그런 글로 시작해서…….

8.

독후감을 다 썼어요. 굳이 바쁘신데 만나지 않아도 될 것 같아요. 메일 주소를 알려주세요. 바로 보낼게요.

다음 날 선배에게 문자메시지를 보냈다. 그다음 날까지도 답장은 없었다. 만나기로 한 날 오전에 선배에게 문자메시지가 왔다. 마치 어제 하루는 없었던 사람처럼, 어제 바로 답장을 보낸 사람처럼 당황스러운 대답이었다.

메일은 무슨. 이따 3시에 보자.

이번에는 화장을 연하게 하고 마스크를 쓴 뒤 집을 나섰다. 사육신공원에는 선배 말고 다른 사람이 있었다. 순호 선배였다.

남자 친구 소개해준 게 순호야.

선배가 말했다.

아, 네. 안녕하세요.

야, 진짜 오랜만이다. 앉아.

순호 선배가 말했다.

맥주나 한잔 하러 가자.

순호 선배가 나를 위아래로 훑어보며 말했고 나는 앉자마자 다시 일어나 그들의 뒤를 따라 걸었다.

그 마스크는 뭐냐?

아, 이거…… 그, 미세먼지 때문에요.

맥주를 코로 마실 수도 없는 거고 입으로 마시려면 어차피 보이게 될 텐데도 일단은 이렇게 말하고 말았다. 우리는 요즘 유행하는 생감자튀김과 크림생맥주를 파는 작은 술집으로 들어갔다.

여기요.

선배에게 독후감을 내밀었다.

오, 진짜 고마워.

선배가 말했다.

아, 그런데 책을 깜빡했어요.

어, 괜찮아. 너 가져.

거기 육군 무슨 뭐라고 쓰여 있던데요. 빌려오신 거 아니에요?

응, 맞는데 괜찮대.

나는 부대를 관리할 일은 없었지만 사람이라면 꼭 가슴 깊이 새겨야 할 말들로 가득한 책을 그만 선물 받고 말았다.

그놈이 진짜 괜찮은 놈이야.

순호 선배가 선배의 남자 친구를 칭찬했다. 순호 선배의 아버지는 군 출신이고 퇴역하기 전까지 순호 선배의 가족들은 군인 아파트에 살았다고 한다. 또래들이 모여 무리가 되었고 그 중 한 명만이 아버지의 뜻에 따라 군인의 길을 선택했는데 그게 바로 선배의 남자 친구라고 순호 선배는 말했다. 아버지의 뜻에 따라 선택했다는 말을 들을 때 나는 어떤 의문이 생겼으나 잠자코 있었다.

주문한 맥주가 나왔고 나는 마스크를 벗고 맥주를 한 모금 마신 뒤 말했다.

전 이 크림이 싫어요.

이것 때문에 마시는 것 아니냐?

또 무슨 말을 해야 할까 내가 곰곰 생각하고 있는데 선배와 순호 선배는 맥주 맛을 평가하며 조곤조곤 이야기하는 걸 보니 이 자리가 편해 보였다. 게다가 순호 선배의 자연스러운 시선 처리를 보니 아무래도 내가 오기 전 순호 선배에게 내 인중 얘기를 미리 해둔 것 같았다. 마치 일부러 그러는 것처럼 별다른 말이 없었던 것이다.

요즘 어떻게 지내냐?

순호 선배가 물었다. 나는 맥주를 한 모금 들이켰고 마치 그간 큰일이라도 있었던 사람처럼 큰 숨을 들이마신 뒤 내쉬었다. 아무 맛도 없는 공기가 몸속 깊숙이 들어왔다 나갔다.

그냥…… 글 써요.

글? 소설?

아직 뭐…… 아마도…… 네.

아니, 어쩌다?

사실 재작년부터 자꾸 그 오빠 생각이 나는데요…… 그러다가요…….

누구? 아…… 근데 니가 왜?

네?

순호 선배는 맥주를 단숨에 들이켰다.

너한테 그럴 자격이 있냐?

내가 잠시 놀란 표정으로 대답을 못하고 있자

있는 것 같아?

하고 순호 선배는 갑자기 나를 몰아붙였다. 지금 이게 나한테 하는 말인가? 나는 알 수가 없어서 그저 바보같이 맥주잔만 바라보다가 다시 네? 하고 앵무새처럼 같은 말만 반복했다. 순호 선배는 담배를 피우겠다며 자리에서 일어났다. 뭔진 모르겠지만 오랜만에 봤는데 왜 저렇게 난리지? 나는 오히려 그런 생각이 들었던 것이다. 그러고 보면 옛날에도 순호 선배는 술을 많이 마신 채로 늘 혼자서 정의로운 척을 했다. 그의 마지막을 끝까지 지켰던 것도 순호 선배였다. 순호 선배가 담배를 피우러 나가자 나는 지금 자리에서 일어나야 하나 말아야 하나 고민이 되었다.

화나신 것 같은데 저 갈까요?

나는 선배가 잡아주길 바라면서 물었고 다행히 선배는 내가 원하는 대답을 해주었다. 어쩐지 순호 선배와 할 얘기가 있을 것 같았다. 순호 선배가 들어와 맥주를 주문했고 나는 밖으로 나와 어느 하숙집 쓰레기통 앞에서 오랜만에 담배를 피웠다.

너 그날 존나 재수 없었어.

잠시 격해졌던 감정을 다잡았는지 아까보다 담담한 어조로 순호 선배가 말했다. 한 번은 해명을 하고 싶다고 늘 생각해왔는데 욕심이었던 것 같다고 나는 생각했다.

마지막엔 그 사람들이 펜하고 종이를 뺏었다고 하더라고요.

뭐?

펜하고 종이요. 격리되어 있을 때요.

그걸 누구한테 들었는데?

네? 아…… 그건 잘 기억이 안 나지만 그날…….

순호 선배가 콧방귀를 뀌었고 나는 얼굴이 뜨거워져 고개를 들 수가 없었지만 한편으로는 화가 나기 시작했다.

그래서? 그래서 니가 왜?

왜?라고 물은 뒤 순호 선배가 마치 연극을 하듯 너무 크게 웃어서 작은 술집 안에 있던 사람들이 전부 우리 쪽을 쳐다봤다.

왜……? 왜? 왜?

잠깐만. 여기서 내가 어떻게 해야 하지?

학보사 출신인 선배가 팔짱을 끼면서 말했다.

녹음이라도 해줘?

선배가 말하자 잠시 침묵이 흘렀다.

야. 니가 무슨 소설을 써. 소설은 할 말 있는 사람들이나 쓰는 거야.

순호 선배가 검지로 내 머리를 두어 번 밀면서 말했다.

에이, 왜 머리를 밀어.

선배가 끼어들어 순호 선배에게 내 머리를 민 것에 대해 사과하라고 말했다. 나는 사과를 받을 생각이 없었다. 어느새 가게는 손님들로 가득 차 있었고 해가 조금 지려고 하는 것 같았다. 손님들은 모두 맥주를 마시고 있었고 순호 선배는 잠시 대답이 없다가 자신이 뭘 얼마나 잘못했는지 생각해보고 사과하겠다고 말했다.

　전 상관없어요.

　내가 말했다.

　잠깐 정신이 들었을 때 선배는 보이지 않았고 가게 주인이 우리에게 어서 계산을 하라고 말하고 있었다. 나는 정신은 조금 들었지만 몸을 가누기가 힘들었다.

　선배님.

　나는 순호 선배를 힘겹게 불러보았지만 순호 선배는 돈이 없다면서 내게,

　너 진짜 없냐? 어?

　하면서 내 작은 가방을 뒤졌다.

　내일 꼭 저한테 돈 부치세요. 네?

　나는 체크카드를 꺼내 계산을 했다.

　무슨 맥주 조금 마셨는데 씨발 진짜…….

　계산은 내가 했는데 욕은 순호 선배가 했다. 순호 선배에게는 이게 조금인 건가? 최근 2년간 이렇게 술을 많이 마신 적은 없었다. 순호 선배와 나는 가게에서 나왔다. 너무나도 걷기가 힘들었다. 아주 조금만 쉬면 몸이 괜찮아질 것 같았다. 나는 담배를 피웠던 하숙집 쓰레기통 앞에 다시 쪼그려 앉아버렸다.

　야. 따라와.

　왜인지는 모르지만…… 나는 순호 선배를 따라갔다. 언뜻 기억

을 더듬어보면 순호 선배가 내 가방을 메고 있어서 그걸 달라면서 쫓아갔던 것 같은데, 그 작은 핸드백을 왜 순호 선배가 들고 갔는지 모르겠다.

서너 평 정도 되는 것 같은 반지하 방이 순호 선배의 집이었다. 방에는 가구고 뭐고 별게 없었는데 그 좁은 방 안에 기타만 세 대가 있었다.

저걸 해치워야 하는데 말이야.

내가 방 안을 둘러보자 순호 선배가 기타를 차례로 가리키며 말했다.

이건 되지도 않는 거, 이건 빌린 거, 이건 누가 준 거.

순호 선배는 열무김치와 소주를 가져왔다.

나는 소주를 마시면서 그날 내가 한 행동에 대한 해명을 했고…… 요즘 어떻게 지내는지…… 이야기하다가 울었다. 어쩌다보니 대성통곡을 하게 되었는데 그것은 내 의지로 멈춰지지 않았다. 내가 그렇게 하는 것은 아주 자연스러운 일 같았고 나는 가슴이 후련해지는 것을 느꼈다. 나는 더 크게 울었고 그러자 어딘가 쩔쩔매는 표정을 지으며 순호 선배가 내게 조금만 조용히 울라고 말했다.

사람이 눈앞에서 울고 있잖아요!

나는 순호 선배가 자기 집에 온 뒤로 옆집 등을 신경 쓰느라 나를 조용히 시킨 것에 화가 났다. 여기 오기 전까지 더 시끄러웠던 사람은 분명 순호 선배였다. 가방을 챙겨 들고 그 집에서 나와 무작정 걷는데 순호 선배가 따라와서 어서 들어가자고 말했다. 나는

190

골목 끝 홍어집 앞에서 오래 울었다.

　아는 사이예요?

　순찰을 돌던 경찰이 내게 물었고 나는 그제야 네…… 하고 대답
을 하고 순호 선배를 따라 다시 반지하 방으로 들어갔다.

　눈을 떠보니 정오에 가까운 아침이었다. 새벽 6시인가? 마지막
으로 시계를 본 것이. 소주병과 소주잔 두 개, 열무김치와 젓가락
두 짝은 그대로였고 의자 다리 하나는 부러져 있었으며 기타라도
쳤는지 피크 하나가 소주잔 옆에 놓여 있었다. 그리고…… 순호
선배와 나는 알몸이었고 거울을 보니 얼굴은 엉망이었다. 나는 얼
른 옷을 입고 그 집을 나왔다. 길을 몰라 아무 데로나 걷다가 마스
크를 두고 왔다는 것을 깨달았다.

9.

　친구의 생일날 그는 죽었다. 나는 그가 죽었다기보다는 계속 군
에 있는 것처럼 느껴졌다. 그가 죽고 얼마 후에 나는 강남에 있는
성형외과에서 인중 수술을 받았다. 그리고 부작용에 시달리다가
외출을 하지 않는 인간이 되었다. 인중 수술은 적절한 핑곗거리가
되어주었다. 사실은…… 그날 나는 집에 다시 돌아가 옷을 갈아입
고 나와야겠다고 잠깐 생각했지만 그러지 않았다. 그날 내 모습이
마음에 들었기 때문이다. 그러니까 지금 생각해보니 '옷을 갈아입
고 나와야겠다'고 생각한 것이 아니라 '옷을 갈아입고 나올까?' 하

고 생각한 것이고 그것은 말하자면 '예쁜 검은 옷이 있나?' 하는 생각이었던 것이다. 물론 내게 예쁜 검은 옷은 없었다. 내게는 예쁘지 않은 검은 옷이 있었고 나는 예쁘지 않은 검은 옷 대신 옷을 갈아입지 않는 것을 선택했다. 보라색 민소매 티, 초록색 카디건, 오렌지색 치마. 그날 나는 정말 내 생각처럼 예뻤을까? 나는 사람은 누구나 죽어야 한다고 생각한다.

10.

약국에 들러 마스크를 샀다. 노량진역 화장실에 도착해 휴대전화를 보니 엄마로부터 부재중 전화가 열세 통이나 와 있었고 선배로부터 문자메시지가 와 있었다. 어제 잘 들어갔지? 독후감 고마워.

사실 《부대관리 노하우 123》을 읽고 쓴 첫 번째 독후감의 끝부분엔 이런 문장이 있었다. 나는 "단 한 사람이라도 의지할 수 있는 대상이 있다면 자살하지 않을 것이다"라는 문장에서 사람이라는 명사가 마음에 들지 않았다.

화장실에서 화장을 고친 뒤 떡이 진 앞머리를 헝클어트리고 마스크를 했다. 다시 밖으로 나왔을 때는 거의 모든 사람들이 마스크를 하고 있었다. 나는 그것이 이상했다. 모두 마스크를 쓴 채 각자의 대화에 열중해 있었다. 그중 몇몇만이 마스크를 벗고 입술을 움직여 말을 했다. 그들의 목소리는 점점 크게 들려왔다. 할 말이 많은 것 같았다. 사실 나는 그와 있었던 일 중에서 두 가지를 노트에 적지 못했다.

거기에 생각이 미치자 초조해졌다. 그렇지만 다시 순호 선배에게 갈 수는 없었다. 순호 선배는 그날 그의 장례식장에서 내가 했던 말들과 옷차림새에 대해 아주 자세히 기억하고 있었고 계속해서 나를 비난했다. 앞으로도 나에 대한 생각이 달라질 일은 없을 것 같다. 그러니까 나는 새벽 내내 마스크를 쓴 채 장광설을 늘어놓다가 결국엔 나도 내가 무슨 말을 하는지 모르는 지경에 이르러버렸던 것이다.

이주란

1984년 경기 김포에서 태어났다. 2012년 〈세계의문학〉 신인상에 단편소설 〈선물〉이 당선되었다.

몇 개의 선

유리

조수경

출국장 주변은 떠나는 사람들로 붐볐다.

여권과 비행기 티켓을 손에 들고 게이트 안으로 사라진 사람들은 몇 시간 후면 하라주쿠 거리를 걷고 있거나 눈 쌓인 오사카성을 카메라에 담고 있을 것이다. 국제선 청사를 배회하거나 곳곳에 자리를 잡고 앉아 휴식을 취하고 있는 사람들도 오늘 안에는 동방명주탑 전망대에 올라 야경을 바라보거나 워런마터우를 거닐며 석양을 감상하게 될 것이다.

나는 벌써 세 시간 가까이 카페에 앉아 있었다. 그동안 내가 한 일이라고는 커피를 주문하고, 커피를 마시고, 다시 뜨거운 커피를 주문해가면서 떠나갈 사람들을 가만히 바라보는 것뿐이었다. 테이블에 노트북을 펼쳐놓았지만 그것은 그저 습관과도 같은 것이었다. 일이 풀리지 않을 때면 나는 차를 몰고 김포공항으로 나왔다. 전에는 가끔 인천공항까지 달려가기도 했는데, K구로 이사 온 뒤부터는 집에서 가까운 이곳을 찾았다. 출국장 맞은편에 위치한 카페는 커피 맛이 좋기로 유명했고 그것이 김포공항을 찾는 또 다른 이유였다. 진한 커피를 마시며 곧 이곳을 떠나갈 사람인 것처럼 행동하다 보면 막혀 있던 혈관이 조금은 뚫리는 기분이 들었다.

남편에게서 전화가 걸려왔지만 받지 않았다.

공항에 있는 사람들은 떠날 사람과 그렇지 않은 사람으로 나뉘었다. 나는 떠날 사람이 누구인지 골라낼 수 있었다. 바퀴가 달린 가방이나 유난스러운 옷차림 때문만은 아니었다. 떠날 사람은, 뭐랄까, 떠날 사람의 얼굴을 하고 있었다.

남편과의 관계에 위기를 느꼈을 때, 나는 K구에 있는 오피스텔로 거처를 옮겼다. 1년 전이었다. 잠시 떨어져 지내다 보면 헐거워진 사이가 차차 회복될 거라고 생각했다. 기대와는 달리 지난달 친정아버지 생신 모임에서 본 남편은 이미 떠날 사람의 얼굴을 하고 있었다. 그 모임 이후 남편은 할 말이 있다며 연락을 해왔지만 그 '할 말'이라는 게 어떤 종류의 것인지 잘 알 것 같아 나는 이런저런 핑계를 대며 만남을 미뤄왔다. 급기야 오늘 오피스텔에 방문하겠다는 통보를 받고 아침 일찍부터 공항으로 도망치듯 달려온 것이다. 다시 진동이 울렸다. 남편은 오피스텔에 도착한 모양이었다. 계속 전화가 걸려오는 탓에 신경이 예민해졌지만 그렇다고 해서 전원을 아예 꺼버릴 마음은 들지 않았다. 나는 휴대전화를 벨벳 소재의 소파 위에 던져두었다. 요란하게 떨리던 진동음이 사라지고 전화기는 미끄러지듯 움직였다.

"혹시, 송명선 작가님 아닌가요?"

갑작스럽게 끼어든 목소리에 놀라 휴대전화를 감추듯 손에 쥐었다. 마지막 진동이 울리고 곧 전화가 끊어졌다. 나는 테이블 옆에 서 있는 여자를 올려다봤다. 은회색 니트에 크림색 모직 바지를 입은 여자는 한눈에 봐도 세련돼 보였다. 짙은 화장이나 화려한 장신구 따위는 필요하지 않을 만큼 아름다웠고, 감색 코트를 단정하게 접어 팔에 걸친 모양새나 곧게 편 등과 기다란 손가락 끝에서까지 기품이 느껴지는 사람이었다. 내 시선은 테이크아웃잔을 감싸고 있는 하얀 손가락을 지나 왼손 약지에 낀 티파니 세팅의 다이아몬드 반지에 잠시 머물렀다가 다시 여자의 얼굴로 돌아왔다.

"송명선 작가님, 맞죠?"

이제 여자는 확신에 찬 목소리로 물었다. 대답을 듣기도 전에 여자는 벌써부터 환하게 웃고 있었다. 두 권의 소설집을 내기는 했지만 독자가 알은체하며 접근하는 것은 드문 일이었다. 나는 어색하게 고개를 끄덕였다. 여자는 내게 묻지도 않고 맞은편 소파에 앉았다.

"명선아, 나 기억 안 나?"

문제를 풀어보라는 듯 여자는 두 팔을 테이블 위에 얹고 나를 응시했다. 눈의 결정체처럼, 가까이에서 바라보자 이목구비가 더욱 섬세하게 드러났다. 왠지 모르게 가슴이 두근거려 나는 눈을 슬쩍 피했다. 달아나는 내 시선을 집요하게 쫓으면서도 여자는 아무 말이 없었다. 그저 믿기지 않는다는 얼굴로 나를 바라보다가 마침내 입술을 천천히 열었다.

"나야, 서유리."

그 이름을 듣는 순간, 오랫동안 혈관 안을 떠돌던 바늘이 비로소 심장에 박힌 기분이었다. 나는 여자의 얼굴을 낱낱이 살펴보았다. 커다란 눈. 물이 고인 듯 맑게 빛나는 눈동자. 폭이 좁아 더욱 오똑해 보이는 콧날. 선과 색이 또렷한 입술까지. 이제 여인의 것으로 여물어 있었지만 나는 그 안에서 유리, 너를 발견했다.

*

유리.

너를 떠올리면 고급 주택의 웅장한 대문부터 그려졌다. 푸른빛이 감도는 검은색 대문 양옆으로 대문보다 키가 큰 기둥이 서 있었다. 기둥 끝에는 벌거벗은 아기 천사가 유리 공을 끌어안은 채 하늘을 향해 힘차게 날갯짓하고 있었는데, 어스름해질 무렵이면 유리 공에 감귤 빛깔의 불이 들어왔다. 커다란 돌을 차곡차곡 쌓아 올린 담장 밖으로 여름에는 장미 향이 떠다녔고 가을에는 붉게 물든 단풍이 떨어졌다. 내 기억 속에 너는 언제나 그 돌담집 대문 앞에 서 있었다. 퍼프소매의 화사한 원피스에 가죽으로 만든 메리제인 구두를 신은 모습으로.

6학년 때, 나는 너와 같은 반이 되었다.

새 학년이 시작되던 첫 날. 아이들은 본성을 감추고 자리에 앉아 무심한 척 주변을 살폈다. 이제 6학년이나 되었으니 곳곳에 아는 얼굴들이 제법 눈에 띄었음에도 아이들은 그저 손을 들어 가볍게 인사만 건넸을 뿐 제 자리를 지키고 얌전히 앉아 있었다. 아이들의 들뜨고 불안정한 시선은 사실 창가 끝자리에 집중되어 있었다. 그곳에 네가 있었다.

하얗고 매끄러운 얼굴에 고요하게 박혀 있는 눈동자. 커다란 눈이 천천히 열렸다 닫힐 때마다 사람을 끌어당기는 마법의 힘이 흘러나왔지만, 동시에 다가가고 싶어도 쉽게 접근할 수 없게 만드는 묘한 분위기를 뿜어내는 소녀. 너는 그런 아이였다.

기이한 정적은 담임교사가 나타난 뒤에야 깨졌다. 교실 앞문을 밀고 들어온 담임은 얌전하게 앉아 있는 아이들을 보고 오히려 당황한 모습이었다. 늘 두통을 달고 사는 듯 굳은 얼굴을 한 중년 여성은 칠판에 본인의 이름 석 자를 적은 뒤 교탁에 놓인 출석부를 집어 들었다.

"아."

담임은 뭔가 생각났다는 듯 출석부에서 눈을 떼고 아이들을 바라봤다.

"서유리."

담임의 말에 너는 천천히 손을 올리며 네, 하고 차분한 목소리로 대답했다. 너와 눈이 마주친 순간 담임의 좁은 미간이 활짝 열렸다.

"유리는 방학 때 전학 와서 아는 친구가 없을 거야. 다들 친하게 지내도록."

그 말이 더 이상 너를 훔쳐보지 않아도 된다는, 그러니까 너를 마음껏 바라봐도 된다는 허락의 말처럼 들렸는지 아이들은 일제히 창가로 몸을 틀었다. 유리. 나는 속으로 너의 이름을 발음해보았다. 그러니까 너는, 현주나 지혜, 은영 같은 흔한 이름도 아니었고 지숙이나 미화, 명선 같은 촌스러운 이름도 아니었다. 유리. 그 영롱한 빛깔의 단어는 너를 통해서 현현되고 있었다. 그리고 그 이름 덕분에 너와 나는 짝이 되었다. 담임이 출석부를 들고 한 사람씩 호명할 때, 서유리 다음에 불린 사람은 나, 송명선이었다. 출석 번호가 앞뒤로 붙어 있다는 사실이 기뻤고 번호 순으로 짝을 정할 거라는 말에 가슴이 뛰었다. 반 아이들은 너와 나란히 앉게 된 나를 부러워했다.

학기가 시작되고 얼마간 다른 반 아이들이 우리 반 복도 앞을 서성거렸다. 모두 '서유리'를 보기 위해 몰려든 것이었다. 다른 반 교사들은 물론 학교 앞 문구점 아저씨나 솜사탕 장수까지 너를 예뻐했다. 그렇게 너는 특별한 아이였다. 키나 몸집은 또래 아이들과 다를 바 없었지만, 풍기는 분위기와 사람을 끌어당기는 매력은 확연히 달랐다. 관심을 한 몸에 받는 아이답게 너에 관한 소문 역시 끊이지 않았다. 교문 앞에 멈춰 선 고급 승용차에서 네가 내리는 걸 목격한 아이들이 여럿 있었는데, 때문에 네가 유명 여배우의 딸이고 곧 너 역시 아역 배우로 데뷔할 거라는 말이 돌았다. 네가 H제과의 손녀라는 말도 있었는데, 당시 학교 근처에 H제과 회장이 살고 있다는 건 누구나 다 아는 이야기였다. 입에서 입으로 전해지는 비밀스러운 말들이 어디까지가 진짜이고 어디부터가 가짜인지에 대해서는 알 수 없었지만, 한 가지 분명한 사실은 너를 둘러싼 소문들이 너를 더욱 빛나게 만들었다는 것이었다.

"넌 어디 살아?"

그날은 가정환경 조사서를 제출하는 날이었다. 책상 위에 가정환경 조사서 용지를 반듯이 올려놓으며 너는 내게 물었다.

그 시절, 학교 근처의 동네는 세 구역으로 나뉘었다. 정문 앞으로 난 도로를 중심으로 위쪽은 부자들이 사는 곳이었다. 사극에 출연 중인 중견 탤런트나 히트곡이 여럿 있는 가수가 그쪽에 살았다. 4학년 때랑 5학년 때는 나도 몇 번인가 아이들과 어울려 탤런트나 가수의 집 앞을 괜히 서성거렸다. 널찍하고 반듯하게 포장된 길마다 대궐 같은 집들이 자리 잡고 있었고, 아이들은 각자 마음에 드는 집을 하나씩 점찍으며 나중에 이런 데서 살 거라고 큰소리쳤다. 도로를 건너 아래쪽으로 내려가면 3층짜리 다세대주택이나 오래된 단독주택이 들어선 골목이 나왔다. 우리 집은 그 구역에 있는 작은 마당이 딸린 단독주택이었다. 골목으로 깊숙이 들어가면 재래시장이 나왔고, 시장 아래로 더 내려가면 낡고 허름한 집들이 다닥다닥 붙어 있었다. 그 구역에 사는 아이들은 옷차림이 낡기도 했지만 얼굴에서부터 가난이 느껴졌다. 존중이나 관심이 결핍된, 그러나 방치와 체념에는 익숙한 눈빛들. 누가 시킨 것도 아닌데 아이들은 같은 구역에 사는 아이들끼리 어울려 다녔다.

"길 건너편. 여기서 멀지는 않아. 너는?"

"응, 나는 수양대군 집 근처."

'수양대군'은 당시 중견 탤런트가 맡고 있던 배역이었다. 나는 너의 책상을 슬쩍 바라보았다. 용지에는 아버지와 어머니 직업란에 모두 '의사'라고 적혀 있었다.

나는 공상에 빠지는 일이 종종 있었는데, 수업 시간도 예외는 아니었다. 머릿속에서 펼쳐진 상상은 교과서 한 귀퉁이에 만화로 표현됐다. 너는 내가 그린 만화를 들여다보며 손으로 입을 가리고 웃음을 참았다. 내가 그린 그림을 좋아한다는 것을 눈치채고 나는 더 많은 낙서를 하기 시작했다. 쉬는 시간이면 너는 내게 재미있는 이야기를 들려달라고 청하기도 했다.

목련이 지고 벚꽃이 만개했을 무렵, 나는 너를 집에 데려갔다. 그즈음 제법 친해진 우리는 함께 숙제를 하기로 했다.

도로를 건너고 보도블록이 깔린 골목에 들어섰다. 너와 나는 보도블록 사이에 피어난 제비꽃을 신주머니로 톡톡 건드리며 걸었다. 바닥에 누군가 분필로 그어놓은 땅따먹기 그림이 나오면 숫자 1부터 8까지 깡충깡충 차례대로 점프하며 지나갔다. 우리는 초록색 대문 앞에서 걸음을 멈췄다. 몇 군데 페인트가 벗겨지고 중앙에는 사자 두 마리가 문고리를 입에 물고 있는, 동네 어디서나 흔히 볼 수 있는 그런 문이었다.

"여기야."

그렇게 말하고 나는 팔분음표가 음각된 버튼을 눌렀다.

장독대와 작은 화단이 있는 마당을 지나 현관문을 열면 나무로 된 마루와 벽이 보였다. 거실 한가운데에 천으로 된 투박한 모양의 소파가 놓여 있었는데, 겨울철에는 정전기가 일어 앉으려다가

도로 벌떡 일어나는 일이 종종 있었다. 거실에서 곧장 연결되는 부엌 입구에는 아치형의 흰색 레이스 천이 늘어져 있었고 그 너머로 식탁과 의자 다섯 개가 단정하게 배치되어 있었다. 1층에는 그 밖에도 안방과 할아버지 방, 오빠 방, 그리고 화장실이 있었다. 너는 그 커다란 눈으로 집 안을 찬찬히 둘러봤다.

내 방은 2층이었다. 삐걱거리는 나무 계단을 올라가면 피아노가 놓인 작은 거실과 창고로 쓰는 방, 그리고 내 방이 나왔다. 내 방 천장은 경사 지붕의 비스듬한 면이 그대로 드러났는데, 너는 그 점이 마음에 든다고 했다. 너와 나는 방바닥에 엎드려서 숙제를 했다. 그날 엄마는 참치와 감자와 계란을 으깨서 다진 야채와 함께 마요네즈에 버무린 샌드위치를 만들어주었다. 너는 그것을 맛있게 먹었고 집에 돌아가기 전에 남은 샌드위치를 싸 가도 되는지 물었다. 나는 흔쾌히 그렇게 하라고 말했다. 부모님이 모두 의사인 데다 언제나 좋은 옷만 입고 다니는 네가 우리 엄마가 만들어준 간식을 맛있게 먹어주는 것은 기분 좋은 일이었다.

"저희 엄마는 바빠서 이런 거 안 만들어주시거든요."

남은 샌드위치를 쿠킹 포일에 포장하고 있던 엄마에게 네가 말했다. 너의 시선은 부엌 한쪽에 나란히 꽂혀 있는 요리책에 머물고 있었다. 그 무렵 독일제 냄비 세트 등 주방용품을 방문판매하는 아주머니로부터 큰맘 먹고 오븐을 구입한 엄마는 다음에 놀러 오면 컵케이크를 구워주겠다고 약속했다.

"난 네가 작가가 될 줄 알았다니까."

테이크아웃 잔을 컵 홀더에 내려놓으며 너는 웃었다. 너는 같은 말을 벌써 여러 번 반복했다. 옆 좌석에 앉아 있는 사람이 '서유리'라는 사실이 실감 나지 않아 나는 자꾸만 너를 돌아봤다. 누군가와 우연히 마주치는 일은 이따금씩 일어나지만, 너와 이런 식으로 마주치게 될 거라고는 생각지 못했다. 너의 무릎에 얌전히 놓여 있는 은색 클러치백이 햇빛을 받아 반짝거렸다. 평일 오전의 도로는 한산했지만 시내의 복잡한 구간을 지날 때만큼이나 신경이 곤두섰다.

아까 카페에서 마주쳤을 때, 너는 감탄사를 거듭 내뱉었다. 자기는 이제 막 상해에서 돌아오는 길이라고 했다가 뜬금없이, 네 소설 중에 특히 어떤 작품이 좋더라, 라고 했다가, 세상에 너무 반갑다, 하며 다시 감탄하는 식이었다. 그러다가 여기서 뭐 하고 있느냐고 묻기에 나는 그냥 바람 쐬러 나왔다고, 곧 집에 돌아가야 한다고 대답했다. 점심시간이 다가오고 있었고 혹시라도 네가 같이 밥이나 먹자는 말을 꺼낼까 봐 미리 계산하고 한 말이었다. 집에 갈 거라는 말을 듣고 너는 반색했다.

"너 아직 S구에 사니? 별일 없으면 나 좀 태워다 줄래? 우리 집도 그쪽이거든."

너는 Q서점에서 매달 발행하는 웹진 〈소설가의 방〉 코너에 실린 기사를 읽었다고 했다. 그때 웹진에 소개된 방은 남편과 함께 살던 S구의 아파트였다. 남편과 나 사이에는 아이가 없었으므로 따로 작업실을 얻지 않고 방 하나를 서재 겸 집필실로 꾸며서 사용했다. 몇 년 전에 그 방에서 인터뷰를 했고 책장을 배경으로 사진도 몇 장 찍었다. 남편과의 사이가 틀어지기 전이었다. 지금은 K구에서 혼자 지내고 있지만, 너의 말에 나도 모르게 고개를 끄덕이며 함께 가자고 했던 것이다.

"신문에 실린 네 사진을 봤을 때 말이야, 꼭 내가 당선된 것처럼 가슴이 떨리더라니까."

너는 두 손을 가지런히 모았다. 입술 가까이 맞댄 두 손은 미사포를 쓰고 기도하는 여인을 연상시켰다. 너는 오래전부터 동창 찾기 웹사이트에서 나의 흔적을 찾았으나 아무것도 발견하지 못했다고 털어놓았다. 언젠가부터 매년 신춘문예 당선자들을 확인하기 시작했는데, 그건 내가 소설가가 될 거라는 확신 때문이었다고 했다. 그리고 너의 믿음처럼 몇 년 뒤 당선자 명단에서 내 이름과 사진을 발견했고, 또 그로부터 몇 년 뒤에 출판된 내 첫 번째 소설집을 서울에서 가장 큰 서점에 가서 직접 구입했다고 말했다. 내 책은 물론, 나와 관련된 기사는 하나도 놓치지 않고 찾아봤기에 20년도 더 지난 지금 나를 단번에 알아볼 수 있었다며 너는 웃었다.

"참, 명선아, 그거 기억하니? 너랑 나랑 주고받았던 돌림노트 말이야."

너의 말을 듣는 순간, 망각의 책장에서 빛바랜 노트 한 권이 툭 떨어졌다. 무지개 그림 아래로 너와 나의 이름이 나란히 적혀 있는 노트. 나는 고개를 끄덕였다.

"그 노트, 나 아직 가지고 있어. 놀랍지?"

너는 핸들을 잡고 있는 내 손 위에 하얗고 긴 손가락을 가볍게 얹었다. 너의 말대로 나는 놀랐다. 20년도 더 된 노트를 아직 간직하고 있다니. 그렇다고 해서 오래된 보물을 찾은 것처럼 기쁘거나 반가운 기분이 드는 것은 아니었다. 노트에 적혀 있을 내용을 떠올리자 오히려 얼굴이 화끈거렸다.

"그런데 명선아."

너는 내 손을 힘주어 잡았다. 잘 다듬어진 긴 손톱이 살갗을 파고들었다.

"네 소설 말이야. 내 얘기는 쓰지 않았더라. 난, 어쩌면 네가 내 얘기를 쓸지도 모른다고 생각했거든."

너는 고개를 돌려 내 눈을 응시했다. 그리고 희미하게 웃었다.

*

"넌 분명 작가가 될 거야."

나에게 처음 그 말을 해준 사람은 유리, 너였다.

여름 무렵, 너와 나는 2층에 있는 내 작은 방에서 숙제 말고도 많은 것을 나눌 만큼 친해졌다. 우리는 담임이나 남자아이들에 대해 얘기했다. 별것 아닌 일들을 비밀스럽게 속닥거렸고 사소한 일에도 얼굴이 빨개지도록 웃음을 터뜨렸다. 하지만 역시 가장 흥미로운 일은 나란히 엎드려 로맨스 소설을 읽는 것이었다. 그건 당시 여자아이들 사이에서 비밀스럽게 유행하던 일이었다.

"다 읽었어?"

"아직."

책 한 권을 가운데에 놓고 함께 다음 페이지로 넘어가는 식으로 너와 나는 벌써 몇 권의 로맨스 소설을 함께 본 사이였다. 중고생 언니를 둔 아이들이 집에서 몰래 책을 가져오면 반 아이들이 순서대로 돌려보았는데, 그 순서란 언제나 더디게 왔고 너와 나는 기다리는 시간 동안 직접 소설을 써보기로 했다. 함께 등장인물과 배경, 그리고 제목을 정했다. 사건은 말할 것도 없이 언제나 로맨스였다. 내가 먼저 이야기를 시작하면 다음 날 노트를 받아간 네가 내용을 이어갔다. 노트에는 우리가 가보지 못한 나라의 성(城)과 이국의 이름을 가진 남녀가 등장했다. 가장 떨리는 순간은 남자 주인공이 여자 주인공의 입술에 자신의 입술을 포개는 장면을 쓸 때였다. 얼마 가지 않아서 너는 한두 줄 쓰는 것도 쉽지 않다며 포기했다. 결국 내가 너의 몫까지 두 배로 써야 했지만 그것이 문제가 되지는 않았다. 어느새 나는 이야기를 문장으로 만들어내는 작업이 황홀하게 느껴졌던 것이다. 나는 이야기를 만들고 너는 감상을 적는 식으로 우리의 돌림노트는 계속됐다. 그것은 너와 나 둘만의 비밀이었고 비밀을 공유한 사이답게 우리는 더욱 각별해졌다.

"오늘 우리 집에 놀러 갈래?"

여름방학이 시작되기 얼마 전에 네가 말했다. 반 아이들 모두가 부러워할 만큼 너와 친했지만, 그때까지 너의 집에 가본 적은 없었으므로 얘기를 듣고도 내가 제대로 들은 게 맞나 의심할 만큼 놀랍고 반가웠다.

"너는 나의 가장 친한 친구니까."

그렇게 말하며 너는 내 손을 꼭 잡았다.

그날 나는 수업 시간 내내 들떠 있었다. 너와 모든 걸 공유하는 사이가 된다는 사실에 흥분했고 마침내 부잣집을 구경하게 됐다는 생각에 설렜다. 아이들과 연예인을 보러 몇 번인가 그 동네에 갔을 때, 나는 늘 담장 안쪽이 궁금했다. 그 안은 아무리 까치발을 들고 깡충깡충 뛰어봐도 들여다보이지 않았던 것이다.

방과 후, 나는 너의 손을 잡고 윗동네로 걸어갔다. 중견 탤런트가 살고 있는 집을 지나고 얼마 되지 않아 너는 걸음을 멈췄다.

"여기야."

나는 푸른색이 감도는 검은색 대문을 바라봤다. 문 한 짝이 우리 집 대문을 합쳐놓은 것보다도 컸다. 커다란 돌을 쌓아 올린 담장은 한눈에 들어오지 않아 나는 고개를 왼쪽 끝에서 오른쪽 끝까지 천천히 움직여야 했다. 우아. 감탄이 절로 나왔다. 이번에는 대문 양옆에 서 있는 기둥을 따라 고개를 아래에서 위로 움직였다. 기둥 끝에는 둥근 조명등을 받쳐 든 아기 천사 조각상이 있었는데, 나는 그것이 훌륭한 예술품이라도 되는 듯 넋을 놓고 바라봤다.

"멋있니?"

너의 물음에 나는 고개를 끄덕였다. 너는 내 손을 꼭 잡고 돌담을 따라 반 바퀴쯤 돌았다. 네가 걸음을 멈춘 곳은 청동색 쪽문 앞이었다. 평소엔 뒷문으로 드나드는구나. 나는 생각했다. 너는 책가

방 앞주머니에서 열쇠를 꺼내 쪽문에 끼워 넣었다. 철컥. 문이 열렸다.

문의 크기만큼 안쪽 세상이 드러났다.

거기엔 내가 상상했던 푸른 잔디밭이라든가, 연잎이 떠 있는 작은 연못이라든가 하는 것들은 보이지 않았다. 내가 본 것은 지하로 이어지는 시멘트 계단과 계단 아래에 있는 작은 문이 전부였다. 안쪽은 온통 그늘이 져 있어 여름인데도 서늘한 기분이 들었다.

"들어와."

네가 입을 열 때까지 나는 굳은 듯 쪽문 앞에 서 있었다. 당황인지 실망인지 모를 감정을 들켜버린 것만 같아서 나는 엉거주춤한 자세로 발을 뗐다. 안에 들어가자 왼편에 앞마당으로 이어지는 좁은 길이 보였다. 구부러진 길 끝으로 햇살이 새어 들고 있었다. 길을 따라가면 잔디밭도, 연못도 볼 수 있을 것만 같았다. 너는 그쪽은 돌아보지도 않고 곧장 계단을 내려갔다.

아래에는 네 개의 작은 문이 있었다. 너는 그중 두 번째 문에 다시 열쇠를 꽂아 넣었다. 쪽문을 열었을 때 바로 보이던 그 문이었다. 집 안은 온통 어둠뿐이었다. 너는 익숙하게 손을 뻗어 불을 켰다. 안쪽은 방, 현관 쪽은 부엌. 기다랗고 단순한 구조의 집이었다. 욕실과 화장실은 복도 끝에 따로 있었는데, 이웃집과 공동으로 쓴다고 했다.

"실망했니?"

그때 너의 눈은 쓸쓸하게 빛났다. 나는 대답 대신 너를 꼭 끌어안았다.

여름방학 내내 나는 너의 집에 드나들었다. 너의 집에는 언제나 너 혼자였으므로 그곳은 우리의 아지트나 다름없었다. 너의 집에는 어떤 이유에선지 전화기가 없었다. 매일 정오에 나는 엄마가 만들어준 간식을 품에 안고 쪽문을 두드렸다. 그러면 너는 단숨에 계단을 올라와 문을 열어주었다.

지하의 어둡고 습한 방에서 우리는 나란히 엎드려 방학 숙제를 했다. 이제 막 부풀어 오르기 시작한 서로의 젖가슴을 만지며 키득거렸다. 너는 보물을 담아둔 주머니에서 빨간 립스틱을 꺼내 내 입술에 발라주었다. 또, 내게 어른 글씨를 흉내 내는 법을 알려주기도 했다.

네가 돌림노트를 읽을 때면 나는 바닥에 누워 방 안을 둘러봤다. 가구라고 할 만한 것은 하나도 없었고 옷걸이와 거울, 그리고 짐 가방이 전부였다. 방 안에 있는 모든 짐이 들어갈 만큼 커다란 가방이었는데, 그 때문에 언제든 떠날 준비가 되어 있는 사람들의 방처럼 보였다. 옷걸이에는 네가 입는 옷 말고도 어른 옷이 몇 벌 걸려 있었다. 그 낡은 옷들 중에 '의사'가 입을 만한 옷은 하나도 없어 보였다. 너는 부모님에 대해 별다른 얘기를 하지 않았고 나 또한 아무것도 묻지 않았다.

"주인집 아줌마는 나를 정말 예뻐해. 볼 때마다 내가 진짜 딸이었으면 좋겠다고 그래."

대신 너는 주인집 식구들에 대해서는 많은 얘기를 했다.

"어제저녁엔 마당에 있는 테이블에서 다 같이 수박을 먹었어. 오빠가 무서운 얘기를 해서 하마터면 울 뻔했지 뭐야. 내가 너무 무서워하니까 아줌마가 괜찮다고 머리를 쓰다듬어줬어. 그러니까 정말 괜찮아지더라. 아플 때 아저씨랑 아줌마가 쓰다듬어주면 금방 나을지도 몰라. 두 분 다 진짜 의사거든."

나는 잘 깎인 잔디밭 한쪽에 놓인 하얀색 철제 테이블과 의자를 상상했다. 시원한 물방울무늬 원피스를 입고 의자에 앉아 주인집 아저씨와 아주머니를 향해 사랑스럽게 웃고 있는 너의 모습도.

"명선아, 너는 이사를 한 번도 안 해봤다고 그랬지? 나는 이사를 자주 다녔어. 어떨 땐 1년에 세 번, 네 번도 다녔어. 바로 요전 집 주인아저씨는 대학교 교수님이셨거든. 집에 책도 엄청 많고 엄청 똑똑하셨어. 그 집에 중학생 언니가 하나 있었는데, 날 친동생처럼 예뻐했어. 작아서 못 입는 옷이랑 신발이랑 다 물려주고. 여기로 이사 올 때 다 들고 올 수는 없었지만……."

너는 구겨진 치맛단을 내려다보다가 손바닥으로 가만가만 문질렀다. 구김이 쉽게 펴질 것 같지 않았지만 너는 손동작을 멈추지 않았다. 그 위로 내가 알지 못하는 작고 어두운 방에 엎드려 가정환경 조사서를 작성하고 있는 아이의 모습이 겹쳐졌다. 어른 글씨를 흉내 내며 부모님 직업란에 '교수'라고 적어 넣는 아이의 모습이.

너의 집에 가져갈 간식을 만들어주면서 엄마는 종종 너의 부모님이나 집에 관해 묻곤 했다. 그럴 때면 나는 언제나 이런 식으로 대답했다.

"유리네 집은 진짜 엄청 넓어. 집이 아니라 꼭 성 같아."

*

　시내에 진입하자 도로가 제법 혼잡했다. 교통 체증이 심한 구간이라는 것을 잘 알고 있으면서도 몇 시간이고 이렇게 도로에 갇혀 있게 되는 건 아닐까 싶어 초조했다. 옆 차가 함부로 끼어들 때마다 나는 클랙슨을 길게 울려댔다. 남편은 계속 전화를 걸어왔고 나는 받지 않았다.

　"집에 중요한 일이 있나 보구나?"

　끊어졌다 다시 이어지는 진동음이 신경 쓰이는지 너는 나를 돌아봤다.

　"아냐. 그냥, 안 받아도 되는 전화야."

　너는 뭔가 더 말하려다 말고 다시 정면을 바라봤다.

　"남편이랑은 잘 지내니?"

　너는 화제를 돌리기 위해 꺼낸 얘기였겠지만, 그 순간 나는 네가 내 소설과 나에 관련된 기사를 꼼꼼하게 챙겨 보는 건 물론, 사생활까지 몰래 조사하고 있는 건 아닐까 하는 망상에 사로잡혔다. 네가 내 책을 잘 봤다고 말하는 것은 그냥 인사치레로 하는 소리가 아니었다. 시내에 도착할 때까지 너는 주로 내 소설에 대해 이야기했는데, 두 권의 소설집에 실린 작품을 모두 꼼꼼하게 정독했다는 것을 알 수 있었다. 게다가 오래전에 했던 인터뷰에서 내가 어떤 말을 했는지 정확하게 기억했고, 그때 내가 입고 있던 옷이나 서재에 놓여 있던 가구에 대해서까지 세세하게 묘사했다. 어쩐지 등이 서늘하게 느껴져 열 시트 온도를 한 단계 올렸다.

214

남편과 별거를 하고 몇 개월이 지났을 때 대학 동창에게서 연락이 왔다. 그냥 얼굴이나 보자기에 만나서 밥을 먹고 차를 마셨다. 헤어지기 전에 동창이 불쑥 내 팔을 붙잡았다. 며칠 전에 내 남편을 봤다고, 웬 여자와 함께 있었다고 동창은 말했다. 그리고 며칠 뒤에 다시 전화를 걸어왔다.

"별일 없지? 그래도 너, 남편 뒷조사는 꼭 해봐라. 혹시 모르잖니."

남편과 내가 멀어진 것은 우리 둘의 문제였다. 물론, 내가 모르는 어떤 일이 있을 수도 있었다. 별거 후에 남편이 누군가를 만났을 가능성도 무시할 수는 없었다. 하지만 그저 친구나 직장 동료와 함께 있었던 것뿐인지도 몰랐다. 그때 나는 내가 처한 현실보다 남의 불행을 캐내려는 사람이 더 무서웠다.

"그럼. 잘 지내지."

나는 담담한 목소리로 말했다. 그렇구나, 하고 혼잣말처럼 중얼거리다 너는 목소리 톤을 높였다.

"참, 내 얘기는 하나도 안 했구나. 난 지금 중국에서 살아. 상해에서."

아침부터 긴장하고 있던 데다 너와 마주친 후로 더욱 예민해진 나는 그제야 너에게 잘 지냈느냐는 인사말조차 건네지 않았다는 것을 깨달았다. 네가 그랬듯, 나 역시 너에 대해 생각해본 적이 있었다. 한때는 네가 탤런트로 데뷔할 지도 모른다고 생각했었다. 어린 시절, 너는 가난했지만 가난의 흔적이라고는 찾아볼 수 없는 얼굴을 갖고 있었다. 모두가 사랑할 수밖에 없는 그런 얼굴을. 어른이 된 너의 아름다움은 한층 더 깊어졌고, 때문에 너의 남편은 분명 미인의 마음을 사로잡을 수 있는 출중한 사람일 거라고 짐작했다. 뒤늦게 아이는 있느냐고 물었더니 너는 없다고 대답했다.

"남편이 그쪽에서 사업을 크게 하는데, 그래서 결혼식도 여기서 한 번, 상해에서 한 번, 두 번이나 올렸어. S구에는 시댁이 있거든. 한국에 들어오면 늘 거기서 지내. 곧 시아버지 칠순인데, 남편은 바빠서 같이 못 오고 나 먼저 들어왔어. 이게 다 널 만나려고 그랬나 보다 싶네."

너는 손을 뻗어 내 어깨를 천천히 쓸었다. 깃털이 떨어지듯 부드럽고 가벼운 움직임이었지만 이상하게도 너의 손이 지나간 자리마다 근육이 미세하게 파열되는 기분이었다.

"명선아, 난 말이야, 네 소설을 보면서 너랑 마주치는 상상을 수 없이 해왔어. 너와 마주치면 그때 어떤 이야기를 할까, 하는 그런 상상."

너는 컵 홀더에서 테이크아웃 잔을 꺼내 두 손으로 감싸 쥐었다. 커피를 한 모금 마시고 너는 손가락을 천천히 움직였다. 긴 손톱이 종이컵을 긁는 소리가 규칙적으로 들려왔다. 날카로운 소리가 고막을 할퀴는 것 같아 나는 어금니를 꽉 깨물었다. 가다 서다를 반복하던 차는 어느덧 S구로 들어섰다.

*

방학은 짧았고, 개학을 한 뒤에는 시간이 더 빠르게 흘러갔다.

빨갛고 노랗게 단풍이 들었을 무렵, 담임교사는 미술 시간에 조별 과제를 내주었다. '나, 너, 우리'라는 주제로 조원끼리 자유롭게 작품을 만드는 것이었다. 몇 달 뒤 졸업을 하고 뿔뿔이 흩어질 아이들에게 친구들과 추억을 쌓으라는 배려이기도 했다. 담임은 우정과 협동심이 잘 드러난 작품에 높은 점수를 줄 거라고 강조했다.

남자와 여자가 각각 세 명씩, 총 여섯 명이 한 조였다. 6학년에 올라온 뒤로 나는 줄곧 너와 단짝으로 지냈기에 다른 아이들과는 친해질 기회가 없었다. 아니, 친해질 필요를 느끼지 못했다. 도시락도 너와 단둘이 먹었고, 주번도 너와 함께 맡았고, 과학실로 이동할 때나 체육 수업을 할 때도 너와 손을 잡고 다녔다. 번호대로 조를 짰기에 다행히 나는 너와 같은 조였고, 너 역시 그 점에 안도하며 내게 미소를 보냈다.

방과 후에 조별 첫 모임을 가졌다. 먼저 조장을 선출했다. 우리는 제비를 뽑기로 했는데, '당첨'이라는 글자가 적힌 종이를 고른 사람은 나였다.

운동장 한구석에 있는 원두막에서 오랜 회의 끝에 우리 조는 '타임머신'을 콘셉트로 작품을 만들기로 했다. UFO를 본뜬 타임머신에 여섯 명의 조원이 탑승하고 미래의 우리들에게 메시지를 전하는 것. 그렇게 우리의 우정은 미래까지 쭉 이어질 것이라는 의미를 담기로 했다. 아이디어가 완성되자 조원들은 흥분했고 다른 조 아이들에게 비밀이 새어나가지 않도록 주의하자며 목소리를 낮췄다.

조원들은 다시 두 명씩 짝을 이뤘다. 사진반에서 활동하는 기환이가 조원의 사진을 찍으면 글씨를 정갈하게 잘 쓰는 희선이가 노트에 우리들의 사진을 붙이고 그 옆에 각자의 취미와 특기, 장래 희망, 미래의 친구에게 전하는 메시지 같은 것을 적어 넣기로 했다. 다른 두 명은 타임머신을, 너와 나는 타임머신이 출발하는 장소인 학교 운동장을 만들기로 했다.

다음 모임에 우리는 먼저 사진을 촬영했다. 타임머신에 얼굴만 오려서 붙여둘 사진은 다들 익살스러운 표정으로 찍었다. 노트에 붙일 사진은 각자 자신이 가장 좋아하는 장소에서 찍기로 했다. 너는 집 앞에서 찍겠다고 말했다.

너의 집으로 가는 길에 나는 너의 손을 잡아당기며 눈짓했다. 괜찮겠냐는 뜻이었다. 내 마음을 아는지 모르는지 너는 그저 커다란 눈을 천천히 열었다 닫으며 미소를 지었다. 대체 어쩔 생각이지. 그 쪽문 앞에서, 혹은 지하에 있는 작은 문 앞에서 사진을 찍겠다는 건가. 나는 너의 생각을 도무지 알 수 없었다. 그리고 무엇보다 그 낡고 허름한 비밀은 가장 친한 친구인 나에게만 공개되어야 하는 것이었다. 나는 너의 손을 놓아버렸다.

궁전 같은 집들을 지나 네가 걸음을 멈췄을 때, 아이들은 일제히 우아, 하는 감탄사를 내뱉었다. 너는 푸른빛이 감도는 검은색 대문 앞에 섰다.

"난 여기서 찍을게."

퍼프소매의 벨벳 원피스에 가죽으로 만든 메리제인 구두를 신은 너는 웅장한 대문 앞에서 미소를 지었다. 그 순간 나는 입 밖으로 짧은 숨을 토해냈다. 마음의 가장 깊숙한 층이 통째로 뒤틀리는 기분이었다. 아이들은 너에게 장난스러운 포즈를 요구하며 소란스럽게 굴었고, 너는 그 어느 때보다도 화사하게 웃으며 카메라를 바라봤다.

찰칵.

셔터를 누르는 순간, 조리개의 움직임을 따라서 하나의 세계가 닫히고 다시 새로운 세계가 열렸다. 그때 나는 그 장면이 내 기억 속에 그토록 오래 박혀 있게 될 것을 알지 못했다.

"얘들아, 나 책가방 놓고 올게. 잠깐만 기다려줘."

촬영을 끝내고 다음 장소로 이동하기 전에 네가 말했다. 나도 모르게 긴장이 돼 빈주먹을 꽉 쥐었다. 손바닥에서 차가운 땀이 새어 나왔다. 너는 돌담을 반 바퀴 돌아가는 대신 대문으로 이어지는 두 개의 계단을 올라갔다. 그리고 벨을 눌렀다.

"저예요, 유리."

철컹. 문이 열렸다. 아이들은 열린 문틈으로 집 안을 들여다보기 위해 목을 쭉 빼고 고개를 좌우로 움직였다.

"금방 올게."

너는 가볍게 손을 흔들며 대문을 닫았다. 안쪽에서 점점 멀어지는 너의 발걸음 소리가 들려왔다. 마당을 가로질러 뒷마당을 지나 지하로 이어지는 계단을 서둘러 밟고 있을 너의 모습이 눈에 보이는 듯했다.

"우아. 서유리네 집 진짜 좋다."

커다란 비스킷을 옮기지 못해 허둥거리는 개미 떼처럼 아이들은 닫힌 대문 앞에서 종종거렸다. 나는 돌담 아래 떨어진 붉은 단풍을 발로 짓이겼다. 네가 대문을 열고 밖으로 나왔을 때, 나는 너와 눈을 마주치지 않았다.

다음 날, 너와 나는 문구점에 들렀다가 우리 집으로 갔다. 내가 조금 앞서서 걸었고, 네가 그 뒤를 따라왔다. 우리는 스티로폼에 풀을 바르고 모래를 뿌려 운동장을 완성했고 작은 상자에 색종이를 붙여서 학교 건물을 세웠다. 수수깡으로 그네며 미끄럼틀을 만들고 성냥개비로 정글짐을 쌓았다. 나는 별말 없이 작품을 만드는 데만 열중했다. 가끔 불안한 시선이 내게 와 닿는 것을 느끼면서.

그날 엄마는 식빵 위에 피자 토핑을 얹고 오븐에 구운 간식을 내왔다. 간식은 늘 넉넉했기에 그날도 접시 위에 몇 조각의 빵이 남아 있었다. 남은 간식은 언제나 쿠킹 포일에 잘 포장해서 네가 가져갔다. 나는 물감으로 정글짐에 색을 입히면서, 이쑤시개 끝에 달아둔 태극기를 학교 앞에 꽂으면서 빵 조각을 하나씩 입에 넣었다. 이미 배가 불렀지만, 나는 그날 접시를 깨끗이 비웠다.

"조장, 필름에 빛이 들어갔어."

작품 제출을 앞둔 주말에 기환이에게서 전화가 걸려왔다. 그 애가 하는 말이 정확히 무슨 뜻인지 이해할 수는 없었지만 풀이 죽은 목소리에서 그것이 나쁜 소식임을 직감했다. 요는, 그 애의 동생이 카메라를 몰래 가지고 노는 바람에 필름이 못 쓰게 됐고 결국 조원들의 사진을 다시 찍어야 한다는 것이었다. 사진을 바로 현상해두지 않은 기환이를 타박하려다 말고 나는 잠시 생각에 잠겼다. 곧 조원들에게 연락해 상황을 전달했고, 우리는 2시에 학교 앞에서 모이기로 약속했다. 다만 너와는 통화를 할 수 없었다. 너의 집에는 전화기가 없었고, 네가 비상용으로 알려준 주인집 번호로 걸어봤지만 아무도 받지 않았다. 어찌 된 마음인지 나는 너와 통화가 되지 않은 상황을 다른 아이들에게 말하지 않았다.

2시가 되기 전에 연락을 받은 아이들이 모두 모였다.

"유리가 늦네?"

누군가 말했지만 나는 아무런 대꾸도 하지 않은 채 고개를 돌려 길가를 바라봤다. 마치 너를 기다리는 것처럼.

2시 10분쯤 됐을 때 기환이가 입을 열었다.

"우리가 그쪽으로 가자. 어차피 유리는 집 앞에서 촬영할 거니까."

"그래. 가다 보면 마주칠 수도 있겠다."

누군가 맞장구를 쳤고 우리는 자연스럽게 윗동네로 걸음을 옮겼다. 너와 마주칠 일은 없었지만 골목 어디에선가 네가 튀어나오지는 않을까 나는 가슴이 조마조마했다.

너의 집, 아니, 주인집 대문 앞에 도착했을 때, 누군가 성큼 계단 위로 올라섰다. 아이들은 이 대궐 같은 집 안에 발을 들일 생각에 좀처럼 가만히 서 있지 못하고 초인종 앞으로 우르르 몰려들었다. 나는 벨을 누르려고 팔을 뻗는 아이를 거칠게 잡아끌었다.

"따라와."

아이들이 놀란 눈을 하고 바라봤지만, 나는 아무런 말없이 그저 앞장서서 걸음을 옮겼다.

돌담을 따라 반 바퀴를 걷는 동안 나는 생각했다. 나는 초인종을 누르고, 유리 친구인데요, 말한 뒤에 혼자 그 집 안으로 들어가 지하 방에서 너를 데리고 나올 수도 있었다. 아니, 약속 시간 전에 너의 집에 찾아가 상황을 전하거나, 혹은 그 전에 주인집에서 누군가 전화를 받을 때까지 좀 더 오래 수화기를 들고 기다릴 수도 있었다. 하지만 나는 오직 이 방법밖에 없다는 것처럼 돌담을 따라 걸어갔다. 그리고 쪽문을 두드렸다.

"유리야, 서유리."

저 아래에서 지하 방문이 열리는 소리가 들렸다. 곧이어 하나, 둘, 셋…… 계단을 밟고 달려오는 소리가 들렸다. 발소리가 가까워질수록 내 심장은 더 세게 뛰었다. 쪽문이 열렸고 그 안에서 너는 가쁜 숨을 몰아쉬었다. 너는 내 목소리를 듣고 한달음에 계단을 올라온 것이었다. 나를 보며 환하게 웃던 너의 얼굴은, 그러나 곧 굳어져버렸다. 내 뒤에 서 있던 아이들의 표정도 크게 다르지 않았다.

쪽문 아래로 어둡고 축축한 지하 세계가 훤히 드러나 있었다.

작품을 제출하고 담임의 바람처럼 조원들은 돈독한 사이가 되었다. 우리는 함께 어울려 밥을 먹고, 과학실로 이동하고, 우르르 운동장으로 달려 나갔다. 하지만 우리가 친해진 계기는 담임의 의도와는 전혀 다른 곳에 있었다. 여기에서 '우리'란 너를 제외한 나머지 다섯 명을 뜻했으니까.

아이들과 너의 집에 찾아갔던 날, 그 후의 일은 이상하게도 흐

릿하게 남아 있다. 그날 네가 다시 사진을 찍었는지, 우리가 작품
을 어떻게 완성했는지, 그런 것들은 기억나지 않는다. 그날 이후의
너 역시 얼굴만 도려낸 사진처럼 남아 있을 뿐이었다. 다만, 또렷
하게 기억하는 몇몇 장면들이 있었다. 그날 이후로 나는 더 이상
너에 대해 아무 말도 하지 않았지만, 나를 따라 쪽문 앞까지 걸어
갔던 네 명의 아이들이 또 다른 아이들에게 너에 관해 비밀스럽게
이야기했고, 얼마 가지 않아 반 아이들 모두가 청동색 쪽문이나
어두운 지하 방에 대해 수군거렸다. 아이들이 삼삼오오 모여 작은
목소리로 이야기를 나누고 복도 쪽 맨 끝자리에 혼자 앉아 있는
여자애를 향해 웃음을 흘리던 모습. 그것만은 네거티브필름의 한
조각처럼 강렬하게 남아 있었다.

　겨울방학이 지나고, 다시 개학을 하고, 얼마 후에 졸업을 했다.
졸업식 날 앨범을 받았는데, 단체 사진마다 나는 너와 어깨를 붙
이고 서서 다정하게 웃고 있었다. 2학기가 시작되고 얼마 되지 않
았을 무렵에 찍은 사진이었다.

　졸업식이 끝나고 가족들과 함께 동네에서 제일 큰 중국집에 갔
다. 곳곳에 아는 얼굴들이 눈에 띄었다. 탕수육이나 깐풍기를 입에
넣으면서 나는 테이블 주변을 자꾸만 두리번거렸다. 다음 날, 나는
배탈이 났다. 다른 가족들은 다 괜찮은데 왜 나만 이러는지 모르
겠다면서 엄마는 속상한 얼굴로 약을 챙겨 주었다. 며칠 배앓이를
하고 몸이 다 나았을 때, 나는 졸업 앨범을 옷장 위에 깊숙이 밀어
두었다. 그리고 다시 꺼내보지 않았다.

시간이 좀 더 흘러 내가 중학교 2학년이 되었을 때 할아버지가 돌아가셨고, 얼마 후에 우리 집은 아파트로 이사를 했다. 그 동네를 떠나온 뒤에도 나는 이따금씩 너를 생각했다. 네가 어떻게 살고 있을지, 여전히 눈부시도록 아름다울지 궁금했다. 하지만 너를 떠올리는 건 그리 유쾌한 일이 아니었는데, 그건 유리, 너 때문은 아니었다.

*

"여기야."

S구의 주택가에 들어서고 얼마 되지 않아 너는 손가락을 뻗어 한 집을 가리켰다. CCTV가 여럿 달린 저택이었다. 아주 오래전부터 부촌의 중심가에 자리 잡고 있었음 직한 고풍스러운 집이었다. 높고 단단하게 쌓아 올린 담장 너머로 나이 많은 나무들이 가지를 곧게 뻗고 있었다. 담장의 둘레가 얼마나 될지 직접 돌아보지 않고는 도저히 짐작할 수 없었다.

"태워다 줘서 고마워."

너는 표정 없는 얼굴로 내 눈을 오래도록 들여다봤다. 그리고 차 문을 열었다.

"유리야."

오래 참았던 숨을 토해내듯 나는 너의 이름을 불렀다. 하지만 그다음 말을 잇지 못하고 바싹 마른 입술만 깨물었다. 밖으로 나오지 못한 말을 내 안에 영원히 가둬두려는 것처럼 너는 내 말을 가로챘다.

"돌림노트 말이야."

너는 잠시 침묵했다.

"잘 간직할게. 그건 너와 나만의 비밀이니까."

그렇게 말하고 너는 내 손을 힘주어 잡았다가 놓았다. 너의 손가락이 닿았던 곳마다 손톱자국이 선명하게 남아 있었다.

차에서 내리기 전에 네가 마지막으로 한 말은, 또 보자, 혹은, 언제 차라도 한잔 마시자, 같은 것이 아니었다. 너는, 앞으로도 네 소설 잘 지켜볼게, 라고 말했다.

저택 앞에 서서 너는 가볍게 손을 흔들었다. 그리고 천천히 돌아서서 대문으로 이어지는 계단에 올라섰다. 나는 오래전에 느꼈던 긴장을 다시 한번 느꼈다. 너는 벨을 눌렀다. 그리고 이렇게 말했다.

"저예요, 유리."

네가 대문 안으로 사라지고 난 뒤에도 나는 한동안 그대로 차 안에 앉아 있었다.

오래전부터 그런 생각을 해왔다. 언젠가 분명 너의 이야기를 쓰게 될 거라고. 하지만 이제 나는 그 글을 쓸 수 없을 것이다. 고개를 돌려 네가 들어간 대문을 바라봤다. 네가 잘 살고 있는 모습을 보자 어쩐지 용서받은 기분이었다.

차를 출발시켰다. 저택 담장을 따라 내려가면 큰길이 나올 것이다. 하지만 그다음에 어디로 갈 것인지 나는 마음을 정하지 못했다. 멀지 않은 곳에 남편과 함께 살던 아파트가 있지만 그곳에 갈 수는 없었다. 남편이 기다리고 있을 K구의 오피스텔도 마찬가지 였다. 목적지를 정하지 못한 채 담장을 따라 천천히 차를 몰았다. 어디를 가든 주택가에서 빠져나가는 것이 우선이었다. 순간, 무의 식이 쳐놓은 망에 어떤 풍경 하나가 걸려들었다. 나는 브레이크를 밟았다. 담장 한쪽에 파란색 쪽문이 나 있었다.

차창을 내리자 찬 공기가 매섭게 들이닥쳤다. 나는 쪽문을 응시 했다. 열쇠 구멍에 부딪힌 겨울 햇살이 예리하게 쪼개지며 빛났다. 눈이 시렸다. 컵 홀더를 내려다봤다. 네가 두고 간 커피가 차갑게 식어 있었다.

입에서 새어 나온 뜨거운 김이 바람을 타고 멀리 흩어졌다. 잘 포 장된 도로에 서서 옷깃을 단단히 여몄다. 주택가는 적막했다. 깨질 듯이 투명한 겨울 하늘 위로 검은 새들이 줄지어 날아갔다.

나는 쪽문 쪽으로 천천히 다가갔다. 다시 휴대전화가 요란하게 울리기 시작했다.

조수경
1980년에 태어났다. 2013년 〈서울신문〉 신춘문예에 단편소설 〈젤리피시〉가 당선되 었다.

지극히 내성적인 살인의 경우

최정화

전화를 받은 건 7개월 전이었습니다. 선생님이 직접 전화를 걸진 않으셨고요, 남편분인 것 같았어요. 여자가 쓸 방을 찾는다고 했고, 방이 얼마나 큰지, 들락거리는 식구나 손님이 많은지 이런저런 것들을 꽤나 상세하게 물어봤습니다. 그러고도 성에 차지 않았는지 주말에 직접 내려왔어요. 부인을 굉장히 사랑하는구나 싶었죠. 마당에 들어설 때부터 텃밭에 심어놓은 상추랑 수세미, 마당의 꽃들이며 닭장까지 유심히 살펴보더라고요. 물론 집 안도 꼼꼼히 확인했고요. 형광등을 켜서 조도를 확인해보고 벽지 상태랑 환기가 잘 되는지까지 체크했어요. 창문이 난 방향이 북쪽이라서 좀 망설이는 표정이었습니다. 누가 보면 방을 빌리는 게 아니라 아예 이사를 오는 줄 알았을 거예요. 화장실에 들어가서 수도꼭지를 틀어보고 변기 물까지 내려보고 갔다니까요. 동물을 기르진 않느냐고 물어서, 마당에 기르는 닭이 전부라고 대답했습니다.

"동물을 싫어해서요. 뭐 집 안에서 기르는 건 아니니까, 닭 정도
는 괜찮겠지요."

　자상한 사람이었습니다. 방에 묵게 될, 부인 되는 사람이 어떤
사람일까 궁금해지더라고요. 연애 초반이라면 모를까 아무래도 그
런 세심한 배려를 받는다는 것이 흔한 일은 아니니까요.

　남자는 석 달간의 방세를 지불하면서 부인이 글을 쓰는 사람이
라고 했습니다. 그러니 부인이 방에서 작업을 할 때 괜히 말을 걸
거나 음식을 갖다 주거나 하지 않는 게 좋겠다고요. 그저 조용한
환경을 조성해주는 게 제가 할 일의 전부라고 말했습니다. 아침은
거의 먹지 않고 점심과 저녁 식사만 챙기면 된다, 채식 위주의 반
찬이면 좋겠다, 저녁은 점심의 반 정도밖에 먹지 않는다. 아, 흰 살
생선을 좋아하고 돼지고기는 먹지 않는다고도요.

　이틀 후에 작은 트럭이 와서 짐을 내려놓고 갔습니다. 옷가지가
든 것으로 보이는 여행용 가방 하나와 프린터가 전부라서 따로 트
럭을 부를 것까진 없을 정도의 간단한 것들이었지만 짐을 들이고
나니 은근히 기대가 되었습니다. 그도 그럴 것이 혼자 지내는 시
골 생활이 외롭기도 했고 유일한 말동무였던 경선은 지난달 귀농
한 동갑내기랑 연애를 시작하게 되어 이젠 만나자고 하기도 눈치
가 보이더라고요. 외톨박이 신세에서 벗어난다고 생각하니 기분이
좋아져서 누군가에게 자랑이라도 하고 싶었어요. 경선에게 전화를
걸어서 우리 집에 곧 유명한 작가가 오게 된다고 하자 경선은 선
생님 이름을 묻더라고요. 나는 수첩을 펼쳐 '오난영'이라는 세 글
자를 천천히 읽어주었습니다.

"그렇게 유명한 작가는 아닌가 보다."

경선은 그런 이름을 들어본 적이 없다는 거였어요. 경선이 소설을 읽는 걸 한 번도 본 적이 없고 선생님에 대해 제대로 알지도 못하면서 그런 말을 하니까 기분이 좋지 않았습니다.

"서울에서 작가들한테 주는 큰 상을 받은 사람이라던데."

내가 그렇게 거짓말을 해버리니까 경선은 더는 선생님을 깎아내리지 못했어요. 언제부터 집에 묵게 되느냐고 묻기에 이삼일 후쯤이 될 거라고 대충 둘러대고 전화를 끊어버렸어요. 자기는 애인까지 있으면서 고작 제 방에 손님이 오는 걸 질투한다고 생각하니 얄미워서 삼사일쯤 전화도 안 걸고 오는 전화도 받지 않았습니다.

선생님이 도착한 건 짐이 오고 일주일이 지나서였습니다.

택시에서 내린 선생님은 핸드백을 옆구리에 끼고 천천히 걸어왔습니다. 단발머리는 방금 빗질을 한 듯 차분히 가라앉아 있었고 깡마른 체구에 흰색 마 원피스가 아주 잘 어울렸어요. 손수건으로 이마를 닦고는 나를 향해 희미하게 웃어 보이던 얼굴을 아직 기억하고 있어요.

지금도 선생님의 두 눈을 또렷이 떠올릴 수 있습니다. 쌍꺼풀이 겹겹이 져 있었고 눈동자가 아주 컸는데, 어쩌면 작가라는 얘길 먼저 들었기 때문일지도 모르겠지만 그 앞에 서면 괜히 내 속마음을 들켜버리는 게 아닌가 싶은 서늘한 구석이 있었답니다. 얼마나 긴장을 했던지 순간 어깨랑 목이 딱딱하게 굳어버리는 것 같았다니까요. 선생님은 잘 부탁드린다고 말하며 다시 한번 웃었지만, 그 순간에도 그 눈만은 웃지 않고 있었어요. 꼼짝도 않는 검은색 눈동자가 어쩐지 굉장히 외롭게 느껴졌습니다. 남자가 집 안을 어슬렁거리던 모습이 떠올랐어요. 그렇게나 꼼꼼히 챙겨주는 남편이 있는데도 어째서 외로움이 이리도 물씬 풍겨 나오는 걸까, 희한한 생각이 들었습니다. 저는 남편 쪽의 얘기대로 조용한 분위기를 유지하고 식사를 정갈하게 챙기는 것 말고도 어쩌면 내가 할 일이 더 있을지도 모른다는 생각이 들었어요.

방 정리를 도와드리려고 했는데 선생님은 곤란해하며 사양하셨어요. 나는 좀 무안해서 닭장을 정리했습니다. 바닥에 엉겨 붙은 닭똥을 긁어내고 기생충약이랑 소독약을 뿌려주고 겨를 깔았지요. 물통을 씻은 뒤 찬물도 충분히 받아두고요. 횟대 정리까지 마치고 나서 닭들이 마당을 노니는 것을 바라보니 다시 마음이 명랑해져서 매실을 담으려고 사 온 유리병도 닦아놓고, 옥수수를 삶을 물을 끓이기 시작했어요. 선생님은 방문을 살짝 열어놓고 있었지만 나는 어쩐지 안쪽을 들여다봐서는 안 될 것 같아, 방을 등지고 앉아 말없이 옥수수 껍질을 깠습니다. 방 정리가 일찍 끝난 것 같은데도 저녁이 될 때까지 선생님은 나오지 않았고, 나는 새 손님을 맞아 들뜬 마음과 호기심, 함께 지내게 될 나에게는 별 관심을 보이지 않는 것 같아 살짝 서운한 마음이 한데 뒤엉긴 채로 저녁을 차렸습니다.

조심스러운 경계의 태도는 몸에 배어 있는 듯했어요. 그저 묵묵히 식사에만 열중할 뿐, 반찬이 맛있느니 방이 어떻다느니 하는 의례적인 얘기조차 꺼내지 않았습니다. 나는 사람들이랑 굉장히 빨리 친해지는 편인데, 어쩐지 선생님하고는 그게 잘 안 됐어요. 보통은 괜히 허허 웃는다거나 먼저 내 얘기를 털어놓거나 하며 긴장을 풀고 이런저런 이야기를 나누다 보면 자연스럽게 파고들 만한 틈을 발견하게 되잖아요. 선생님에게서는 그런 틈새를 찾을 수가 없었습니다. 호칭만 해도 그래요. 제가 다섯 살이나 나이가 적으니 편하게 말을 놓으라고 거듭 말해도 선생님은 또박또박 내 이름을 부르고 이름 뒤에 '씨'를 빠뜨리는 일 또한 없었습니다.

"미옥 씨, 저 오늘은 점심 생각이 없어요."

"먼저 잘게요, 미옥 씨."

그러고 보면 누군가 내 이름을 부르는 것이 꽤 오랜만이긴 해서 반가운 마음도 들었지만 어색하고 불편한 것 또한 사실이었어요. 나는 선생님이 내게 말을 편하게 하고 좀 더 친하게 대해주었으면 좋겠다고 생각했으니까요. 선생님을 '언니'라고 부르고, 재미있는 이야기도 들을 수 있게 될 거라고 내심 기대를 했었거든요.

선생님은 말이 없는 분이었어요. 처음 며칠 동안은 낯을 가리는 거라고 여겼는데 이후로도 별다른 변화가 없었습니다. 선생님의 생활은 굉장히 정돈되고 규칙적인 것이어서 아침에 일어나는 시간도, 잠자리에 드는 시간도 거의 일정했고 식사를 하는 시간이랑 산책을 하는 시간 외에는 방 밖으로 나오는 일이 없었으니까요. 같이 연속극이라도 보면 어떻겠냐고 권했지만 텔레비전을 보지도 않는다는 겁니다. 선생님이 산책을 나갈 때마다 같이 가면 좋겠다고 생각만 할 뿐 흐트러짐 없는 꼿꼿한 뒷모습을 보고 있으면 따라나설 엄두가 나지 않았습니다.

이런저런 시도가 거절당하자 더 이상 선생님과 친해지려는 생각을 하지 않기로 했습니다. 한집에 살면서도 좀처럼 틈을 주지 않는 선생님이 야속하기도 했고 막상 마음을 접으니 지금 이대로도 나쁘지 않다는 생각이 들었습니다. 대화 없이 밥상을 마주 보고 있는 것도 익숙해져서 선생님이 거실을 들락거릴 때 시답지 않은 말을 거는 일도 더 이상 하지 않게 되었습니다.

그렇게 반쯤은 포기하고 지내던 중 기회가 생겼어요. 선생님이 방에 들어오고 보름 정도 지났을 즈음이었습니다. 닭 때문이었어요. 저는 밭에서 피마자 이파리를 따서 돌아오는 길이었는데 마당에 들어서니 닭 한 마리가 선생님에게 달려들어 한바탕 소동이 일어나고 있었어요. 얼른 닭을 잡아다가 닭장에 넣었지요. 어떤 경우에도 침착함을 잃지 않았던 선생님이었는데 어찌나 호들갑을 떨던지 머리카락이 다 엉클어져 있었습니다.

선생님은 툇마루에 털썩 주저앉았고 나도 닭장 문을 닫고 나서 그 옆에 나란히 앉았어요. 선생님의 얼굴에는 큰일을 치르고 난 뒤의 안도감이 어려 있었습니다. 그 모습이 재미있어서 슬쩍 웃었더니 선생님도 미소를 지었습니다. 조금 전에 흥분했던 모습을 떠올리며 부끄러운 듯 보였어요. 선생님이 귀 뒤로 앞머리를 넘기자 귀엣머리 뿌리 부분이 하얗게 세어 있더라고요. 얼굴에는 연륜이 묻어 있었지만 피부는 하얗고 주름도 없어서 나보다 서너 살 위 정도로밖에 보이지 않았는데 센머리 때문인지, 전에는 이렇게 가까이 앉았던 적이 없었기 때문인지 인상이 달라 보였습니다.

선생님은 고개를 들고 먼 산을 바라보며 천천히 한숨을 내쉬었습니다.

"아버지를 무서워하는 거죠."

"네?"

"동물 공포증이라는 게 실은 아버지를 무서워하는 거니까요."

그게 도대체 무슨 말인지 몰라 어리둥절한 표정을 짓자 선생님은 피식 웃더니 너그러운 표정을 지었습니다. 나는 어떤 이야기를 듣게 될지 궁금해 옆으로 조금 당겨 앉았어요. 선생님의 설명에 따르면 누군가 개를 무서워한다면 그건 정말 개가 무서운 게 아니라 아버지에 대한 두려움이 그렇게 드러난다는 거예요. 그런 얘기는 처음 들어보았지만 참 말도 안 되는 소리라는 생각이 들어서, 나는 그만 깔깔 웃고 말았습니다.

"아버지가 무서운데 개를 무서워한다고요?"

나의 반응에 선생님은 조금 당황한 표정이었습니다. 나는 너무나 당연하다는 듯이 대답했습니다.

"에이, 말도 안 돼요. 개가 무서운 건 그저 개가 무서운 거죠."

선생님은 뭔가 내게 설명하려다가 입을 다물고 마당 쪽을 잠깐 바라보았습니다. 나는 선생님의 기분을 상하게 한 건 아닐까 염려가 되었습니다. 하지만 다시 고개를 돌린 선생님은 내 얼굴을 마주 보고 미소를 지었습니다.

"그렇게 생각하니까, 머릿속이 아주 개운해진 기분인데요, 미옥 씨."

선생님의 표정이 꽤나 밝아졌기 때문에 나는 무슨 자랑스러운 일이라도 한 듯이 어깨가 으쓱해졌습니다. 별거 아닌 일이지만 선생님에게 인정을 받았다는 생각에 우쭐해졌던 겁니다.

"눈앞에 펼쳐져 있던 자욱한 안개가 걷힌 것 같기도 하고."

차분한 목소리가 어쩐지 쓸쓸하다고 느껴졌기 때문인지, 늘 단정하게 차려입고 흐트러지지 않는 표정을 짓고 있는 선생님이 가엾어 보였습니다.

"산책을 나가려던 길이었는데 내 정신 좀 봐."

곱게 접은 양산을 펴고 선생님이 마당을 가로지르는 모습을 물끄러미 바라보았습니다. 대문 앞에서 선생님이 뒤를 한번 돌아보았고 나는 늘 그래왔다는 듯이 자리에서 일어나 궁둥이를 털고는 한 마리 강아지마냥 선생님을 따라나섰습니다. 그렇게 선생님과의 첫 산책이 시작되었습니다.

이후로 선생님과 간단한 대화 정도는 나누게 되었답니다. 나이도 물어보고, 이렇게 혼자 지내는 게 외롭지는 않은지, 주로 무얼 하며 시간을 보내는지 이것저것 물어보았어요. 이제야 선생님이 나에게 서서히 관심을 갖기 시작하는 것 같았어요. 선생님은 내가 밭에 나가 있으면 선물로 받았다는 차를 담아 와서 같이 마시기도 하고, 내가 장을 보러 갈 때 따라나서는 일도 있었습니다.

선생님이랑 같이 버스에 타면 사람들이 모두 우리 쪽을 쳐다보는 것 같았어요. 조심스러운 표정이나 깔끔한 옷매무새 때문에도 그랬겠지만 선생님의 걸음걸이, 앉아 있는 자세는 우리 동네 사람들과는 어딘가 달랐으니까요. 똑같이 발을 내딛고 의자에 엉덩이를 걸치고 있는데도 고급스러운 느낌이 들었어요. 선생님이랑 같이 다니는 것만으로도 나는 특별해진 것 같은 느낌이 들어서 어깨가 펴지고 걸음걸이가 당당해졌답니다.

선생님과 이야기를 나누는 것은 주로 대여섯 시 무렵입니다. 그때쯤이면 선생님이 글 쓰는 일을 정리하고 산책할 채비를 하거든요. 간편한 차림에 운동화를 신고 근처 호수로 난 길까지 걷습니다. 떠드는 사람은 주로 저였어요. 친구인 경선과 있었던 사사로운 일들이나, 최근 귀농하러 내려오는 이들에 관한 얘기들을 늘어놓았지요. 경선이 프러포즈를 받았을 때 옆에서 지켜보며 느낀 묘한 질투심 같은 것을 털어놓으면 신부님께 고해성사라도 하고 난 듯 마음이 후련해졌어요. 선생님은 대수롭지 않은 제 얘기에 귀를 기울였고 침착하고 조심스럽게 조언을 해주었어요. 내가 털어놓는 대개의 일들에 대해서, 당연하고 자연스러운 일이라고 말해주었죠. 그러면 나는 무거웠던 마음이 가벼워지는 것도 좋았지만 선생님과의 거리가 이제는 꽤나 가까워졌다는 생각 때문에 무엇보다도 신이 나는 겁니다. 산책 중에 전화가 걸려오면 나는 선생님에게서 뚝 떨어져 딴청을 했어요. 나랑 얘기할 때처럼 다른 사람의 얘기에 귀를 기울이는 선생님의 모습을 보기가 싫었기 때문입니다. 어쨌거나 나는 선생님과 걷는 길이 그저 좋기만 해서 서너 시쯤 되면 벌써부터 산책 시간이 기다려지고 시간이 통 흐르지 않는 것 같아 자꾸만 시계를 흘끗거리곤 했습니다.

사이가 더 가까워졌던 건 선생님이 쓴 소설을 읽고 그 내용에 대해 이야기를 나누게 되면서부터였어요. 사실 처음에 선생님은 저한테 글을 보여줄 생각이 없었어요. 매번 쓰레기통 옆에 쌓아두

지극히 내성적인 살인의 경우

237

는 파지를 무심코 갖다 버리곤 했는데 그날은 무슨 생각에선지 내용을 읽어보고 싶더라고요. 한두 문장을 따라 읽다가 그게 선생님이 쓰신 소설이라는 것을 알게 되었고 이후로는 선생님이 버린 종이를 따로 챙겨두었다가 읽는 일에 재미를 붙이기 시작했습니다.

그날 저녁을 먹고 나서였는지 그 전이었는지는 잘 기억이 안 나는데, 식탁에 앉아 선생님이 쓴 소설을 읽고 있다가 그만 들키고 말았어요. 나는 무슨 잘못을 저지르다 들킨 아이처럼 당황했는데 예상외로 선생님의 얼굴은 밝아 보이더라고요.

"어땠나요, 미옥 씨?"

선생님은 나에게 소설을 읽고 난 소감을 듣고 싶다고 했고, 나는 재미있게 읽었다고 대답했습니다. 내가 생각해도 멋이 없는 대답이라고 생각했어요. 그런데 선생님이 식탁 의자에 앉더니 의자를 바싹 끌어당겨 고개를 내 쪽으로 기울이고는 좀 더 자세한 얘기를 듣고 싶다고 했어요. 떠오르는 말은 없고 가슴은 쿵쾅거리기만 해서 더듬거리며, 이 사람이 이렇게 했을 때 속이 시원했다느니, 이런 말을 하는 사람이 제일 싫다느니 하는, 소감이라고도 평가라고도 할 수 없는 단순한 얘기들을 지껄였습니다. 사실 무슨 얘기를 해야 할지 몰랐습니다. 하지만 선생님이 정말 궁금해하는 것 같았고, 막상 얘기를 꺼내자 너무 진지하게 듣는 바람에 대충 마무리 지을 수가 없었어요. 고개를 끄덕이며 반짝이는 선생님의 눈을 보고 있으면 누구라도 얘기를 꾸며내지 않을 수 없었을 겁니다.

"미옥 씨, 정말 많은 도움이 되었어요."

선생님의 얼굴에 만족스러운 미소가 번졌습니다. 잠깐 쉬려고 나오셨던 선생님은 도로 방으로 들어갔고, 그날은 산책을 하러 나오지 않았습니다. 나는 호숫길을 걸으면서 선생님에게 도움이 되었다는 생각에 뿌듯했습니다. 혼자 걷는 일이 조금 쓸쓸하기는 했지만 선생님이 좋은 글을 쓸 수 있다면 이 정도야 감수해야 하는 게 아니겠냐는 생각이었어요.

다음 날도 선생님은 막 프린터에서 뽑은 원고를 건넸습니다. 저번처럼 이야기를 읽어주었으면 좋겠다, 그리고 어땠는지 얘기를 해준다면 도움이 되겠다는 거였어요. 나는 원고를 받아 들고 소설을 읽었습니다. 이번에도 선생님의 눈빛에는 내 의견이 궁금하다는 진심이 묻어 있어서 나는 선생님이 묻는 대로, 재미있는 부분이나 이해가 잘 되지 않는 부분, 그 정도 수준의 것들을 말했습니다. 때로 선생님은 이 부분이 어땠느냐며 특정 장면에 대한 느낌을 묻기도 했고 등장인물의 행동이 자연스럽게 느껴지는지 궁금해했습니다. 처음에는 어렵게만 느껴지던 일이 차츰 익숙해져서 나중에는 내 생각을 제법 술술 늘어놓게 되었답니다.

그런 일들이 몇 번 반복되자 선생님은 원고를 쓰면 으레 나에게 보여주게 되었고 나도 그 일을 당연하게 여기게 되었어요. 원고를 들고 방에서 나올 때 선생님은 지쳐 있었지만 내가 이런 부분이 좋았다, 여기가 특히 마음에 든다는 얘기를 하면 얼굴에 기운이 돌고 눈빛이 반짝이고 걸음걸이도 아주 명랑해져서 방 안으로 들어갔습니다. 그런 날에는 밤새 방에 불이 켜져 있었고요.

선생님이 방에 들어온 지 두 달이 지났을 무렵입니다. 열흘 정도 원고에 진전이 없어서 선생님은 많이 초조해 보였고 나도 마음이 편치 않았어요. 그렇게 끙끙대다가 내민 원고였기 때문에 나는 소설을 읽기 전부터 이번에는 반드시 선생님께 힘을 실어드려야겠다고, 어떤 이야기든지 간에 좋은 말을 해서 기운을 북돋워드려야겠다고 결심을 하고 있었습니다.

원고를 받아 들자 선생님은 내 옆에 자리를 잡고 앉았습니다. 겨우 열흘이었는데, 그렇게 나란히 앉아 있는 것이 꽤나 오래간만의 일처럼 느껴졌습니다. 나는 마치 오랫동안 헤어진 연인과 다시 데이트를 하는 처녀처럼 마음이 들뜨고 말아, 소설의 내용이 제법 진지하고 슬픈 것이었는데도 불구하고 자꾸만 웃음이 새어 나왔습니다. 그저 좋았던 겁니다. 선생님은 내가 다 읽기를 기다리며 툇마루에 걸터앉아 종아리를 쭉 펴고 있었어요. 발끝을 까딱거리는 그 모습이 소녀 같았어요. 곁눈으로 선생님을 힐끔거리면서 나는 열심히 원고를 읽어 내려가기 시작했습니다.

"재미있는데요."

선생님은 가슴 위에 한 손을 얹더니 한숨을 내쉬었습니다.

"얼마나 염려를 했는지 모를 거예요. 어떤 부분을 쓸 때는, 나 혼자 이 얘기를 믿고 있는 게 아닌가, 확신이 서지 않는 경우가 있거든요."

선생님은 내게서 원고를 받아 중간 부분을 들춰보더니, 어느 부분이 제일 마음에 드느냐고 물어봤어요. 그 말을 하면서 내 옆으로 살짝 붙어 앉았는데 나는 가슴이 뛰기 시작했습니다. 그 마음을 들킬까 봐 괜히 코를 킁킁거리며 몸을 웅크렸습니다.

240

"주인공 남자가 맞는 장면이 정말 생생했어요. 글자로 읽는 게 아니라 진짜 그 장면을 보는 것처럼요."

"맞는 부분이?"

선생님은 보통 웃을 때면 손바닥으로 입을 가리는데 그날은 배에 손을 대고는 허리를 앞으로 숙이며 웃는 모습이 아주 즐거워 보였습니다. 나는 선생님의 모습에 왠지 더 신이 나서 그 장면에 대해 이러쿵저러쿵 떠들어댔고 선생님은 내게 미옥 씨는 아마 마조히스트인가 봐, 라고 말했어요. 나는 마조히스트라는 게 뭔지는 몰랐지만 뜻을 모르는 그 단어조차 마음에 들었습니다. 선생님이 내 앞에서 즐거운 듯 몸을 흔드는 모습을 보는 게 좋았어요. 무엇보다 처음으로 선생님이 내게 말을 놓았다는 사실 때문에 기분이 들떴습니다.

그날 저녁 우리는 마당에 돗자리를 깔고 말린 고구마에 맥주를 마시며 제법 늦은 밤까지 수다를 떨었답니다. 나는 선생님에게 결혼 이야기를 해달라고 졸랐어요. 선생님은 나와 마찬가지로 혼자 지내고 있으며, 내가 남편이라고 알고 있던 그이는 동생이라고 하더군요. 동생 쪽도 아직 미혼이기 때문에 신경 쓸 가족이 있는 것도 아니고 해서, 선생님과 동생 사이는 보통의 남매 이상으로 친하게 지내고 있다, 때로는 남편같이 든든하기도 하다, 같이 장을 볼 때 남들이 부부로 오해하는 것을 둘은 장난처럼 즐기기도 한다는 얘기를 들었습니다.

그 말이 그토록 기분이 좋더라고요. 선생님이 나와 같은 혼자이기 때문일까, 생각을 하며 고구마를 입에 넣고 우물거렸습니다. 선생님은 소설의 마지막 부분을 어떻게 마무리 지을까 고민하고 있었고, 이런 건 어떨까, 물으면 나는 고개를 젓기도 하고 또 끄덕이기도 하면서 밤이 깊어갔습니다. 추워서 어깨를 움츠리며 슬그머니 선생님의 팔짱을 꼈습니다. 선생님은 싫지 않은 듯 보였고 나는 선생님의 옆에 더 가까이 붙어 앉았습니다. 어쩌면 처음 선생님을 봤을 때부터 이 순간만을 기다리고 있었다는 생각이 들었어요.

선생님이 다시 이야기를 풀어나가기 시작하면서 사이는 점점 더 가까워졌고 나는 전처럼 즐겁고 행복한 나날을 보내게 되었어요. 그런데 어느 때부터인가 선생님이 내 표정을 살피기 시작하더라고요. 내가 아무리 재미있었다고 말해도 표정이 그리 밝지 않다 싶으면 선생님은 뾰로통해졌어요. 특히나 잘 모르겠다고 덤덤하게 말하는 날에는 불안해 보였습니다. 이야기에 나오는 상황과 비슷한 경험을 한 적이 없어서 그렇다고 설명을 했지만 선생님은 기분이 상한 것이 분명했어요.

"같은 경험을 한 사람들만 이 이야기를 읽는 건 아니니까 그건 중요하지 않아요. 미옥 씨 말은 지금 이 부분은 전혀 감정이입이 되지 않는다는 건데……."

내 손에서 원고를 낚아채듯 가지고 가는 모습은 평상시 침착하던 선생님이 아니었습니다. 꽤나 낙담한 표정이었는데도 그 얼굴을 본 순간 묘하게 기분이 좋아지더라고요. 내가 한 말이 선생님의 마음을 흔들어놓았다는 사실 때문이었을 거예요. 어떤 얘기를 나누어도 전에는 절대 동요하지 않던 선생님이었는데, 이렇게 무턱대고 감정을 드러내는 사람이 아니었는데, 나의 한마디 때문에 얼굴색이 변하는 모습은 처음 보았습니다. 나는 처음으로 선생님과 내가 긴밀하게 연결되어 있다는 느낌을 받았습니다.

이후로는 선생님의 마음을 거스르지 않으려고, 무덤덤한 반응을 피하려고 노력했어요. 마음에 들지 않은 부분은 빼놓고 좋은 부분만 말하되 표정에도 신경을 썼고 선생님이 만족하지 않은 것처럼 보이면 더 호들갑을 떨며 재미있다고 감탄을 했지요.

그날도 선생님의 기운을 북돋워주고 나서 혼자 산책을 하고 있었어요. 나는 땅에 떨어진 꽃잎을 밟으며 지나갔습니다. 꽃을 밟는 발끝에 힘을 주자 으스러진 꽃잎에서 꽃물이 배어 나왔어요. 뭉개진 꽃잎을 내려다보는데 문득 재미있다는 말을 하지 않았다면 지금쯤 선생님과 같이 산책을 하며 얘기를 나누고 있었을 거라는 생각이 들더라고요. 동시에 선생님과 나의 관계가 전과는 달라졌다는 것을 깨달았습니다. 전에는 내 쪽에서 쥐고 있는 게 아무것도 없었다면 이제 내 한마디가 선생님에게 기운을 불어넣기도 하고 의기소침해지게 하기도 했으니까요. 신기했습니다. 나는 이전의 새초롬하고 차가워 보이지만 당당한 선생님을 잃어버린 것 같아 아쉬운 한편으로 조금은 우쭐한 기분이 되었습니다. 원고를 쥐고 있는 순간만은 내가 관계를 주도할 수 있는 시간이었으니까요.

선생님이 새로 쓴 원고라며 프린트를 내밀었을 때 나는 맛있는 음식이 떠올라서 군침이 도는 것처럼 묘한 장난기가 발동했습니다. 내 앞에서 흔들리는 선생님의 모습을 보고 싶었던 거지요. 언제나 차분하고 조용하고 흔들림 없는 선생님이 내 앞에서 어쩔 줄을 몰라 하는 모습을요. 그건 참 설명하기 힘든 감정이었어요. 선생님이 싫어서 그랬느냐고 묻는다면 자신 있게 아니라고 대답할 수 있습니다. 이제까지 만난 그 누구보다 선생님을 좋아했으니까요. 하지만 선생님은 내가 웃을 때도 그저 미소를 지을 뿐이었고 내가 눈물을 보이거나 기운이 빠져 있을 때도 조용히 등을 쓰다듬을 뿐 한 번도 감정을 내보인 적이 없었습니다. 그럴 때면 나는 혼자 있는 것보다 더 외로웠고, 차라리 화를 내도 좋으니까 분명하게 전해지는 강렬한 감정을 전해주길 원했어요. 어리석다는 말을 듣는다고 해도 어쩔 수 없습니다. 그 순간에는 그저 나와 선생님이 연결되어 있다는 것을 느끼고 싶었을 뿐 다른 생각은 없었습니다.

찬찬히 원고를 읽어 내려갔습니다. 방금 스치고 지나간 생각 때문에 문장이 눈에 잘 들어오지 않았지만 집중해서 읽으려고 노력했습니다. 하지만 잘 되지 않았어요. 어깨로, 목으로, 긴장된 기운이 올라오고 있었고 숨이 조금씩 빨라졌습니다. 글자들을 눈으로 훑고 지나갈 뿐 무슨 내용인지 파악을 할 수 없었어요. 나는 숨을 한번 크게 내쉬었습니다. 아마 그 모습이 선생님에게는 의아하게 느껴졌던 모양이었습니다.

"왜요, 미옥 씨? 이야기가 별로인가요?"

선생님은 얼굴이 상기되어 있었지만 평소와 같은 나직한 목소리로 물었습니다. 나는 부러 순진한 표정을 짓고 선생님의 얼굴을 한번 쳐다보았어요. 그리고 전에 한 번도 생각해보지 않았던 말들을 쏟아내기 시작했습니다.

솔직하게 얘기해도 되느냐고 묻자 선생님은 고개를 끄덕였어요.
나는 선생님을 흉내 낸 나직한 목소리로 입을 열었습니다.

"선생님, 이번 얘기는 그만두는 게 좋을 것 같아요."

선생님의 낯빛이 어두워지자 마음이 흔들렸어요. 내 예상이 맞
아떨어졌다는 쾌감과 함께 마주 앉은 이의 어두운 마음이 옮겨져
오는 것 같았거든요. 그러나 이미 시작한 일이었어요. 나는 계속해
서 입에서 나오는 대로 지껄였습니다.

"그러니까, 솔직하게 말씀드리면 이 이야기는 저한테는 별로 재
미가 없어요."

어떤 일이 있어도 흔들림이 없을 것 같은 선생님의 눈빛이 순
간적으로 힘을 잃는 것을 나는 분명히 보았습니다. 선생님은 마당
건너편으로 고개를 돌려 잠시 먼 산을 바라보고 나서 다시 내 쪽
을 바라보았는데 그 눈빛은 예전의 평화를 되찾은 듯 보였습니다.
그러자 뭐라고 설명할 수 없는 불안과 짜증이 한꺼번에 치밀어 올
랐습니다.

"어떤 부분이 그렇게 마음에 안 들어요?"

선생님은 미소까지 짓고 있었어요. 순식간에 어둠을 거두어내고
평정을 찾는 모습이 왠지 분해서 나는 더 힘을 주어 말했어요.

"어느 부분이라고 꼬집어 말하기는 애매해요. 그냥 느낌이니까
요."

심장이 두근거려서 숨을 골라야 했습니다.

"어쨌거나 저는 아무것도 느낀 것이 없어요. 뭐라고 설명해야
할지는 모르지만 그게 전부예요."

선생님이 의아하다는 듯 고개를 한쪽으로 떨어뜨리고 내 손에서 원고를 가져갔습니다. 그리고 내 마음에 들지 않는 그 부분을 찾아내겠다는 듯 처음부터 마지막 장까지 빠르게 읽어 내려가기 시작했습니다. 선생님의 찌푸린 미간과 영문을 알 수 없다는 눈빛과 낙담한 표정이 나를 안도하게 만들었습니다. 내 의도는 정확히 적중했습니다. 뻣뻣하게 굳어 있던 어깨와 등줄기에 힘이 빠지며 통쾌한 기분을 느꼈습니다.

감자를 골라내는 걸 깜빡 잊었다는 핑계를 대고, 원고를 들고 있는 선생님을 놔둔 채 자리에서 일어나 창고를 향해 걸었습니다. 뒤를 돌아보고 싶었어요. 선생님이 어떤 표정을 짓고 있을지 몹시 궁금했거든요. 하지만 꾹 참았습니다. 발을 내딛는 기분이 평소와 달랐습니다. 발바닥을 통해 단단한 땅의 기운이 온몸으로 전해지는 것 같았습니다.

창고 문을 열자 감자 썩는 냄새가 풍겼습니다. 봄에 승재네 밭에서 캐온 감자가 썩기 시작한 모양이었습니다. 걱정할 건 없었어요. 감자는 썩어도 버리지 않으니까요. 물에 담가 녹말을 만들어 감자전을 부치면 되거든요. 나는 바구니를 하나 꺼내고 포대에서 썩은 감자를 골라내기 시작했습니다.

감자를 포대에 담아주며 승재 어머니가 했던 말이 생각났습니다. 감자 썩는 건 순식간이니까 보관을 잘해. 하나가 썩으면 그 옆 감자가 썩고, 또 그 옆의 감자가 따라 썩는 식으로, 그렇게 한 포대의 감자가 모조리 썩어 들어가는 게 한순간이라니까. 그러니 썩은 놈을 발견하면 얼른 골라내야 한다는 말이었지요. 그러니까 제가 하고 싶은 말은…… 처음은 겨우 단 한 알이라는 것입니다. 그리고 순식간에 전체가 끔찍한 냄새를 풍기게 된다는 거지요.

장난이라고도 할 수 있는 그 마음이 단 한 알의 썩은 감자처럼 순식간에 퍼지고 말아, 나는 선생님에게 그런 말들을 내뱉어버리고 말았던 겁니다.

다음 날도 선생님은 제법 흥분된 얼굴로 수정한 원고를 내밀었고 나는 곤란한 표정을 지으며 고개를 저었습니다.

"모르겠어요. 역시 이해가 가지 않아요."

그러고 나서는 선생님을 위로하듯 덧붙였습니다.

"저야 이야기에 대해서는 잘 모르니까 너무 마음 쓰지는 마세요. 전에는 소설 같은 건 읽어본 적도 없단 말이에요."

이후로 선생님은 방에서 나오지 않는 시간이 더 길어졌고, 나에게 원고를 보여주지도 않았어요. 낮 동안에는 분명 글을 쓰는 것 같았는데 원고를 보여달라고 말하면 오늘은 진척이 없었다고 둘러대고, 그다음 날에는 쓰긴 했지만 마음에 차지 않으니 좀 더 수정을 한 뒤에 보여주겠다고 그랬어요. 나중에는 묻기조차 머쓱해져서 소설 얘기는 아예 꺼내지도 않게 되었습니다. 선생님과의 거리는 쉽게 벌어졌고, 이제는 산책을 따라나서는 것조차 어색한 사이가 되어버리고 말았습니다.

나의 의도와는 달리 선생님과 멀어지고 말았어요. 선생님과 친해지기 전보다 더 거리감이 느껴졌고 어떻게 해야 관계를 회복할 수 있는지 도저히 방법을 모르겠더라고요. 답답한 마음을 풀 길이 없어 점점 더 경선에게 의지하게 되었습니다. 그즈음 경선의 애인이

마을 센터에서 운영하는 귀농에 관한 강의를 맡으면서 좀 바빠졌
거든요. 이래저래 경선의 집에 자주 놀러 가게 되었는데, 경선이야
자기 연애 얘기를 한다 치지만 나는 마땅히 할 말이 없었습니다.

그래서 선생님 이야기를 하게 된 거예요. 선생님은 나를 굉장히
신뢰하고 있어서 자기가 글을 쓰기 전에는 꼭 내게 얘기를 들려주
고 다 쓰고 나서는 확인을 받고 있다, 이야기가 막힐 때는 내가 이
런저런 방향을 제시하기도 하는데 선생님 말로는 내가 얘기를 꾸
며내는 재주가 뛰어나다고 한다, 이번 작품이 끝나면 선생님을 따
라 서울로 올라가게 될지도 모른다, 선생님한테는 내가 꼭 필요하
고, 그래서 같이 지내며 지금처럼 도움을 준다면 좋겠다는 얘길
들었다며 나는 진지하게 고민하는 표정을 지었습니다. 경선은 그
래서 정말로 선생님을 따라 서울에 갈 거냐고 물었고, 나는 아직
결정을 내린 것은 아니지만 아무래도 그렇게 되지 않을까 싶다고
대답했습니다.

거짓말을 할 때는 내 얘기가 정말 사실이 된 것 같은 기분에 빠
져들었어요. 서울에 가서 선생님이 작업을 할 때는 집안일을 거들
고 작품이 완성되면 함께 이야기를 나누는 상상을 하며 한껏 부풀
어 올랐어요. 하지만 집으로 돌아가는 발걸음은 무겁기만 했습니
다.

한번은 나물을 뜯어 와서 주방에서 다듬을 생각으로 거실을 지
나다가 마침 맞은편 방에서 나오는 선생님과 마주쳤습니다. 그런
데 선생님은 방문을 열고 나를 보자마자 소스라치듯 놀라더니 소
리를 지르지 뭐예요. 그 소리에 나 역시 놀라 더 큰 소리를 지르며

뒤로 주춤 물러서다가 하마터면 화분을 깨뜨릴 뻔했습니다.

"미옥 씨인 줄 몰랐어요."

선생님은 가슴에 손을 얹고 쓸어내리며 말했습니다. 우스운 일이었어요. 이 집에는 선생님과 나, 둘밖에 없고 누군가 자기가 아닌 사람의 기척이 들린다면 그건 분명히 상대방이라는 것이 분명할 텐데 서로의 모습을 보고 놀라게 되었다는 것이요. 나는 어쩌면 마음이라는 것은 눈에 보이지는 않지만 피부로 느껴지는 게 아닐까 하는 생각이 들었어요. 서로를 향한 경계심이, 거리감이 드러나는 거라고요. 선생님이 나를 보고 깜짝 놀라게 되었다는 사실을 견딜 수 없었습니다.

"미안해요, 난 미옥 씨가 밖에 있는 줄 알았거든요."

"조금 아까 들어왔어요."

"아무래도 이 집은 둘이 지내기에는 지나치게 넓은 것 같아요."

집은 고작 서른 평 남짓이었는데도 나 역시 선생님의 말처럼 집이 휑하게 넓다는 생각이 들었어요.

글은 잘 돼가느냐고 말을 돌렸어요. 선생님은 그럼요, 잘 되어가고 있죠, 라고 대답하는데 마치 한 번도 내게 글을 보여준 적이 없었다는 것으로 들렸습니다. 그다음부터는 원고에 대해서 일절 묻지 않았어요. 일부러 미리 밥을 먹고, 선생님의 식사는 따로 차리는 적도 있었습니다.

선생님은 점점 더 소설에 몰입하는 것 같았습니다. 밖으로 나오는 시간이 눈에 띌 만큼 줄어들었고 오밤중에 깨서 화장실에라도 가다가 선생님의 방을 지날 때면 그때까지 불이 켜져 있는 날도 많았어요. 글이 잘 풀리는 거야 좋은 일이지만 선생님은 나날이 안색이 나빠지고 신경이 날카로워졌습니다. 가끔 서울에서 걸려오는 전화에도 통명스럽기 그지없었어요. 어떤 날은 성질을 버럭 내기도 했고 또 어떤 날에는 아주 이상하게 친절하기도 했어요. 평소와는 다르게 아주 애교 있는 목소리였습니다. 그 모습이 신경질적인 선생님의 모습만큼이나 이상하게 보여서 나는 선생님이 통화를 할 때면 방으로 들어가 문을 닫았습니다. 선생님이 좀 쉬어가면서 일을 하는 게 좋겠다는 생각을 했지만 더 이상 그런 얘기를 나눌 만한 사이가 아니었습니다.

선생님이 나를 싫어한다고 생각했어요. 내가 너무 게으르고 인생을 허투루 보내고 있다고 생각하는 게 아닐까 하고요. 아마 그건 내가 선생님을 이상하다고 생각했기 때문일지도 모릅니다. 사람들을 만나는 것을 꺼린 채 신경을 곤두세우고 건강을 해쳐가면서 책상 앞에만 앉아 있는 선생님의 모습이 어리석게 보였으니까요.

선생님은 내게 원고를 보여주지 않는 것은 물론이고, 내가 몰래 읽을 거라고 생각했기 때문인지 파지를 방 밖으로 내놓지도 않았어요. 내놓는 종이는 서울에서 동생이 보내주는 주간지 정도가 전부였습니다.

이제는 인사를 나누는 일조차 서먹했습니다. 선생님은 점점 더 살이 빠지고 신경은 곤두서 있었고 나는 나대로 주눅이 들어 무뚝뚝해졌죠. 관계는 완전히 끝난 것처럼 보였습니다. 남편과 이혼을 할 때도 나는 꽤 담담하게 대처를 한 편인데, 고작 몇 개월을 함께 지냈다고 이렇게 서운한 마음을 품는다는 게 신기했습니다. 그 무렵 경선이 결혼식을 올렸어요. 나름대로는 치장이랍시고 화장까지 하고 가장 아끼던 투피스를 꺼내 입고 외출을 하고 돌아왔는데도 선생님은 내게 어디를 다녀오느냐고 묻지 않을 정도로 사이는 멀어져갔습니다. 어떻게 해야 다시 전과 같은 사이로 돌아갈 수 있는 걸까, 아무리 고민해도 방법이 떠오르지 않았어요.

차 소리가 들리기에 비료가 도착한 줄 알았는데 동생분이 차를 몰고 왔습니다. 나는 고구마를 삶아 매실차랑 같이 대접하고 나서 집을 나섰습니다. 거실에 앉아 있으려니 방 안에서 두런두런 얘기 나누는 소리가 자꾸 들려와서 몰래 남의 말이나 엿듣는 사람이 된 듯 좋지 못한 기분이 들고, 그렇다고 방에 틀어박혀 있자니까 내가 왜 저이들의 눈치를 봐야 하나 싶어져 밖으로 나왔습니다. 간만에 경선의 집에서 놀다가 집에 돌아왔을 때는 꽤 늦은 시간이어서 동생분은 이미 집에 돌아가고 난 뒤였습니다. 선생님의 방에는 불이 꺼져 있었고 접시는 설거지까지 되어 있었어요.

나는 경선에게 얻어 온 반찬을 냉장고에 넣어두고, 방으로 들어왔어요. 이불을 펴는 것도 귀찮아서 그냥 맨바닥에 누워버렸습니다. 마치 세상에 나 혼자 짝이 없는 것처럼 서러운 기분이 들었습니다. 밤새도록 텔레비전을 켜놓고 해가 지난 드라마를 보았습니다. 드라마를 보는 것도 따분해지자 후회가 되기 시작했어요. 내가 왜 그랬을까, 왜 선생님의 심기를 거슬렀을까, 그렇게 해서 내가 얻은 건 외로운 생활밖에 없지 않은가, 선생님의 기분을 망쳐서 뭘 어쩌겠다는 거였나 자책을 하며 밤을 새웠습니다.

파랗게 새벽이 올 때까지 잠이 들지 못했고 더 이상은 이대로 견딜 수 없다는 생각이 들었습니다. 내일은 선생님에게 내 마음을 털어놓아야겠다고 결심했습니다. 내가 품었던 반발심은 그저 스쳐 지나가는 감정에 불과했다고, 악의가 있었던 것이 아니라 어리석기 때문이었다고, 이렇게 선생님을 잃어버릴 줄 알았다면 그런 일을 저지르지는 않았을 거라고, 선생님과 대화가 끊긴 지금의 생활은 아무 의미가 없다고, 나 자신이 아무런 가치가 없다고 느껴진다고요. 내 마음을 모조리 드러내고 선생님에게 용서를 구하겠다고 생각했습니다. 선생님이 받아줄지에 대해서는 자신이 없었습니다만 이런 마음을 품고 있는 것이 괴로워서 더 이상은 견딜 수 없더라고요. 그러다 나도 모르는 새 잠이 들었고 일어난 건 정오가 다 지나서였습니다.

느지막이 일어나서 장을 보고 돌아왔는데 선생님 방이 비어 있었어요. 대수롭지 않게 여겼는데 선생님은 저녁 시간이 다 되도록 돌아오지 않더군요. 아무래도 걱정이 되어서 전화를 걸었습니다.

덜컹거리는 기계음이 들리자 마음이 쿵 내려앉았습니다. 선생님은 기차 안이라고 했어요. 아까 낮에 내가 시장에 갔을 때 원고가 완성되었고, 꽤나 마음에 들어서 당장 출판사에 보낸 뒤 서울로 올라가는 중이라고요.

"그럼 언제 내려오시는 거예요?"

"내려간다고요?"

선생님의 웃음소리가 들렸습니다. 선생님의 웃음소리도 웃음소리이거니와, 늘 나지막하고 느릿느릿하던 선생님의 목소리가 들떠 있어서 모르는 사람과 대화를 나누는 것처럼 어색하기만 했습니다.

"음, 다시 내려가기는 힘들 것 같아요. 책을 출간하고 나면 독자와의 대화니, 북콘서트니 하는 행사들이 열리니까, 미옥 씨가 가능하다면 그때는 얼굴을 볼 수 있지 않을까요?"

통화 중이기 때문에 내 모습이 보이지 않는다는 것을 알면서도 그저 고개를 끄덕일 뿐 소리 내어 대답하지 못했습니다. 수화기 너머에서 힘센 바람이 창문을 때리는 소리가 우우 울려왔습니다.

"소리가 잘 안 들려요. 나중에 다시 걸게요. 그동안 정말 고마웠어요, 미옥 씨."

전화기를 거실 한가운데 두고 저녁을 먹다가도 전화가 오지 않았는지 살피고 닭 모이를 주다가도 벨 소리가 들리는 것 같아 거실을 들여다보았지만 그날 밤이 깊도록 선생님은 다시 전화를 걸지 않았습니다. 전화를 걸지 않을 거면서 왜 그런 말을 했을까, 나를 골려주고 싶었던 걸까, 이런저런 생각을 하며 이불을 어깨까지 뒤집어쓰고 이리 뒤척이고 저리 뒤척였습니다. 그렇게 자정이 되자 그제야 전화가 오지 않을 거라는 생각이 들었어요. 성질이 나서 전원을 꺼버리고 밤새 선생님이 묵던 방에 가서 오도카니 앉아 있었습니다. 원고를 건네던 손, 입술의 가지런한 선, 원고를 들고 방으로 들어가던 걸음걸이 같은 것들이 머릿속을 스쳐 지나갔습니다. 함께 걷던 길도, 나란히 앉아 팔짱을 꼈던 날도요. 책상 위에 프린터가 아직 남아 있으니까 분명 짐을 가지러 오는 날이 있을 거라고 생각했습니다.

혹시라도 두고 간 물건이 있으면 챙겨 드려야겠다 싶어 책상 서

랍을 열었다가 맨 아래 서랍에서 지칼을 발견했어요. 서울에서 온 우편물을 뜯는 용도로 쓰인 것 같았는데 금속으로 된 손잡이 부분에 영어로 Y라고 새겨져 있는 지칼은 꽤나 고급스러워 보였습니다. Y는 선생님의 이름 마지막 글자였으니 누군가에게 선물로 받은 게 아닌가 싶었어요. 지칼을 프린터 위에 올려두었다가, 선생님을 기억할 수 있는 징표를 하나 간직해두는 것도 나쁘지 않을 것 같아서 문갑 속에 소중히 넣어두었습니다.

다음 날 트럭이 와서 프린터마저 싣고 가버리자 지난 석 달간에 있었던 일들이 혹시 내가 전부 꾸며낸 이야기는 아닌가 하는 의심이 들 정도로, 이 집에서 선생님의 흔적이라고는 전혀 찾아볼 수가 없었습니다.

선생님이 그렇게 떠나고 나는 마치 실연을 당한 사람처럼 멍청하고 우울한 나날을 보내게 되었어요. 망설이고 망설이다 전화를 걸어보기도 했고 문자를 남기기도 했지만 연락이 되지 않았어요. 나에게 화가 났을지도 모른다는 생각에 마음이 무거운 날도 있었고 그저 바쁜 거라고 생각한 날에는 서운한 마음이 앞섰습니다. 전화번호가 바뀌었을지도 모르겠다는 생각이 들어 결국 연락은 포기해버렸어요. 한순간의 장난스러운 마음 때문에 이런 상황에 처하게 되다니, 나 자신을 탓하기도 하고 소식 한번 없는 선생님을 원망하기도 하며 시간을 흘려보냈습니다.

꿈속에서는 여전히 선생님과 한집 생활을 하고 있었어요. 잠에서 깬 뒤 선생님이 없다는 것을 깨달으면 허망했어요. 모든 것이 내가 꾸며낸 이야기에 불과한 것 같아 두려워지면 문갑을 열고 선생님이 두고 간 지칼을 꺼내 멍하니 들여다보았습니다. 그러고 있으면 우편물 봉투를 뜯는 손이 떠오르고 그런 상상을 하고 있는 동안만은 안도감이 들었으니까요.

책이 나오는 날만 기다리며 인터넷 서점을 들락거렸어요. 매일매일 검색 창에 선생님의 이름을 써넣고 엔터 키를 눌렀습니다. 선생님이 예전에 쓴 작품들도 모조리 찾아 읽었어요. 이렇게 아름다운 이야기를 쓰기 위해서 그토록 고통스러웠나 보다, 생각하면서 잠시나마 선생님을 이해하지 못했던 시간에 대해 용서를 구했습니다.

그리고 드디어 선생님의 얼굴이 화면에 나타났지요. 떨리는 마음으로 책을 주문하고 택배가 도착하는 날만을 기다렸습니다.

표지를 펼쳤을 때 나는 다리가 떨려서 툇마루까지 겨우 걸어갔습니다. 첫 장의 한가운데에 '지난여름을 내내 함께한 너에게'라고 쓰여 있었거든요. 사실 그즈음에는 선생님을 다시 만날 수 있을 거라는 생각을 포기한 지 오래였어요. 내가 궁금했던 건 선생님이 여기서 지내던 시절을 가끔 기억이라도 할까, 선생님도 나처럼 그 시간이 즐거웠을까 하는 의문 같은 것이었어요. 하루는 확신에 차 있고 또 다음 날은 의심 속으로 빠져들었지요.

단숨에 책을 읽어 내려갔습니다. 소설은 나이가 많은 여자와 어린 소녀가 우연히 기차 옆자리에 앉게 되면서 벌어지는 일들이었어요. 중반까지는 이미 읽은 내용이었고 소설의 뒷부분은 처음 보는 것이었는데, 다 읽고 나니 그동안 선생님이 보여주었던 그 이야기가, 바로 내 이야기라는 걸 알겠더군요. 그때는 상상도 못 했죠. 내가 이야기에 등장하리라고는 상상도 안 해봤으니까요. 하지만 이제 알 것 같았습니다. 그건 분명 나와 선생님의 이야기였어요. 선생님의 고백이었고 나를 향해 뻗은 손이었습니다. 그 책은 내 질문에 대한 정확한 답변이었습니다.

이제 내가 행동해야 할 때가 왔다는 것을 알았습니다. 선생님과의 마지막 통화가 생각났어요. 북콘서트니 독자와의 만남이니 하는 말들이요. 선생님은 나를 위해 이 책을 썼으니까 내가 그 행사에 꼭 와주었으면 했던 거예요. 나는 마지막 문장을 읽자마자 인터넷 서점 사이트에 접속해서 북콘서트의 날짜와 장소를 확인했어요. 이제 선생님에게 내 대답을 들려주어야 할 테니까요. 가슴이 두근거렸습니다. 얼굴 가득 미소가 번지며 생전 처음으로 숨을 쉬는 것처럼 마음속의 어두운 기운이 한꺼번에 모두 가시는 것 같았어요. 그간의 서러움을 모두 보상받았다고 생각했습니다.

문갑 속에 있던 지칼을 꺼내 핸드백에 넣었습니다. 내 앞으로 헌사된 책이 있으니 징표가 더 이상 필요하지 않았고 두고 가신 물건이니 선생님에게 돌려드려야겠다고 생각했지요.

포스터에 인쇄된 선생님의 얼굴을 한참 동안 바라봤습니다. 선생님은 내 얼굴을 보고 어떤 표정을 지을까요. 감정을 잘 드러내는 사람이 아니니까 무덤덤해할지도 모르고 어쩌면 반가운 마음을 참지 못해 웃음을 터뜨릴지도 몰라요. 나는 벌써부터 마음이 울컥울컥하는 게 선생님의 얼굴을 보면 눈물을 쏟게 될까 봐 숨을 고르고 마음을 단단히 먹었습니다.

무대 위의 선생님은 유쾌하면서도 차분하고 세련된 모습이었습니다. 얼굴에 조금 살이 오른 것 같고 표정도 밝아 보여서 마음이 놓였습니다. 간혹 사회자에게 농담을 던지기도 했지만 소설에 대한 얘기가 나오면 열정적이고 진지해 보였습니다. 나는 무대 위의 선생님이 나 자신인 양 어깨가 으쓱해졌어요. 선생님이 미소를 지으면 내 입술도 따라 웃었고 선생님의 얼굴이 붉어지면 나도 고개를 숙였습니다.

사회자와의 얘기 도중 선생님의 친구라는 이가 무대에 올랐습니다. 둘은 고등학교 때부터 친구였다고 했어요. 그 친구라는 사람은 선생님보다 나이가 조금 많아 보였는데 나는 그 여자가 무대에 나타났을 때부터 싫었어요. 선생님에 대해서라면 그 여자만큼은 나도 잘 알고 있다고요. 그 자리에 나를 부르지 않았다는 것 때문에 분한 마음까지 들었습니다.

그런데 선생님이 친구를 소개하는 말을 듣게 되었을 때 나는 얼굴이 확 달아오르고 말았습니다.

"늘 친구에게 빚진 마음이 있었어요. 그래서 이 책을 바친다고 첫 장에도 써두었고요. 그 어느 때보다 멀리 떨어져 있었지만 이 친구가 아니었다면 그해 여름을 견딜 수 없었을 거라고 생각합니다."

관객석에 앉아 있는 몸뚱이가 부끄러워서 견딜 수가 없었습니다. 나는 등이 아플 정도로 의자 깊숙이 몸을 박아 넣었습니다. 얼굴이 뜨거워졌다가 땀이 나면서 차가워졌고 그러다 다시 달아올랐습니다. 어깨가 움츠러들고 겨드랑이가 축축했습니다. 땀에 젖

지극히 내성적인 살인의 경우

은 손바닥을 치맛단에 문지르면서 선생님이 나를 발견하기 전에 얼른 그곳을 빠져나가야겠다는 생각밖에 없었습니다. 고개를 푹 숙이고 얼른 행사장을 빠져나왔습니다.

찬물을 얼굴에 끼얹고 나니까 정신이 좀 드는 것 같았어요. 휴지로 물기를 닦아내면서 상황을 정리해보았습니다.

뭘까요? 대체 왜 그렇게 말했을까요? 그 책은 나를 위한 책이고 선생님도 내내 나를 잊지 못했다는 걸 잘 알고 있는데 어쩌자고 다른 친구를 불러내어 나의 존재를 감추려고 하는 걸까요? 내 실수에 대한 복수인 걸까요? 나를 영영 용서하지 않겠다는 걸까요? 동생이 선생님과 나 사이를 오해라도 했던 걸까요? 그것도 아니면, 나를 완전히 잊어버린 건가요? 설마 기억에도 없는 걸까요? 아니면 애초부터, 함께 지내던 시절에도 나 따위는 안중에 없었던 건가요? 나는 그저 집주인일 뿐이고 선생님은 손님이었을 뿐이었나요?

끓어오르는 감정을 가라앉히려고 애썼지만 뒤죽박죽인 머릿속은 정리가 되지 않았습니다.

그대로 그냥 돌아가는 게 나았을지도 모릅니다. 그러면서도 혹시 모른다, 완전하게 일방적인 마음이라는 것은 없다, 선생님도 내가 보고 싶었을지도 모른다는 한 줄기 희망을 저버릴 수가 없었습니다. 도망치고 싶은 수치심에 벌벌 떨면서도, 선생님의 진짜 마음을 확인도 하지 못하고 이렇게 돌아갈 수는 없다는 생각이 발목을 잡았습니다.

복도 한가운데에 테이블이 있었고 선생님은 독자들에게 사인을 해주고 있었습니다. 나는 그 줄의 끝에 섰습니다. 바닥은 대리석이 었는데 너무 반들거려서 정신을 집중하지 않으면 미끄러질 것 같다는 생각이 자꾸만 들었습니다. 얼굴에 열기가 확 끼쳐 오르며 다시 땀이 나기 시작했고 좀 어지러웠어요. 오른쪽 귀가 먹먹해지면서 숨이 갑갑해져 왔습니다. 나는 어깨를 들썩이며 숨을 크게 들이쉬었습니다.

정신을 차려야 한다고 생각했어요. 반년 내내 기다렸던 선생님과의 만남이 이런 식으로 끝나서는 안 되니까요. 지난 기다림의 시간도, 선생님과 함께 보낸 날들도 모조리 아무것도 아닌 게 되도록 그냥 놔둘 수는 없었습니다. 거기서 끝낼 수는 없었습니다.

나는 핸드백에서 지칼을 꺼내 오른쪽 주머니에 넣고 왼손에는 책을 들었습니다.

당신이 나를 반겨 웃어준다면, 나는 조금쯤 쑥스러운 마음이 되어 책을 내밀겠습니다. 어떻게 여기까지 왔느냐고 다정하게 물어봐준다면 지난날의 잘못을 용서받았다고 생각할게요. 그리고 당신 소설의 첫 장을 펼치겠습니다. 거기에 당신의 이름을 적어 넣는 것으로 우리가 함께한 지난날에 아름다운 마무리를 지었다고 생각하고 얌전히 돌아갈게요. 그러나 나를 보고 당황하거나 혹은 내 얼굴을 기억조차 못한다면, 왜 여기에 왔느냐고 의아한 표정을 짓는다면 내 손은 주머니 속의 지칼을 쥐게 될 것입니다.

이제 고개를 들어 나를 보세요. 당신의 얼굴이, 당신이 지은 표정이, 당신이 나를 보고 떠올리는 감정이, 그다음 장면을, 내가 할 행동을 결정할 것입니다. 내가 당신에게 책을 내밀게 될지 지칼을 내밀게 될지는 오로지 당신에게 달려 있습니다.

최정화

1979년 인천에서 태어났다. 2012년 〈창작과비평〉 신인상에 단편소설 〈팜비치〉가 당선되었다.

0

최진영

책이 사라졌다.

분명 이 방 어딘가에 있었는데 없어졌다. 책 제목은 The Earth, 아니 The other Earth…… Another Earth였나. 모르겠다. Earth 라는 단어가 들어간다. 그 단어를 분명 봤다. 지난여름의 한복판 에 얻은 책이다. 친밀한 사이가 될 수도 있었지만 겁이 많고 체념 이 빠른 점이 서로 비슷해 결국 친해지지 못하고, 어쩌다 우연히 만나면 의례적인 안부나 겨우 주고받는 사이가 되어버린 그를 합 정역 4번 출구 근처에서 우연히 만난 날이었다. 반쯤 탄 담배를 윗 니, 아랫니로 물고 있던 그는 한쪽 어깨에 삐딱하게 걸치고 있던 가방에서 그 책을 꺼내 주며,

이걸 네가 읽어보면 좋을 것 같다.

고 우물우물 말했다. 그도 나도 찡그린 인상이었다. 빽빽한 여름 햇살에 갇혀 자욱하게 떠 있던 담배 연기 때문이었을까. 모르겠다.

더위에 지쳐서 그랬을 수도 있다. 길 한복판에 가방도 없이 서 있던 내게 두꺼운 책을 건네는 그가 조금 미웠다. 처리하기 곤란한 짐을 떠넘기는 것만 같았다. 그렇게 엉겁결에 받아만 두고 읽어보지 않았다. 아니, 책을 해치우고 해가 기우는 방향으로 총총 걸어가는 그의 뒷모습을 쳐다보다가 책 뒷면에 짤막하게 적힌 본문을 조금 읽었다. '우주의 본질은 사이코패스에 가깝다. 우주는 생명 따위에 하등 관심이 없으며, 생명이 존재하는 행성, 예컨대 지구 같은 건 돌연변이에 불과하다'는 내용이 적혀 있었다. '우주는 무자비하다.' 그런 문장을 봤다. 처음 볼 때도 그랬고 이후에도 그 문장을 떠올리면 마음이 아팠다. 무섭기도 외롭기도 했다. 공통적으로 가슴 한복판이 저릿하고 무기력해졌다. 나의 경우, 굳이 한 문장을 써야 한다면 (우주의 무자비함을 모르지 않으면서도) '우주는 아름답다'고 쓰는 쪽이었다. 그때 생각했다. '무자비하고 아름답다'와 '무자비하지만 아름답다'와 '무자비하여 아름답다'의 차이에 대해. 무자비함과 아름다움의 관계와 그 단어의 의미에 대해. 생각하다가, 깊은 자괴감에 빠졌다. 두 단어의 의미를 잘 알지 못한다는 것을 깨달았기 때문이다. 사전을 찾아봤다. '무자비하다'는 '냉혹'과 '모질다'는 단어를, '아름답다'는 '균형'과 '조화'라는 단어를 품고 있었다. 안개에 뒤덮인 도시의 뒷골목처럼 모호하고 위험한 단어들……. 그러니 내게 우주는 어떤 형용사도 자신 있게 붙일 수 없는, 다만 '우주'였다. 우주가 그럴진대 모든 게 그러하지 않겠는가. 존재하는 모든 단어, 우주가 품고 있는 모든 존재와 감정과 사물이.

하지만 언어는 나의 유일한 연장.

그 연장이 불편하고 무서웠다.

그 책을 받을 즈음부터 그랬다.

*

어딘가에 있다고 믿었기에 찾을 생각도 하지 않았던 책을, 사라졌을지도 모른다는 의심이 드는 순간부터는 찾지 않을 수 없었다. 나는 대개 그런 식으로 살아서, 참 많은 사람과 신뢰를 잃으며 살아간다. 하지만 이번에 잃어버린 건 사람이나 신뢰가 아닌 책이니까, 마음만 먹으면 얼마든지 찾을 수 있으리라 생각했다. 책장과 책상과 의자를 샅샅이 훑고 바닥에 오래 깔아둔 이불과 베개를 들춰 탁탁 털어봤다. 폐지를 모아두는 박스와 좁은 베란다를 꼼꼼히 뒤졌다. 싱크대 찬장과 냉장고를, 화장실 선반과 신발장을 열어 보았다. 실소를 지으며 세탁기 속도 들여다보았다. 없었다. 어디에도 없었다. 책은 찾지도 못하고, 내 삶의 터전은 너무나 산만하고 지저분하다는 사실만을 새삼 깨달았을 뿐이다. 그러니 어느 구멍엔가 처박혀 있어 영영 찾지 못할 것은 Earth가 들어간 책만이 아니었다. 나는 생각지도 못한 많은 것을 잃거나 잊어가며 살고 있는 게 분명한데…… 막상 그런 생각이 들자 확 귀찮아졌다. 잃은 것을 잃었다고 알게 되는 것이. 알게 되어 신경 쓰는 것이. 찾아야 한다는 강박에 시달리는 것이. 잊거나 잃었다는 사실 자체를 모르고 산다면 참 좋을 텐데. 잊거나 잃는 순간 그것과 관련된 기억이나 감정도 감쪽같이 사라져버린다면.

*

일기는 그렇게 시작되었다. 숙제니까 써야 하는 일기가 아니라, 누구라도 볼까 전전긍긍하여 베개 홑청 속이나 서랍 깊숙한 곳에 감춰두던 일기. 그 일기에 '푸른색의 단파장들은 산란하여 여러 방향으로 흩어지고 붉은 계열의 장파장들이 우리의 눈에 도달하므로 노을은 붉고 노랗게 보인다'라는 문장이 있든, '태양의 진화가 끝날 때까지 지구가 남아 있다면 백색왜성이 된 태양과 함께 지구는 식어간다'라는 문장이 있든, '안경테를 반투명한 하양에서 검정으로 바꿨다. 그래서 훨씬 선명하게 보이는 까만 눈동자를 자꾸 보다가 눈이 마주쳤고 나는 즉시 시선을 아래로 깔았다. 나는 네가 좋아, 라고 말하고 싶은 게 아니라 그냥 그렇게 보고 있는 게 좋으니까 눈치 보지 않고 내내 쳐다보고 싶을 뿐인데 그러면 내가 좋아한다는 걸 눈치챌 테니 자꾸 본다는 것은 좋아한다는 고백이랑 전혀 다르지 않다. 고백하지 않고 좋아한다는 걸 들키지 않고 하루 종일 쳐다볼 수 있는 방법은 없을까. 투명인간이 되고 싶다'라는 문장이 있든, '수영이와 정혜가 등나무 밑에서 점심 먹자고 해서 지나에게 그 말을 전했는데 그걸 알고 수영이와 정혜가 체육관 옆 벤치로 장소를 바꾸고 지나한테는 말하지 말라고 했다. 점심시간에 수영이와 정혜가 나를 보고 눈짓을 했다. 나는 도시락을 챙겨 자리에서 일어났고 지나를 잠깐 봤는데 지나는 거의 울 것 같았다. 나쁜 년이 된 것 같았는데 수영이와 정혜는 지나를 나쁜 년이라고 했다. 나는 수영이와 정혜가, 더 좁게 말하자면 수영이가 가장 나쁘다고 생각했고 제일 덜 나쁜 건 지나라고 생각했지만 말하지 않았다. 수영이와 정혜의 말이 사실이라면 수영이와 정혜와 나, 그리고 지나까지 다 나쁘지만 지나는 적어도 내게 그렇게 굴지 않는다'와 같은 문장이 있든, 아무도 노트에 적힌 내용을, 아니 노트 자체를 신경 쓰거나 궁금해하지 않는다는 것을 그때는 몰랐다. 그저 누구라도 그것을 읽고 나의 비밀을, 비열함을, 합리화를, 혹은 상처나 원망을 알게 될까 두려웠다. 그리고 또 몰랐다. 대체 왜 기록하는지를. 내게 있었던 일을 마음에 묻어두지 않고 굳이 글자로 옮기고, 그것을 남들이 볼까 두려워하는지를.

*

내 방에 제일 많이 들렀던 J에게 물어봤다. 이러저러한 책을 여기서 본 적 있느냐고.

응. 본 것 같아.

그는 심지어 나보다 더 자세하게 책 표지를 묘사했다. 하지만 제목은 확신하지 못했다.

Their Earth 아니었나?

There?

이거.

그가 검지를 세워 방바닥에 알파벳 다섯 개를 그렸다. 그리며 말했다. 부장 새끼가 얼마나 치졸하게 사사건건 뺏찌 먹이는지.

무조건 안 된다는 거야. 내가 하는 일은 무조건 틀려먹었다 이거야. 너는 그 무거운 대가리를 뭣하러 달고 다니느냐. 그게 예쁘기나 하면 장식품이나 되지, 별 폐기물 쓰레기 같은 걸 달고 다니면서 거울 볼 때마다 자살하고 싶지 않나. 네 거기엔 뭔가 창의적이고 짜릿한 발상과 테크닉은 하나도 없고 그저 남들 다 아는 거, 다 아니까 말할 필요도 없고 아니까 기본인 응? 기본적으로 다들 하잖아. 꼴리면 꼴리니까, 아니면 할 때 됐으니까 안 하면 남들한테 꿀릴 것 같고 막 그러니까 의무감으로 낄낄낄. 너 30분 이상 해본 적 있어? 없지? 5분도 못 하지? 넌 새끼야, 평소에 하는 거 보면 딱 견적 나와. 도대체 인내도 발상도 없고 재미도 감동도 없고 그렇다고 새끼가 하라는 대로 하는 것도 아니고 뭐라고 하면 반사적으로 아 그게 아니고, 라는 말이나 씨불이고 넌 대책도 대안도 없이 무조건 아닌 놈이지. 아니야? 잠자리든 술자리든 앉은 자리든 때와 장소를 가리지 않고 딱 5분짜리인 주제에 이렇게 시간 낭비, 돈 낭비, 자원 낭비 해가지고 어디 웹사이트 긁어서 5분 만에 만든 애들 리포트 같은 걸 뭐라도 했다고 들이밀면서 내 속 뒤집어놓는 게 네 특기이자 장기이자 삶의 이유 아니냐 이거야. 아니야?

J의 부장이 J에게 쏟아낸 악담을 들으며 나는 움츠러들었다. 많은 사람들이 J의 입을 빌려 내게 쏟아붓는 비난처럼 들렸으니까. 나는 짜릿한 발상과 테크닉은 없고 기본적으로 남들 다 아는 것들을 굳이 시간 낭비, 돈 낭비, 자원 낭비 해가지고 뭐라도 했다고 들이미는 일을 하고 있었다. 그게 내 삶의 이유이자 특기였다. 이제

는 그마저도 못 하고 있고.

*

실은 귀찮았다.

캔맥주를 따고 그것을 들이켜며 서서히 취해가는 일 말고는 다 귀찮았다.

하지만 글을 쓰고 싶었고 글을 쓸 수 없었고 그 책을 찾아서 읽으면 꼭 글을 쓸 수 있을 것만 같았다. 귀찮다는 감정으로 모든 의욕이 수렴되기 전에 쏜살같이 첫 문장을 시작하고, 재빨리 두 번째 문장을 쓰고, 두 번째 문장을 돌아보지 않고 세 번째 문장을 쓰고, 세 번째 문장에 잡아먹히기 전에 네 번째 문장을 쓰고, 그렇게 득달같이 백 문장을 쓰고, 다음 날이 되어도 그것을 지우거나 휴지통에 처넣지 않을 수 있을 것 같았다. 그런 나날을 쇠사슬처럼 이어 한 편의 글을 완성할 수 있을 것 같았다. 책은 어디 있을까. 우주는 왜 무자비하며 지구는 어째서 돌연변이일까. 부장 새끼의 현란한 발언을 전해 들으며 나는 방 안 구석구석을 집요하게 훑어봤다. 그것은 분명 있었다. 이 방 어딘가에 두었고 방을 오가며 몇 번이나 봤다. 봤던 것 같다. 앉거나 눕거나 걸을 때 방해가 되면 여기저기로 옮기기도 했고 이런저런 용도로 사용했다. 베고 잤다. 무릎에 올려두고 그 위에 냄비를 놓고 라면을 먹었다. 다른 책의 독서대로도 썼다. 그 책 위에 다른 책을 쌓아두거나 지갑이나 휴대전화 따위를 올려두기도 했다. 그러니까, 책장을 넘기며 읽는 짓

빼곤 다 했다.

　내가 진짜 일을 못하는 걸까, 아니면 내가 제일 만만하니까 나한테 화풀이하는 걸까.

　J가 물었다. 나도 묻고 싶었다. 내가 글을 왜 쓰는지부터 알아야 할까, 왜 못 쓰는지부터 알아야 할까.

　그래 나도 알아.

　J는 자기 질문에 자기가 답했다.

　반반이지. 일도 못하고 만만하기도 하고 또 결정적으로 그 새끼도 사는 게 존나 짜증 나는 거야.

　반반.

　나는 중얼거렸다.

　반반 무 많이.

　내 말에 J가 웃었다. 웃는 줄 알았는데 우는 것도 같았다. 지저분하게 양념이 묻은 데다 무를 잔뜩 쏟아버린 반반 무 많이 치킨 상자를 들고 컴컴한 밤 낡은 빌라 앞에서 우왕좌왕하는 배달원 같았다.

　근데 정말 Their Earth일까? The earth 아닐까?

　J에게 물었다.

　부장 새끼가 말 못 하는 병에 걸렸으면 좋겠어.

　J가 대답했다.

　거기에 우주는 사이코패스라고 적혀 있었어. 너도 그렇게 생각해?

　내가 물었다.

　너 브로카중추라고 알아? 거길 다치면 말을 잘 못 하게 된대. 근데 굉장히 연습하면 조금씩 잘할 수 있게 된대. 부장 새끼가 거길 다쳐서 말을 못 해서 괴로워서 존나 굉장히 연습하는 걸 보고 싶어.

J의 대답이었다.

*

일기는 계속되었다. 공부를 왜 하나, 밥은 왜 먹나, 말은 왜 하나, 나는 왜 이 모양인가, 대체 왜 사나 생각해본 적은 있지만 일기를 왜 쓰나 생각해본 적은 없었다. 노트에는 일관되지 않은, 비정형적인 그날그날의 내가 기록되었다. 열서너 살 때부터 스물두어 살까지 쓴 크고 작은 노트만 백 권은 넘을 것이다. 10여 년 전 어느 날, 마당 구석에 있던 양철 드럼통에 그 노트를 다 처넣고 불태웠다. 다시 들춰보고 싶지 않은 과거의 기록이 집 안 어딘가에 탑처럼 쌓여 있다는 사실이 굉장히 부담스러웠다. 지난날의 내가 궁금하지도 않았다. 쓰인 나는 진짜가 아니었으니까. 어릴 때 나는 지나간 일이나 내가 지녔던 물건에는 나의 좋지 않은 부분이, 이를테면 누구도 알아서는 안 되는 나의 비밀이나 치부나 더러움 같은 것이 마치 유리에 찍힌 지문처럼 묻어 있다고 생각했다. 특별한 감각을 가진 누군가는 그것을 느끼거나 알아챌 것만 같았다. 그래서 내 손을 거친 것은 무엇이든 놓지 않으려 했고, 손에서 놓은 뒤엔 정해놓은 장소에 두려고 했고, 그 장소를 나만 알고 있으려 했다. 어른들이나 친구들이 나와 관련된 과거 얘기를 하는 것도 싫어했다. 이야기하는 도중에 그들이 과거에는 몰랐던 무언가를, 나의 잘못이나 나쁜 면을 알아낼까 봐 두려웠다. 하지만 기록은 기억이나 말과 조금 다른 성질을 가지고 있어서, 나를 좀 더 그럴듯한 사람으로 만들기에 좋았다. 글자라는 옷을 입은 나는 실제보다 덜 경박하거나 더 애틋한 사람이었다. 누군가를 좋아할 때도 그 감정을 그저 품고 있는 것보다 문장으로 옮기면서 더 고유하고도 깊은 사랑에 빠질 수 있었다. 또한 자주 비겁하고 우둔해지는 스스로를 변호하거나 합리화하기에도 문장은 쓸모 있었다. 나란 인간 자체는 너무 거칠고 날 것이라 볼품없으니 그것을 말이나 글로 가공해야 했는데, 나는 말에 서툴렀다. 말은 피곤했고 가벼웠다. 털어놓을 만큼 믿을 만한 대상도 없었다. 하여 나는 기록으로 나를 꾸몄고, 꾸며진 나를 기억했다. 본래의 나보다 훨씬 그럴듯한 나를.

*

J에게 부장 새끼가 있다면 M에게는 탐욕적이고 몰염치한 지도교수가 있었다. M은 교수 새끼가 어떤 식으로 패거리를 만들고 학생들을 부려먹고 동료 교수들을 엿 먹이고 예산을 빼돌리고 연구실적을 조작하는지 분한 목소리로 늘어놓았다. L에게는 간섭이 심한 데다 거들먹거리는 시어머니와 개념 없고 더러운 앞집 남자가 있었다. K에게는 M의 교수 새끼와 비슷한 선배 새끼와 쪼개고 쪼개 써도 답이 안 나오는 월급이, H에게는 게으르고 눈치 없는 남편과 동생네만 편애하는 엄마가, W에게는 빌어먹을 돈과 대출이

자와 짠돌이 사장과 손해 보기를 죽기보다 싫어하는 뻔뻔한 친구가, N에게는 계약직의 부조리함과 비열하고 이기적인 회사 사람들과 월세를 올려달라는 집주인이, C에게는 여자 마음을 몰라도 너무 몰라서 거의 일곱 시간 간격으로 다투는 애인 K가, 또 다른 L에게는 매일 혼자 집에 있을 걸 생각하면 애처로운 심정에 눈물부터 쏟게 되는 애완견 달리가 있었다. 이 모두, 책을 잃어버렸다는 내 고민에 대한 대답이었다. 그래서 '사실 나는 요즘 글을 전혀 못 쓰고 있어'라는 말은 감히 꺼낼 수가 없었다. 글이 안 써지면 여행을 가거나 새로운 경험을 해보거나 그냥, 포기하면 되니까. 그런데…… 그렇다면, 그들의 고민도 비슷한 방법으로 해결 가능하지 않은가. 이직하고 이혼하고 이사 가고 일 더 하고 폭로하고 강아지 한 마리를 더 분양받아 몰리라고 이름을 지어주면 되지 않는가. K가 늘 그런 식이라고, 그래서 싸우지 않을 수가 없다고 C는 말했다.

아니, 나는 해답을 내놓으라는 게 아니라 내 감정을 봐달라는 건데 걔는 내 말에 자꾸 정답을 들이미는 거야. 그건 이렇게 하면 되잖아. 뭐 그런 걸 갖고 그래? 이러면서 나를 천하의 등신으로 만들어버린다니까. 대화가 완전 스피드 퀴즈 같고 어떨 때는 걔가 내 애인인지 직장 상사인지 헷갈린다니까. 아니 내가 그걸 몰라서 그러나? 나도 어떻게 하면 되는지 다 알아. 알지만 못 하는 거잖아. 드럽고 치사해도 먹고살아야 하니까. 그런 걸 공감해주면 좋잖아. 공감 능력이 전혀 없다니까, 걔는.

나는 책장에 꽂힌 책을 하나하나 꺼내 훑으며 C의 말을 들었다. 사람들의 분노와 우울과 고통을 듣다 보면 잃어버린 책을 찾아야 한다는 생각이 점점 더 강렬해졌다. 그 책에는 내가 생각지도 못한 삶의 진리 같은 게 들어 있어서, 그것을 읽고 나면 그들에게 그럴듯한 대꾸를 해줄 수 있을 것만 같았다. 그 책에 분명 그렇게 적혀 있었으니까. 우주는 무자비하다고. 지구는 돌연변이라고, 하지만…… 어째서 무자비한지 알게 되면 사는 게 좀 달라질까? 내가 왜 글을 못 쓰는지 알게 되면 다시 글을 쓸 수 있나? 근의 공식을 안다고 모든 방정식을 척척 풀 수 있는 건 아니지 않나. 아니다. 일단 찾자. 그 책을 찾기만 하면 사람들의 말을 좀 더 집중해서 들을 수 있을 것이다. 들으며 공감하다 보면…… 공감. 그게 과연 인간의 영역인가. 돌고래는 그런 걸 할 수 있는지도 모른다. 하지만 인간에게는 그것이 없거나 아주 희박하다. 인간이면 인간으로서 일단 상상해야 한다. 내가 저 사람이라면 어떨까, 하고. 그러니 공감 이전에 필요한 건 상상력인지도 모른다. 부장 새끼도 교수 새끼도 선배도 사장도 시어머니도 친구도 남편도 앞집 남자도 다들 상상력이 없어서 그러는 거 아닐까. 없거나, 귀찮거나, 두렵거나.

네가 속상하고 힘들 만하네. 이 말 한마디 해주는 게 그렇게 어려운가?

C가 물었다. 마치 K에게 묻듯이. 그런데 나는 K가 아닌데.

그래…… 도둑질하는 사람한테 도둑질하면 안 된다고 말하기는 쉽지. 아, 네가 도둑질을 할 수밖에 없구나. 이렇게 말하기가 힘들지.

나는 최대한 K와 다르게 말하려고 애쓰면서 대꾸했다.

야. 내가 그런 나쁜 짓을 하고 다니는 건 아니잖아!

C가 버럭 소리를 질렀다. 그 순간 나는 어쩐지 K가 되어버린 것 같았다.

……근데 넌 별일 없어?

겸연쩍은 침묵 뒤에 C가 내 안부를 물었다. 나는 없어진 책을 찾느라고 며칠째 아무것도 못 하고 있다고 말했다.

뭔데. 무슨 책인데. 중요한 책이야?

그런 것 같기도 하고 아닌 것 같기도 하고……. 일단 찾아서 읽어봐야 알 것 같아.

뭐야. 읽어보지도 않은 책을 잃어버린 거야? 그럼 새로 사면 되잖아.

그 책은 살 수가 없어.

왜? 서점에 없어? 중고 서점이라도 뒤져봐.

살 수는 없고 찾아야 해.

뭐 그런 게 있니. 누구, 특별한 사람이 준 책이야?

아니, 그런 건 아니고…….

그럼 뭐야. 뭔데 그러는 건데.

뭐라 말하기는 어렵고…… 아무튼 찾아야 해.

C는 우리의 대화를 답답해하고 있었다.

그냥 새로 사. 괜한 데 시간 버리지 말고.

C가 덤덤하게 말했다. 나는 어쩐지 K와 이야기를 하고 있는 것만 같았다.

*

    때로는 절박하게, 때로는 무성의하게 책을 찾으면서 머릿속으로 이런저런 문장을 써보기도 했다. 어느 날에는 '그가 미워지자 무서워졌다'라는 문장이 머릿속에 타닥타닥 찍히더니 지워지지 않았다. 그 문장을 주문처럼 중얼중얼 읊으며 생각했다. 미움이 생기기에 가장 적당한 상태는 상대를 아주 많이 원하는 것. 원하여 갖게 되어 미워질 수도, 원했지만 갖지 못해서 미워질 수도 있지. 하지만 이런 생각은 너무 도식적이고 뻔하잖아. 나는 나의 생각을 비난했다. 다른 걸 생각해보자. 미워하면 안 되는 사람인데 나도 모르게 미워하게 되면 그 감정 자체가 무서울 수도 있다. 혹은 미워하면 상대를 죽여야 한다는 강박에 빠진 사람이라서 살인을 저지를 자신이 무서울 수도 있다. 아니면 미워하는 것과 무서워하는 것은 전혀 상관없는 감정인데 그냥 그렇게 이어 붙인 것일 수도 있다. 그런 생각을 시시하게 이어가다 스스로가 웃기고 가소로워졌다. 미워지자 무서워졌다는 것. 그건 어디에서 본 것도 들은 것도 아니었다. 그러니 그 문장의 정체를 아는 게 목적이라면 상상하거나 이야기를 꾸밀 필요가 없었다. 바로 내가 아주 잘 아는 감정이니까. 답은 내 안에 있으니까. 나는 미워지면 무서워지는 인간이니까. 홀로 될까 봐. 더 외로워질까 봐. 몇 날 몇 달 물에 만 밥이나 간장에 비빈 밥으로 끼니를 때우게 될까 봐. 입과 귀를 닫고 살까 봐. 문밖으로 나가지 않을까 봐. 봄과 가을을 싫어하고 겨울만 기다리게 될까 봐. 내가 나를 방치하여 다 쓴 형광등처럼 번거롭고도 위험한 존재로 만들고, 그러다 결국 방구석 어딘가에 처박아 둔 채 잊고 살까 봐. 잊고 살다 잃어버릴까 봐. 굳이 신경 써서 버릴 필요도 없이 그리될까 봐. 다시…… 그렇게 될까 봐. 하지만 그런 이야기를 글로 쓸 수는 없었다. 그건 너무 흔해빠진 이야기니까.

하지만, 지금 내 안에는 온통 그런 이야기뿐이었다. 잊거나 잃거나 버리는 이야기. 끝없이 반복되는 돌림노래 같은 이야기. 그랬다. 나는 그가 미워지기 시작했고 그래서 무서웠다. 같이 있고 싶었고, 같이 있기 싫었다. 실은 어젯밤에도 그가 너무 미워서 한숨도 못 자다가, 새벽이 오자마자 말도 없이 그의 방에서 나와버렸다. 어슴푸레한 길에 발을 내딛고 아주 조금 걸었을 뿐인데 어느새 찬란한 아침이었다. 춥고 눈부시고 속이 쓰렸다. 나는 그새 후회만 했다. 나오지 말걸. 그냥 그의 곁에서 잠들걸. 그렇다고 돌아갈 수는 없었다. 돌아가서 내가 할 수 있는 말이란 '괜찮아'뿐이었다. 그 말을 하느니 차라리 아무 말도 안 하는 게 나았다. 하지만 한숨 자고 난 뒤 그의 말간 얼굴을 마주한다면 나는 분명 '괜찮아'라고 말할 거였다. 왜냐하면 너무 밉다는 것과 너무 좋다는 것은 반대 의미가 아니니까. 국어사전에는 어떻게 나오는지 모르겠지만 내 마음의 사전에 두 단어는 유의어에 가까우니까. 너무 좋으니까 밉고 그래서 무서우니까. 무서운 마음에 할 수 있는 말은 '괜찮아' 뿐이니까.

그렇게 그의 집을 나와 아침 버스를 타고 집으로 돌아오는 내내 나는 자꾸 울었다. 집으로 돌아와 잠깐 눈을 붙였다가 햇살도 바람도 끝내주는 오후에는 동네 빨래방에 들렀다. 겨울 이불을 커다란 세탁기에 구겨 넣고 500원짜리 동전 일곱 개인가 여덟 개를 하나하나 집어넣었다. 하지만 내가 정말 빨고 싶었던 건 이불 따위가 아니라 바로 나였다. 나의 기억을 빨아버리고 싶었다. 500원짜리 동전 열다섯 개 정도면 가능하나? 그럼 내게도 다른 냄새가 날까? 그럼 새로운 사람을 만나면서도 이전 기억에 간섭받지 않을 수 있을까? 가을이란 거 없으면 좋겠다. 바로 겨울이면 좋겠다. 마음 물드는 것도 몸 흔들리는 것도 다 싫다. 귀찮다. 그랬다. '그가 미워지자 무서워졌다'라는 문장은 '그가 좋아지자 무서워졌다'라는 문장과 별로 다르지 않았다. 그리고 '그가 좋아지자 미워졌다'라는 문장과도 별 차이가 없었다. 나는 셋 중에 무슨 문장을 선택해야 하는지 잘 모르겠다. 이러니 글을 쓴다는 게 무슨 소용인가. 나는 문장 뒤에 무언가를 감추거나 아예 숨어버리고 싶은데, 문장과 나, 혹은 문장과 감추려는 것의 형태가 꼭 맞은 적은 단 한 번도 없었다. 비슷하기라도 하면 어떻게든 써나갈 것이다. 하지만 요즘은 나와 문장이 너무 다르다. 머릿속에는 육각형 불안이 있는데 글이 되어 나오는 건 직선 아니면 점이다. 그 뒤에 어떻게 숨나. 가느다란 직선 뒤에 대체 무엇을 감출 수 있겠는가.

*

노트를 다 태워버린 그날부터 나는 소설을 썼다. 그날그날 있었던 일과 생겨난 마음을 어정쩡하게 과장하거나 어설프게 꾸며서 기록하는 대신, 진짜 거짓 이야기를 지어내기 시작한 것이다. ⋯⋯

이상했다. 소설을 쓴답시고 가짜 인물과 사건을 지어내서 그것에
나의 감정만을 입힐 뿐인데도, 많은 경우 더 적나라하게 진짜 내
가 드러났다. 감정의 축소나 왜곡, 합리화가 없진 않았지만 일기
를 쓸 때보다는 그 정도가 덜했다. 나의 싸가지 없었던 말투, 비열
한 행동, 내가 상상하는 상대의 마음 등을 좀 더 솔직하고 냉정하
게 쓸 수 있었다. 왜냐하면 그건 일기가 아닌 소설이니까. 소설이
란 명찰을 가슴에 붙인, 지어낸 이야기니까. 통쾌할 때도 있었다.
나의 어둡고 부조리한 면을 남 이야기하듯 까발리는 것이. 내가
저지른 지저분한 말과 행동을 가상의 인물을 통해 드러내는 것이.
……정말 이상했다. 쓰려고 돌아보면, 간혹 뜻하지 않은 감정이 들
었다. 분명 내가 상처받았다고 생각했는데 상대에게 미안했고, 내
가 잘못해놓고도 서러웠고, 모두의 칭찬과 인정을 받은 일에 모욕
감이 들기도 했으며, 내가 왜 그런 어이없는 말과 행동을 했는지
전혀 이해할 수 없었고, 나 빼고는 아무도 모르는 일이지만 내가
그것을 알고 있다는 사실만으로도 부끄러웠다. 그러면서 다시 생
각해보는 나라는 인간. 입버릇처럼 말하는 인간다움. 의문. 의심.
나의 오해와 당신의 오해. 결코 메워지지 않을 우리 사이의 깊고
깊은 절벽. 그 빈 공간을 간간이 채우는 메아리. 잠시 울리고 사라
지는 메아리.

*

 책을 찾지는 못하고 그것이 과연 어떤 책일까, 안에는 무슨 내

용이 적혀 있을까, 우주는 어째서 무자비하며 지구는 왜 돌연변이일까 생각만 하다 보니 나는 꼭 짝사랑에 빠진 사람처럼 굴게 되었다. 언뜻 비친 모습만을 마음에 품어두고 사귀어보지 못한 사람과의 연애를 상상하듯 그 책을 상상하게 된 것이다. 그의 이름, 성격, 아침과 점심과 저녁, 그리고 밤, 말투, 습관, 잠버릇, 꿈, 고민, 사소한 실수와 잔병……. 읽어본 적 없으므로 상상에는 제약이 없었다. 내 머릿속에서 그것은 천체물리학 서적이었다가 철학과 역사를 겸비한 인문서였다가 공상과학소설이었다가 엄청나게 길고 긴 시가 되었다. 그 책을 반드시 찾아서 나의 상상을 확인해보고도 싶었고, 영영 찾지 않고 그저 상상으로만 남겨두고도 싶었다. 그러다 마침내는 제목에 Earth가 들어가는 글을 직접 써버리고 싶어졌다. 마감도 계약도 없이 아주 오랜 시간 공들여서, 한 문장을 백 번도 넘게 고쳐 쓰면서, 그렇게 내 마음에 꼭 드는 문장들만 잇고 이어서, 그 어떤 출판사에서도 받아주지 않는 괴팍하고 이상한 글이 되더라도 각각의 문장에 우선 내가 동의할 수 있다면…… 그렇게 단 한 편의 글만 쓰고 삶이 끝장난다고 해도…… 좋을까? 모르겠다. 아무튼 쓰게 된다면, 그것은 소설인지 에세이인지 시인지 인문서인지 정체가 아주 모호한 글이 될 것이다. 어떤 부분은 상징과 생략으로 가득 찬 문장으로, 또 어떤 부분은 건조하고 메마른 사실만 늘어놓은 문장으로, 또 다른 부분은 지겨울 만큼 기나긴 독백으로 한 장 한 장을 꾹꾹 눌러 채우고 싶다. 전체적으로는 아주 정확한 서술과 문장을 추구할 것인데 그 정확함이 오히려 모호함을 불러오도록 할 것이다. 그래, 그러니까, 젠장, 그렇게 쓸 수만 있다면.

아, 그거 나 읽어봤어.

A가 말했다. 내가 책을 잃어버렸다고, 책 제목이 무척 헷갈리는데 Another Earth인지, The other Earth인지 뭔지 모르겠다고, 아무튼 책 뒤에 우주는 무자비하다고 적혀 있다고 말한 뒤였다.

그 소설 무지 까다롭고 지루해서 겨우 읽었는데…….

A는 그 책이 소설이라고 했다.

자세한 내용은 기억 안 나. 뭐…… 이렇다 할 줄거리도 없고 그냥 어떤 사람이 여기저기 싸돌아다니면서 중얼거리는 게 다였던 것 같은데……. 되게 지독하고 우울한데, 근데 아주 잠깐씩 강렬하게 빛나는 부분이 있었어.

강렬하게 빛나는 부분이란 대체 어떤 것인지 미치도록 궁금했다. 그 책 제목이 정확히 뭐냐고 물어봤다.

To Another Us.

A가 미간을 찌푸리더니 대답했다.

To Another Earth?

그랬던 것 같아. 정확하진 않아.

A가 미심쩍은 표정으로 대꾸했다.

*

산만한 방 안에 틀어박혀 방 안을 채운 물건을 만지고 뒤집고 펼쳤다가 다시 내려놓는 일을 며칠째 반복하다 보니 쓰레기와 쓰레기 아닌 것의 경계가 모호해졌다. 쓰레기통에 넣으면 쓰레기인데 그냥 두면 쓸모가 생길지도 모를 물건들 천지였다. 방 전체를 쓰레기통에 처넣고 싶었다. 방을 버리고 싶었다. 참지 못하고 방을 나왔다. 나날이 추워지는 가을의 끝자락이었다. 건물도 차도 사람도 없는 황량한 곳으로 가고 싶었다. 그런 곳에 가려면 일단 건물과 사람과 차가 많은 곳을 지나가야만 했다. 도망이란 그런 것이다. 언젠가는 도망에 대해 글을 쓸 것이다. 미워지자 무서워지는 것에 대해. 무서워서 도망가는 것에 대해. '쓰고 있다'는 말을 해본 지 오래되었다. '쓸 것이다'라는 말만 하고 산다. 어쩌다 이렇게 되었지. 내 말을 무척 잘 들어주던 사람이 있었다. 그를 만나며 느꼈다. 사랑은 확실히 '하는' 것이라고. 처음엔 서로의 빈 부분을 채워주는 것만 같았다. 시간이 흐르자 서로의 어떤 부분을 마모시키는 것 같았다. 설렘과 호기심의 영토에 익숙함과 권태가 조금씩 스며들던 때였다. 그 사람이 무척 아프게 됐다. 평생 짊어져야 할 병이라고 했다. 나는 그럴듯한 위로를 건네고 도망쳤다. 이성적, 객관적으로는 나를 나쁘다 말할 수 없었다. 하지만 주관적, 감정적으로 나는 나빴다. 나쁜 년이었다. 아무도 내게 손가락질하지 않았지만 온 인류가 내게 눈총을 주는 것 같았다. '너와 있으면 좋은 사람이 되는 것 같아'라는 말로 시작되었던 관계가 '너와 있지 않으면 나쁜 년이 되는 게 싫어'라는 말로 끝났다. 내키지 않은 척 필사적으로 도망치고도 내 아픔을 그의 아픔보다 부풀리기 위해 글을 썼다. 도망친 내게도 네가 모를 고통이 있다는 식으로 썼다. 글을 그런데 써먹었다. 지금도 글을 그렇게 써먹고 있다. 그러니 글이 써지지 않는다는 것은 고민거리나 좌절할 일이 아니라 어쩌면, 아주 다행스러운 일인지도 모른다. C에게 말하고 싶었다. 공감이란 상대의 말에 어떻게 반응하고 대꾸하느냐의 문제가 아니라 듣는 행위 자체라고. 고개를 끄덕이고 그랬구나, 그렇구나, 추임새를 넣는 것보다 중요한 건, 거기 그 자리에서 너의 말을 끊지 않고 닥치고 듣고 있는 그 사람 자체라고. 거기 빤히 있는 것을 없다고 우기지 말고 원래 없는 것을 없다고 시비 걸지 말고, 그냥 다른 사람을 만나고 싶다고 말하라고. 이젠 너를 견딜 수가 없다고, 더는 너의 말을 듣고 싶지 않다고. 그렇게 말했어야 했다. 네 곁에 있을 자신이 없다고 솔직하게 말했어야 했다. 떠나고 싶지 않지만 떠날 수밖에 없다는 같잖은 포즈로 나를 꾸미는 대신, 은근슬쩍 책임을 떠넘기는 대신, 나쁜 년이면 나쁜 년으로서 가감 없이 말하고 보여줘야 했다. 내가 솔직하지 않다는 것을 나만 아는 줄 알았다. 하지만 그도 알았고 모두가 알았다. 모두가 안다는 것을 나만 몰랐을 뿐이다. 물론 사랑했다. 말할 수 없이 마음이 아프고 참담했다. 그도 불쌍하고 나도 불쌍했다. 불쌍한 상대를 아프게 할까 봐 우리는 맘껏 울지도 화내지도 못했다. 단 한 번도 개운하게 속마음을 드러내지 못하고, 감정의 변두리만을 서성거렸다. 그래서 지저분하지 않게 헤어졌지만, 남은 마음이 얼어버린 강처럼 깨져버리지나 않을까 불안하고 위태로웠다. 얼어버린 수면 아래에서 소용돌이치는 물살과 숨 막힘과 먹고 먹힘을 서로 짐작하면서도, 최선을 다해 모른 척했다. 지금쯤 그의 계절에도 봄이 왔을까. 왔다면, 그 마음의 얼음은 얼마나 녹았을까. 녹았다면, 제 마음을 채운 채

얼어버린 그것이 맑은 물이 아니라 비리고 끈적끈적한 핏물이란 것을 그도 알게 되었을까. 알았다면, 나를 얼마나 원망할까. 미워하고 무서워하며 찾을까. 같이 소리 지르기 위해. 울고 화내고 욕하기 위해. 맘껏 탓하기 위해. 그때의 두려움과 불안을 아는 사람은 나뿐일 테니까. 우린 우리의 이별을 함께 경험했으니까. 아닐까? 사랑이 그러하듯 우리의 이별에도 시차가 있었을까? 그땐 계절 단위로 시간이 흘렀다. 수제비 반죽 뜯어내듯 시간을 뭉텅뭉텅 뜯어내는 것만 같았다. 모든 시간이 뜯기고도 한참 후에야 어릿어릿 녹아가던 내 마음에도 핏물이 있었다. 도망친 내게도 그것이 있었다. 그러니 그의 마음은 오히려 맑을까? 나를 깨끗이 잊고 지낼까? 설마 그럴까? 모두를 고뇌에 빠트리고 때가 되면 그 고뇌를 서서히 가져가는 것 또한 시간이라면, 나에게도 그에게도 그런 시간은 공평하게 주어질 것이었다. 그 사실이 다행스럽고도 아팠다. 내가 그를 지우듯 그도 나를 지우리라는 사실이. 좋은 쪽을 볼 수도 있다. 우리 서로 애틋했으나 헤어질 수밖에 없었다고. 그렇지 않은 관계는 없을 것이다. 하지만 49 대 51의 비율일지라도, 나는 하나의 문장을 선택해야만 한다. 우주는 분명 아름답다. 아름다움의 총체다. 존재 자체가 거룩하다. 또한 사이코패스다. 그는 그 문장을 선택한 것이다. 무자비한 우주에 시선을 고정한 것이다. 그에게 가고 싶다. 가서 말하고 싶다. 무섭다고. 함께 있어 달라고. 그 말을 하려면 일단 홀로 그에게 가야 한다. 1882년, 빈센트 반 고흐가 동생 테오에게 보낸 편지에는 이런 구절이 있다. '화가의 의무는 자연에 몰두하고 온 힘을 다해서 자신의 감정을 작품 속에 쏟아붓는 것이다. 그래야 다른 사람도 이해할 수 있는 그림이 된다.' 고흐는 그것을 '의무'라고 했다. 나는 그런 의무가 무서웠다. 온 힘을 다해본 적이 없기에 온 힘을 다한다는 게 무슨 뜻인지 알 수 없었다. 고흐의 그림보다 편지를 볼 때 더 절절히 느낄 수 있었다. 절박하고 비참한 생활 속에서도 절대 지워지지 않는 기품을. 스스로를 기만하지 않는 자세를. 그 기품과 진심은 그림과 삶에 대한 존경과 동경에서 비롯됐으리라고 어림짐작했다. 처절한 상황에서도 기어코 놓지 않던 심장 같은 희망을, 훔쳐서라도 갖고 싶었다. 하지만 잘 안다. 나와 같은 인간은 그것을 손에 쥔다 하더라도 금세 잃고 말리란걸. 희망이나 이해는 손에 쥐는 게 아니다. 오랜 시간 뭉개지고 절망하며 형성된 감각의 심지를 한데 뭉쳐 몸속 깊이 심는 것이다. 그렇지 않을까. 단번에 육각형을 보여줄 수는 없는 걸까. 자잘한 점을 모아 직선을 만들고, 그렇게 만든 직선을 잇고 이어서 육각형을 만들어야 하는 걸까. 그게 바로 나의 일일까. 제목에 Earth가 들어가는 책 따위 원래 없었다. 없는 것을 있다고 믿고 그 거짓말에 나부터 속아야 했다. 그리고 모두를 속여야 했다. 글은 그렇게 시작되었으니까. 하지만 속고 있음을 영영 잊어서는 안 되겠지. 지금은 없다. 그렇다고 영영 없으리란 법은 없다. 언젠가는 그 책 위에 냄비를 올려두고 라면을 먹을 것이다. 베고 잘 것이다. 그 책을 다른 책의 독서대로 삼을 것이다. 책장을 넘기며 읽을 것이다. 그러려면 우선 그를 만나야 한다. 만나기 위해 건물과 차와 사람 속에 뒤섞여야 한다. 무서워도 사랑해야 한다. 그러다 다시 방을 뛰쳐나와 이른 아침 버스에 홀로 몸을 싣게 되더라도.

최진영

2006년 〈실천문학〉 신인상에 단편소설 〈팽이〉가 당선되었다. 2010년 장편소설 《당신 옆을 스쳐간 그 소녀의 이름은》으로 제15회 한겨레문학상을 수상했다. 소설집 《팽이》, 장편소설 《끝나지 않는 노래》, 《나는 왜 죽지 않았는가》가 있다. 신동엽문학상을 수상했다.

내가 태어나서 가장 먼저 배운 말

황현진

고향

　할아버지는 오래 앓다가 일찍 죽었다. 그게 아버지에게 어떤 영향을 끼쳤는지 나는 모른다. 할아버지가 오래 앓았다는 사실이 아버지에게 어떤 그림자를 불러들인 것일까? 아니면 그 반대일 수도 있다. '아버지'가 일찍 죽었다는 사실 말이다. 내가 태어났을 때는 이미 할아버지가 죽은 지 20년을 훌쩍 넘긴 뒤였다. 나로서는 둘 중 어느 것이 더 정확한 이유인지 알아낼 길이 전무했다. 한때 할머니는 일본에서 살았다. 그녀가 아주 어릴 때의 일이다. 스무 살이 되기 전에 고향으로 돌아왔지만, 그녀가 일본에서 무얼 하며 살았고, 왜 돌아왔는지 아무도 알지 못한다. 그게 아버지에게 어떤 상상을 불러일으켰을까? 아버지는 여전히 할머니가 무얼 하며 사는지 알려고 하지 않는다.

베트남전 종전 협약이 맺어지던 해, 할아버지는 들것에 실려 집으로 귀환했다. 군복을 입고 있지는 않았다. 얼마 후 아버지의 동생들이 줄줄이 태어났다. 그게 당시 일곱 살이던 아버지에게 어떤 기분을 느끼게 만들었는지 나는, 알고 싶지 않다. 아버지는 여전히 멀리 사는 두 동생을 떠올릴 때마다 재떨이에, 차창 밖에, 빈 밥그릇에 침을 퉤 뱉는다. 그때마다 세상이 조금씩 더러워지고 있다는 사실에 나는 몸서리를 쳤다.

할아버지는 귀향 이후 단 한 번도 반듯하게 서 있지 못하다가 죽었다. 그는 깨어 있을 때도 누워 있었고, 잠을 잘 때도 누워 있었다. 죽을 때도 누워 있었고, 죽고 나서도 누운 자세를 유지했다. 이제 꽤나 늙은 영혼이 되어버린 할아버지는 여전히 똑바로 누운 자세로 공기 중을 흘러 다니고 있다. 서서 돌아다니는 낯선 영혼들의 등짝이나 가슴팍에 정수리를 쿡쿡 처박으며 떠다니고 있다. 그게 삶에 대한 어떤 예감을 아버지에게 전했을지, 나는 모르고 싶다.

할아버지가 죽고 난 직후 할머니는 성당을 다녔다. 그곳에서 새로운 이름을 얻었다. 일본말도 한국말도 아닌 이름이 적힌 성도 수첩을 지갑처럼 지니고 살았다. 그게 아버지가 할머니를 때린 이유였을까? 할머니는 아버지의 주먹질을 참고 견뎠다. 내심 그것을 정당하다고 여겼는지, 나로서는 도저히, 알, 길이, 없다. 다만 할머니에게 단단한 맷집이 없었다는 사실만은 확실하다.

죽여버릴 수도 있었어.

아버지가 마당에 부엌칼을 내던지며 울면서 외치던 다음 날, 할머니는 바보 아가씨를 수소문하러 집을 나섰다. 꼭두새벽이었다.

마당 구석에 아버지가 너부러져 자고 있었다. 할머니는 아버지에게 들키지 않으려고 발끝을 세워 걸었다. 칼날이 반쯤 흙에 묻혀 있던 부엌칼을 주워 들었다. 소똥을 쌓아둔 두엄에 휙 내던졌다. 치맛자락을 겨드랑이에 끼고 부랴부랴 마당을 나섰다. 아버지는 잠결에 칼이 바람을 가르는 소리를 들었다. 그냥 바람이 부는가 보다고 여겼고 흙바닥 위를 두어 번 뒹굴었다. 그것은 이불을 둘둘 감는 시늉에 불과했으나 정말 따뜻해졌다.

할머니는 곧장 읍내로 달려갔다. 단박에 할머니의 눈에 엄마가 들어왔다. 엄마는 한밤중에 강제로 아버지의 방에 내던져졌다. 다음 날 아침, 할머니는 막내아들과 함께 사라졌고, 여덟 달 후에 둘째 아들이 사라졌다. 누군가 집을 떠나면 누군가 집을 채웠다. 누군가 집을 채우면 누군가 떠났다. 얼마 지나지 않아 내가 태어났다. 그게 왜, 아버지를, 화나게 만들었는지 나는 알고 싶다. 나는 미숙아였으나 덩치가 컸고 머리카락이 길었다. 아버지는 외쳤다. **너들이 나를 망쳤다.** 그때마다 죽은 할아버지가 내 가슴팍에 머리통을 갖다 박았다. 겨우 걸음마를 떼어 좁은 방 안을 어기적거리며 돌아다니는 나를 언제나 자빠뜨렸다. 너는 내게 매우 낯선 영혼이야! 죽은 할아버지가 외치는 목소리를 수시로 들어야만 했다.

할아버지는 가볍고 무력해서 낮게 떠돌았지만, 어쨌거나 그는 죽음이어서 내겐 버거웠다. 무른 무릎이 푹푹 꺾였다. 그 바람에 나는 발달이 더디다는 소리를 들으며 자랐다. 사람들은 그 모든 지체를 엄마의 탓으로 돌렸다. 아버지는 우리 주위를 맴도는 그 희끄무레한 것이 내 그림자인 줄 알았다. 어둡다. 햇볕 가리지

마라. 허옇게 어두운 그것이 제 아버지인 줄도 모르고 우악스럽게
손사래를 쳐댔다.

잘못했습니다.

엄마가 두 손을 모아 싹싹 빌었다. 어린 내가 방바닥에 무거운
머리를 떨구며 그악스럽게 울 때마다 엄마는 그랬다. 어김없이 아
버지는 엄마의 머리통을 휘갈겼다. 엄마는 모로 쓰러졌지만 벌떡
일어서서 무릎을 꿇었다.

다신 안 그럴게요.

자라서는 나도 엄마와 함께 애원했다. 나는 말을 늦게 배워서
할 줄 아는 말이 몇 개 되지 않았다. 잘못했어요. 다신 안 그럴게
요. 그 말들을 가장 먼저 배운 것은 다행스러운 일이지만 너무 늦
게 빌 줄 알게 된 것은 몹시 불행한 일이었다. 그래서 우리는 더
자주 빌어야 할 필요를 느꼈다. 뒤늦었다고 생각했기 때문이었는
데 잘못 생각한 것이었다. 아예 때를 놓쳤다는 게 훨씬 맞는 말이
었다. 이미 망친 것은 어떻게 손쓸 도리가 없었다.

내가 열 살 되던 해 아버지는 엄마와 나를 데리고 고향을 떠났
다. 사는 곳을 바꾸면 삶이 아주 달라질 거라고 기대했지만, 우리
가 어느 낯선 도시의 단칸방에 당도했을 때 그는 지칠 대로 지쳐
있었다. 살던 대로 사는 수밖에 없었다. 이사를 하고 나서 아버지
에겐 새로운 술버릇이 생겼다. 엄마와 나에게 왜 나만 따라다니느
냐고, 이제 그만 나가떨어지라고 툭하면 울부짖었다. 하지만 아버
지의 뒤꽁무니에 엉겨 붙은 것은 엄마와 내가 아니었다. 아버지의

말마따나 제기랄, 어딜 가도 고향이었다.

월세

엄마의 유일한 소원은 다리를 쭉 펴고 누워 지내는 거였다. 엄마는 주로 쪼그려 앉아서 지냈다. 그것은 가난하고 죄가 많은 사람들의 자세이다. 바보는 자세를 바꿀 줄 모른다. 엄마는 내가 엎드려 울 때도 움츠리고 앉은 채로 다가와 나를 달랬다.

아가야, 울지 마.

나는 조금도 위로받지 못했다. 내가 입은 상처를 확인하는 것은 언제나 아버지였다. 아버지는 자주 내 팬티 속을 들여다보았다.

어리지도 않은 게 왜 뻔질나게 우냐.

그래서 나는, 조금도 떳떳하지 못했다. 어리지도 않은 게 울면 안 되는데 자꾸 눈물이 나니까 고개를 빳빳이 들고 다니지를 못했다. 나는 항상 고개를 숙이고 다녔다. 그것은 자신이 뭘 잘못했는지 모르는 사람들의 자세이다. 그들에게는 소원이랄 게 없다. 얼굴을 높이 쳐들면 나를 내려다보느라 더 깊게 수그린 아버지의 고개가 가장 먼저 보였다. 아버지뿐만이 아니었다. 나는 단 한 번도, 고개를 빳빳이 세운 자세로 다니는 사람을 본 적이 없다. 다리든 뭐든, 목이든 뭐든, 사람들은 되도록 몸을 한껏 낮추는 데 집중하며 사는 것 같았다. 정말로 다들 그렇게 사는 줄 알았다.

드디어 다 컸네, 라고 처음 인정받은 것은 내가 초경을 시작했
을 때였다. 열네 살 되던 해였다. 초등학교 졸업식을 얼마 남겨두
지 않은 겨울이었다. 때맞춰 아버지는 헐값에 중고차를 샀다. 일주
일에 한 번씩 나를 태우고 다녔다. 매번 토요일이었다. 나는 항상
뒷좌석에 던져지듯 태워졌다. 맨 처음에는 안 그랬다. 그날 아침에
아버지가 나를 불러다가 차 타고 어디 좀 가자고 했다. 아버지는
내가 대답하기도 전에 이미 점퍼에 팔을 꿰고 있었다. 엄마가 방
구석에 쪼그리고 앉아 있다가 오리걸음으로 내게 다가왔다.

　아가야, 정말 갈 거야?

　나는 무릎을 세우고 앉아서 아버지를 쳐다보았다. 아버지는 이
미 새끼손가락에 자동차 키를 걸고 허리띠의 버클을 채우는 중이
었다.

　엄마를 혼자 두고 갈 거야?

　엄마의 가랑이가 젖어 있는 게 보였다. 또 소변을 지리고 있었
다.

　오늘은 안 돼?

　엄마가 물었고 나는 슬픈 표정을 지어 보였다. 엄마가 내 표정
을 따라하며 말했다.

　그럼 다음에는 엄마 데리고 가.

　아버지가 발을 들었다. 발끝에 채일까 봐 놀란 엄마가 벌떡 일
어섰다. 후다닥 방문을 열고 나가서 주황색 슬리퍼를 구겨 신었다.
엄마는 몸놀림이 재고 빠르지만 멀리 도망갈 생각을 못 한다. 쪽
문을 열면 마당이고 화장실은 마당에 있는데, 문밖으로 나가려고

하질 않는다. 아버지가 얼른 뒤따라 나가기에 엄마를 잡으러 가는 줄 알았는데 아니었다. 엄마를 거들떠보지 않고 재빨리 부엌을 지나 쪽문을 열어 마당에 서서 내가 나오기를 기다렸다. 엄마는 싱크대 옆에 바짝 붙어 서서 오들오들 떨었다. 주먹 쥔 두 손으로 싹싹 빌고 있었다. 아버지가 그런 엄마를 쳐다보며 웃었다.

이것 봐. 아직 제대로 빌 줄도 모르지. 내가 뭐랬어. 손바닥 펴고 빌라고 했지?

나는 고개를 비스듬하게 기울여 엄마와 눈을 맞추려 애를 썼다. 엄마는 움켜쥔 열 손가락을 하나씩 펴는 데에만 집중하고 있었다. 저러니 바보 소리를 들을 수밖에 없었다. 잘못했어요. 엄마가 더듬으며 말했다. 아버지는 벌써 대문 밖으로 나가고 없었다. 엄마는 겨우 세 번째 손가락을 곧게 펴는 중이었다. 나는 문지방에 걸터앉아 신발을 신으며 엄마에게 당부했다.

엄마, 부엌에서 그냥 오줌 눠. 화장실까지 못 가겠으면 그냥 부엌에서 누라고.

아버지가 빨리 나오라고 고함을 질러댔다. 엄마에게 손을 흔들어주고 마당을 가로지르는데, 주인집의 커다란 창문에 기다랗게 드리워진 커튼이 홱 닫혔다. 주인집의 문이 닫혀 있을 때, 유리창이 커튼으로 온통 가려져 있을 때, 나도 아버지처럼 침을 뱉곤 했다. 화장실을 오가다 말고 멈춰 서서, 퉤퉤.

주인집에는 60대 부부가 살았다. 서른 살을 훌쩍 넘긴 바보 아들과 함께 살았다. 아들은 다리를 절었다. 아버지는 주인집 부부에게 월세를 건넬 때마다 우스갯소리를 했다.

월세 대신 우리 집 딸년을 줄까요?

집주인 부부는 농담으로라도 반가워하거나 우스워하는 기색을 드러내지 않았다. 자네 딸이 너무 아까워서라는 투의 겸손조차 보여주지 않았다. 그들이 호응하지 않으니 아버지의 우스갯소리는 나날이 진담 같아졌다.

중고차

짙은 잿빛의 승용차였다. 보자마자 버려진 것을 비싸게 사왔다는 느낌이 들었다. 교복부터 먼저 사줄 것이지, 그런 생각이 저절로 들었다. 활짝 열린 뒷좌석의 문이 보였다. 아버지가 눈짓으로 뒤를 가리켰다. 차 지붕 위에 검은 먼지가 소복하게 쌓여 있었다. 손끝을 갖다 대니 검은 먼지가 묻어났다. 쭈뼛거리며 차에 올라탔다. 때마침 바람이 세차게 불었고 뒷문이 쾅 소리를 내며 닫혔다. 소스라치게 놀란 아버지가 담배를 떨어트렸다. 나는 별로 놀라지 않았다.

차창 너머를 살펴보았다. 아버지는 욕을 뱉으며 새 담배를 물었다. 하얀 연기가 아버지의 입 근처를 맴돌다가 사라졌다. 죽은 할아버지가 자동차 주위를 맴돌았다. 열린 문을 찾아 바람에 떠밀려 가지 않으려고 낮게 떠다녔다. 저러다 진짜 어디 처박혀 또 죽고야 말지. 나는 몸을 웅크렸다. 차 안의 온도가 영하를 밑도는 듯했다. 휘휘 둘러보니 밤새 내린 서리가 두껍게 내려앉아 운전석 앞

창이 뿌옇다. 아버지는 담배를 연달아 세 개비나 피우고 나서야 두 손을 비비며 운전석에 앉았다.

담배 냄새가 물씬 풍겼다. 시동을 걸고 와이퍼를 작동시켰다. 단단하게 굳은 서리는 쉽사리 쓸려가지 않았다. 와이퍼가 덜그럭거리며 차창 위를 오락가락했다. 워셔액을 수차례 뿌렸더니 겨우 차창이 말끔해졌다. 구정물이 창의 가장자리로 길게 흘러내렸다. 할아버지가 저만치 떠내려가다가 다시 가까워졌다. 날고 있다기보다 어떤 강력한 자력에 끌려오는 듯했다.

아버지가 차창을 내려 가래를 뱉었다. 가래는 할아버지에게 명중했다. 할아버지는 더러운 줄 모르고 더 가까이 다가왔다. 아버지는 거칠게 차를 출발시켰다. 금방이라도 할아버지가 앞 범퍼에 부딪힐 것만 같았다. 나는 질끈 눈을 감았다. 눈을 감았더니 비명이 터져 나왔다. 아버지가 뒤를 돌아보며 조용히 하라고 소리를 질렀다. 갑자기 오줌이 마려웠다. 나는 있는 힘껏 사타구니를 오므렸다.

쌍, 재수 없게.

나는 두 손으로 입을 막고 있다가 슬며시 뒤돌아보았다. 우리 집안은 원래부터 대대로 재수가 없지 않았냐고 할아버지에게 묻고 싶어서였다. 할아버지는 멀찌감치 떨어진 허공에 혼자 남겨져 너울대고 있었다. 문득 긴 전쟁 기간 동안 할아버지가 어떻게 살아남았는지 알 것도 같았다. 나는 두 손을 깍지 낀 채 오도카니 앉아서 생각했다. 전쟁 통에 살아남는 방법에 대해서. 왜 거기서 죽지 않고 집구석에서 죽었는지에 대해서.

차는 실내 낚시터에 멈췄다. 아버지가 차에서 내려 어두운 주차장의 나무 그늘 아래로 사라졌다. 다른 남자가 뒷좌석에 올라탔다. 나는 오래 맞았다. 뒷좌석에 온통 피 칠을 했다. 남자가 차에서 내리자 아버지가 그의 곁으로 다가섰다. 남자가 주머니에서 지갑을 꺼내 돈을 세었다. 나는 뒷좌석에 다리를 벌린 채 널브러져 있으면서도 남자의 손에 들려 있던 지폐의 개수를 함께 세었다. 20만 원이었다. 월세에서 딱 10만 원이 모자라는 액수였다. 집세가 싼 것인지, 내가 비싼 것인지 갑자기 몹시 궁금해졌다.

한동안 방바닥에 누워 지냈다. 죽은 할아버지가 딱히 처박을 만한 낯선 것을 찾지 못해 누런 벽에 머리를 찧고 찧었다. 조금이라도 몸을 일으키는 시늉을 하면 할아버지는 금세 방향을 틀어 내게로 돌진했다. 인정머리라곤 조금도 없지. 나는 입술을 씹으며 할아버지를 노려보았다. 저것이 내 할아버지라니. 그저 흐릿하기만 해서 어디 팔 데도 없고 두들겨 팰 수도 없는 저것이 아버지의 아버지라는 것이었다.

매미

엄마는 하루에도 몇 번씩 추워라, 추워라, 중얼거렸다. 하나뿐인 작은 창을 온종일 열어두어도 온도계는 35도를 훌쩍 넘겼다. 여름이니까, 당연한 무더위였다. 도무지 왜 자꾸 춥다고 하는지 이해할 수 없었다. 이불을 덮으려거나 창문을 닫으려고도 하지 않았다. 맨

날 벽에 기대어 앉아 같은 말만 반복했다. 추워라, 추워라, 추워 죽 겠다, 앓는 소리를 했다. 엄마는 바람을 피하려고 선풍기의 날개를 내 쪽으로 고정시켰다. 나도 춥다는 생각이 들 지경이었다.

하필이면 방학이었다. 엄마의 중얼거림을 피할 길이 없었다. 엄마가 추워라, 추워라, 하면 추워? 추워? 물어보았다. 긴바지를 꺼내 입으라고 닦달을 해도 엄마는 그러지 않았다. 이불 속에 누워 있으라고 해도 밤이 되기 전까지 앉은 자세를 바꾸지 않았다. 추워라. 추워라. 추워 죽겠다. 아예 벽에서 새어 나오는 소리 같았다.

엄마, 그러다 재수 없어져.

아버지 때문이었는지 나도 툭하면 재수 없다는 말이 입에 붙어 있었다. 엄마는 잠시 입을 다물었지만 오래가진 않았다. 엄마가 말을 듣지 않으니까 아버지의 말마따나 엄마 때문에 우리가 이렇게 재수 없이 사나 보다 싶기도 했다. 아버지라고 가만히 두고 보지만은 않았다. 저것이 바람이 들어서 저 모양이라고 이죽거렸다. 모든 게 치마 입은 것들 때문이라고 억지를 부렸다. 하지만 나나 엄마에게 맨날 바지를 못 입게 해서 믿을 말은 못 되었다. 중학생인 나는 매일 교복만 입고 다녔다. 치마는 짧았고 인기가 많았고 편리했다. 가끔 치마 속에 바람이 고일 때도, 더러 있었다. 허벅지 안쪽이 얼어붙어버린 것만 같을 때도, 종종 있었다.

할머니를 찾았다는 연락이 왔다. 그 말은 틀렸다. 아무도 할머니를 찾지 않았으니까. 할머니도 돌아오고 싶지 않았던 것 같다. 할머니를 돌려보내고 싶었던 누군가가 있었으나 할머니는 돌려보내기에 아주 좋은 상태가 아니었다. 아버지가 차를 몰았다. 길은 멀었다. 고속도로는 처음이었다. 적어도 나는 그랬다. 아버지는 평소보다 차를 빨리 몰았다. 나는 늘 그랬듯이 뒷좌석에 앉았다. 엄마는 집에 내버려두었다. 할아버지는 요란하게 펄럭였지만 선풍기의 바람을 이겨내지 못했다. 그는 내가 앉아 있던 의자의 등받이에 철썩 들러붙은 채로 남았다.

휴게소마다 화장실에 들렀다. 나 때문이었다. 너무, 자주, 오줌이 마려웠다. 참을 수가 없었다. 잠시라도 참으면 팬티에 오줌을 쌌다. 오줌을 누고 팬티를 입다가도 오줌이 마려웠다. 아버지는 화를 냈다. 욕을 했고 화장실에서 나오는 내 머리채를 잡아 흔들기도 했다. 휴게소의 입간판이 나타날 때마다 작은 소리로 아버지를 불렀다. 아버지. 아버지.

그만 좀 싸라. 이년아.

아버지가 눈을 부라리며 담배꽁초를 창밖으로 내던졌다. 나는 거기가 가려웠다. 미칠 듯이 가려운데 아버지 앞에서 긁어도 될지 물어보고 싶었다. 그러라고 해도 어쩐지 긁을 수는 없을 것 같아서 꾹 참았다. 변기에 앉아 오줌을 누는 동안 사타구니를 벅벅 긁었다. 시원하지 않았다. 일어서서 변기 물을 내리려고 보니 변기 안의 물이 벌겠다.

할머니가 있다는 도시에 거의 도착했을 즈음엔 휴게소의 화장실을 아홉 번이나 다녀온 뒤였다. 손톱 아래 핏물이 배었고 팬티에도 붉은 물이 들었다. 증상에 비해 아프지는 않아서 당황스러웠다.

항구가 있는 도시였다. 기다란 굴뚝이 곳곳에 서 있었다. 희고 짙은 연기가 굴뚝에서 뿜어져 나왔다. 아버지는 이상한 말씨의 사람들에게 여러 번 길을 물어 겨우 병원을 찾았다. 환자복을 입은 사람들은 대개 노인들이었다. 그들은 카디건이나 점퍼를 껴입고 병원 그늘에 나란히 쭈그려 앉아 출입문을 드나드는 사람들을 쳐다보았다. 덥지도 않은 모양이었다.

아버지가 접수창구의 여직원에게 할머니의 이름을 댔다. 여직원이 아버지와 나를 흘깃 살펴보았다. 나도 그녀를 쳐다보았다. 그녀는 바지를 입고 왼쪽 가슴에 명찰을 달았다. 일부러 명찰 쪽에는 눈길을 주지 않았다. 그녀가 아버지와 나에게 4층으로 가라고 했다. 계단 바로 옆에 엘리베이터가 있었다. 허리가 잔뜩 굽은 노파가 엘리베이터 옆에 서서 매미 소리를 흉내 냈다. 맴. 맴. 맴. 매애앰.

재수 없게.

아버지는 우그러진 담뱃갑을 한 손에 쥔 채 계단을 올랐다. 나는 짧은 치맛자락을 움켜쥐고 아버지의 뒤를 따랐다. 사타구니 언저리가 무지근했다. 계단을 다 오르자마자 직원의 안내를 받아 할머니가 있는 병실로 향했다.

대체로 몸은 건강하신 편인데 정신이 온전치 않으세요. 오늘은 보호자가 오신다고 해서 일단 자유롭게 계시도록 해놓긴 했는데 워낙 통제가 어려운 상태라서…….

가슴팍에 차트를 끌어안은 간호사가 빠르게 말을 이었다. 명찰을 가리려고 보여주지도 않을 차트를 들고 다니는 모양이었다. 나는 손톱에 밴 핏물을 빨아 먹으며 주위를 두리번거렸다. 맴, 맴,

맴. 나도 모르게 아래층에서 본 할머니를 따라 하고 있었다.

　병실 문이 열렸다. 1인용 병실이었다. 들어가자마자 아버지가
욕을 했다.

　시팔, 저게 뭐야.

　간호사가 차트를 침대 위에 던지고 창가에 붙어 서 있는 할머
니에게 달려갔다. 할머니는 키가 작고 통통했다. 목이 늘어진 하
얀 반팔 티 아래로 커다란 가슴이 출렁였다. 배 아래에는 아무것
도 입고 있지 않았다. 사타구니에는 털이 없었다. 허벅지는 가늘고
무릎은 겨우 다리에 붙어 있는 것처럼 툭 튀어나와 흔들거렸다.
머리칼은 검었으나 숱이 없었다. 붉은 립스틱이 얼굴 전체에 번져
있었다. 입술이 얼굴 같았다.

　커다란 입술이 히죽거리며 아버지와 나를 반겼다. 벽에도 온통
붉은 칠이었다. 입술 자국이 벽에 가득했다. 간호사가 할머니를 잡
아끌어 이불로 몸을 둘둘 감쌌다. 할머니는 순순히 그녀에게 몸을
내맡기면서 뭐라고 중얼거렸다.

　보시다시피 몸은 건강하세요.

　간호사가 헐떡이며 말했다. 침대에 할머니를 눕히고 한 팔로 할
머니의 배를 꽉 눌렀다. 커다랗고 붉고 건강한 입술 같은 게 웃었
다. 할머니는 천장을 올려다보며 알아들을 수 없는 말을 반복했다.
천장은 깨끗했다. 하얀 천장에 대고 할머니가 성호를 그었다.

　뭐래요?

　아버지의 뒤에 숨어 서서 내가 물었다. 아버지가 고개를 휙 돌

려 나를 내려다보며 쏘아붙였다.

딴 놈 이름이지, 뭐긴 뭐야.

아버지는 더 머물지 않고 병원을 나섰다. 간호사가 뒤따라 나와 만류했지만 들은 체도 안 했다.

다 봤으니 이제 됐다니까.

주차장까지 따라 나온 간호사를 홱 밀쳐내고 아버지는 차에 올랐다. 엉겁결에 나도 쫓기듯 뒷좌석에 몸을 던졌다. 차가 병원을 빠져나오자마자 뭘 다 봤다는 거냐고 물었다.

어떻게 죽을지.

아버지도 웃으니 입술이 꽤 커 보였다.

돌아오는 길에는 휴게소를 열한 번 들렀다. 결국 마지막 휴게소의 화장실에서 팬티를 버렸다. 너무 축축해져서 더 입고 있을 수가 없었다. 집에 돌아오니 엄마의 얼굴이 푸르뎅뎅했다. 아버지가 어딜 쏘다닌 거냐며 이미 울상이 된 엄마를 몰아세웠다. 옷을 벗겨보니 엄마의 온몸이 퍼렜다. 나는 할아버지를 노려보았다. 아버지는 엄마를 발가벗겨 세워두었다. 나는 덜덜거리며 돌아가는 선풍기의 날개에 대고 맴맴 거렸다.

매미가 한 철 그악스럽게 우는 이유는 발정이 나서라고 했다. 그러다 곧 죽는다고 배웠다. 인과응보인가 보다 했다.

십자가

절름발이는 교회에 다녔다. 유일한 외출이었다. 거의 매일 집 구석에 틀어박혀 창밖만 바라보았다. 절름발이 주제에 앉아 있을 만도 한데 삐뚜름하게 서서 담배만 피워댔다. 집주인 부부는 그를 맘껏 내버려두었다. 내가 절름발이의 부모라 해도 그럴 것 같았다. 마당 귀퉁이에 있는 화장실에 달려가는 내게 그는 종종 손을 흔들었다. 나는 절름발이가 나를 비웃고 있다고 여겼다. 더러운 창에 가려져서 표정을 알 수 없지만 그가 서 있는 자세만 보아서는 그렇게밖에 생각되지 않았다.

월요일 아침이었다. 나는 배가 아프다는 핑계로 결석했다. 정말로 배가 아프긴 했다. 새벽부터 내내 마당을 바삐 오갔다. 주인집의 현관은 높았다. 낮은 계단 열두 개를 밟고 올라가야 그들의 집이었다. 우리 집은 계단 아래에 있었다.

얼마 전에 내린 눈이 다 녹지 않아서 계단은 미끄러웠다. 계단은 군데군데 부서져서 발로 차면 가장자리가 툭툭 떨어져나갈 정도였다. 4월에 눈이 내리다니. 내가 놀라워하자 아버지는 옛날엔 흔해빠진 일이었다며 시큰둥해했다.

절름발이가 계단을 내려오다가 나와 마주쳤다. 교회에 가는 길이라고 했다. 가슴 한가운데를 가로지르는 기다란 가방끈을 만지며 알은체를 했다.

우리 집 보일러를 켜면 너희 집도 따뜻하지?

절름발이가 계단 중간에 서서 물었다. 그게 나랑 무슨 상관인지 따져 물었다. 팔짱을 끼고 어쩌라는 거냐고 쏘아붙였다. 이 새끼가 내게 집주인 행세를 할 작정인지, 자동차의 뒷좌석에 타고 싶어서 이러는지, 여하튼 짜증이 났다. 뭐라도 팔아야 살 거 아니냐. 아버지는 뒷좌석에 앉아 교복 치마의 먼지를 터는 내게 말하곤 했다. 고등학생이 되어 교복은 바뀌었지만 치마 길이는 똑같았다.

우리 집은 한여름에도 보일러를 켜.

자랑인 것 같았으나 여름마다 방 안이 찜통인 이유가 주인집 때문이라는 게 확실해졌다.

안 춥니?

안 춥다.

이제 보니 저것들이 너무 따듯하게 사니까 엄마가 추위를 타는 게 명백해졌다.

교회 갈래?

싫은데.

거기 가면 따뜻해.

할아버지가 절름발이의 목덜미를 가격하기 시작했다. 절름발이의 몸이 점점 더 한쪽으로 크게 기울어갔다.

그러다 자빠지겠다.

할아버지에게 한 소리였는데 절름발이가 얼른 자세를 고쳤다. 두 손으로 왼쪽 다리를 붙잡고 서서 씩 웃어 보였다. 나는 그의 다리를 뚫어져라 쳐다보았다. 일부러 왼쪽 다리만 보았다. 흰 운동화를 신은 발은 누군가 억지로 발목을 비틀어놓은 듯했다. 밑창이 나를 향하고 있었다. 새것처럼 깨끗했다. 깊게 파인 홈마다 모래

한 알 끼어 있지 않았다.

교회, 왜 가는데?

궁금했다. 걷는 일이 가장 불편한 사람이면서 왜 주말과 평일을 가리지 않고 교회에 가는지, 알고 싶었다.

오늘이 부활절이거든.

아니, 왜 하나님을 믿는 거냐고.

절름발이는 두 눈을 크게 뜨고 나를 한참 바라보았다.

나를 병신으로 만드신 그분의 계획을 알고 싶어서.

절름발이의 얼굴이 들떠 보였다. 나는 계획이라는 말에 홀렸다. 인과응보의 다른 말처럼 들렸다. 절름발이가 앞장섰다. 이마를 두 손으로 가리고 발끝만 쳐다보면서 나는 그의 뒤를 따라 걸었다. 할아버지가 내 허벅지와 허리에 정수리를 부딪치며 따라왔다. 이젠 할아버지가 아무리 성난 기세로 달려들어도 나는 꼼짝하지 않았다. 그 정도의 충격은 아무렇지 않았다. 진짜로 그저 바람이 불어오는 느낌에 불과할 때도 잦았다.

절름발이와 맨 앞자리에 나란히 앉았다. 석유 냄새가 알싸한 실내에 사람들이 군데군데 앉아 있었다. 한결같이 성경책 위에 팔꿈치를 얹고 아무에게도 들리지 않는 목소리로 기도를 했다. 절름발이가 내게 성경책을 펼쳐주고 자기는 주보를 꼼꼼히 읽어 내려갔다. 나는 성경을 밀어내고 주위를 샅샅이 둘러보았다.

정면에 한 사람이 매달려 있었다. 한쪽 다리를 수직으로 길게 늘어뜨리고 다른 한쪽 다리는 무릎을 약간 들어 올린 채였다. 두 팔을 크게 벌리고 목을 한껏 숙인 그는 깡마르고 발가벗겨져 있었다. 말로만 듣던 예수였다. 나는 그의 하반신이 절름발이와 닮았고, 그의 상반신이 나를 닮았다고 느꼈다. 절름발이가 말한 그분의 계획이라는 게 벽에 매달려 있는 저 남자와 같아지는 것이었을까?

손톱을 물어뜯으며 괜히 왔다고 후회했다. 절름발이가 친절하고 다정하게 구는 모습도 영 꺼림칙했다. 할아버지를 찾아보았다. 실내가 어두워서 낮게 떠도는 할아버지를 찾기란 쉽지 않았다. 할아버지는 누군가의 그림자에도 쉽게 가려지는 영혼이어서 놓치기 십상이었다.

후줄근한 갈색 양복을 입은 남자가 강단에 섰다. 목사였다. 아버지 하나님, 이제 다시는 옛사람의 모습이 드러나지 아니하고 주님 닮은 새 형상으로. 그가 하는 말들은 지루했으나 간간이 아버지라는 단어만은 귓속에 꽂혔다. 목사는 점점 더 큰 목소리로 아버지를 외쳤다.

아버지, 아버지.

아버지는 내게, 울지 말라고 가르쳤다. 울어야 할 일은 많았다. 아버지가 그렇게 가르치지 않았어도 나는 울지 않았을 것이다. 아버지는 내게, 속으로 시간을 재라고 가르쳤다. 자기가 나서면 싸움이 되기 쉬우니 네가 알아서 해야 할 일이라고 누누이 일렀다. 하지만 그건 내가 알아서 할 일이 아니었다. 뒷좌석에서의 시간은 언제나 제멋대로 흘러갔다. 시간이 아예 멈춘 것 같을 때도 있었고 이틀이 지나가버린 것 같을 때도 있었다. 막상 시계를 보면 고작 10여 분이 지났을 뿐이었다. 아버지, 아버지는 하고 싶지 않아요?라고 묻고 싶은 적도 있었다. 묻지 않았지만 언젠가 물어볼 계획은 세워두었다. 벼르고 벼르는 일 중의 하나였다.

아버지는 내게, 스무 살이 되면 나가서 살아도 된다고 했다. 엄마는 어찌 되느냐고 물으면 그건 네가 상관할 일이 아니라고 화를 냈다.

목사는 기도를 끝내고 성경의 어느 부분을 읽던 중이었다. 돌연 그의 목소리가 커졌다. 그는 책에서 눈을 떼고 연단 밖으로 천천히 걸어 나왔다. 긴 의자에 앉아 있는 사람들을 내려다보며 힘주어 말했다.

나는 나를 위하여 네 허물을 도말하는 자이니, 너의 죄를 기억하지 아니하리라.

먼 곳에서 세찬 바람이 불어오는 소리가 들려왔다. 목사가 같은 문장을 다시 한번 말했다. 허옇게 어두운 바람이 불었다. 연단을 향해 길게 뻗은 통로 위로 바람이 내달렸다. 죽은 할아버지의 누운 영혼이 목사의 배를 향해 전속력으로 나아갔다. 마치 커다란 입이 할아버지를 멀리 뱉어내고 있는 꼴이었다.

니들이 나를 망쳤어.

할아버지가 울며 소리 질렀고, 사람들은 어디선가 바람이 부는가 보다고 여겼고 외투를 여미는 시늉을 했다.

식탁

　할머니의 소식은 전혀 들려오지 않았다. 아버지는 할머니가 어떻게 죽을지는 알았지만 언제 죽을지 알 수 없어서 조바심을 냈다. 뜻밖에도 비보의 주인공은 작은아버지였다. 그는 4형제의 막내였다. 본 지 오래되어서 얼굴조차 가물가물한 사람이었다. 엄마와 나는 뒷좌석에 나란히 앉아 장례식장으로 향했다. 운전을 하는 동안 아버지는 연신 그 새끼를 운운하며 쉼 없이 떠들어댔다.

　작은아버지는 휴전선에서 그리 멀지 않은 곳에서 혼자 살았다. 아주 높은 산의 중턱에서 벌을 치며 생계를 꾸려나갔다. 작은어머니는 가까운 도시에서 두 남매를 키우며 따로 지냈다. 남매의 교육을 위한다는 명목을 내세우긴 했지만 작은아버지랑 한집에서 살기 싫은 이유가 가장 컸을 것이다.

　작은아버지는 주정뱅이였다. 그는 큰딸의 부츠에 소주병을 숨겨놓고 식구들이 모두 잠든 밤이면 신발장을 뒤졌다. 식구들의 낡은 신발들 위에 양반 다리를 하고 앉아 병째 술을 마셨다. 큰딸이 중학생 되던 해, 작은어머니는 아버지에게 전화를 걸어 이렇게 살 수는 없어요, 라고 말문을 뗐다. 아버지는 그 새끼는 진즉부터 내 동생이 아니었다고, 나한테 일일이 설명할 필요도 없으니 알아서 잘 살아보시라고 딱 잘라 말했다.

　죽었어요.
　작은어머니의 첫마디였다. 아버지는 왜냐고 묻지 않았다. 대신 어디서요, 라고 물었다.

식탁에서요.

작은어머니의 대답은 간결했다.

식탁 밑에서요.

어쩌다가 그렇게 되었느냐고 물은 쪽은 나였다. 통화를 끝낸 아버지가 당연한 걸 왜 묻느냐는 투로, 건성으로 대답했다.

술이지.

나도 술을 마셔본 적 있다. 하굣길에 친구 두 명과 함께 놀이터에 앉아 수다를 떨었다. 한 친구가 가방에서 먹다 남은 소주병을 꺼냈다. 나와 다른 친구는 재빨리 손을 내밀었다. 친구가 내게 먼저 술병을 건네주었다. 얼른 한 모금을 들이켰다. 온몸이 홧홧하게 불타올랐다. 입을 한껏 벌리고 숨을 크게 여러 번 내쉬었다. 목구멍 깊숙한 곳에서부터 뜨거운 김이 뿜어져 나왔다. 손부채를 하며 겨우 열기를 식혔다. 집으로 가는 길 내내 입을 벌리고 걸었다.

집 앞 슈퍼에서 소주 한 병을 샀다. 남자들이 뒷좌석에 흘리고 간 동전들을 주워 모은 돈으로 산 거였다. 검은 봉지에 둘둘 말아 책가방에 쑤셔 넣었다. 어쩐지 책가방이 한결 가벼워진 기분이었다. 집 안에 마땅히 숨길 만한 곳을 찾지 못해 작은아버지처럼 신발장에 넣어두었다. 부츠가 없어서 아버지의 고무장화에 숨겼다. 몇 년째 신지 않는 것이었다.

자동차 뒷좌석에 오르기 전마다 한 모금씩 삼켰다. 한 달에 한 병씩 술을 샀다. 취하지도 않았고 처음에 그랬던 것처럼 속이 뜨거워지지도 않았다. 그래도 꾸준히 마셨다.

장례식은 도시의 이름을 딴 시립 병원에서 치러졌다. 우리가 도착하자마자 염습이 시작되었다. 딴에는 아버지가 형제 중 맏이라고 기다린 듯했다. 모처럼 한자리에 모인 아버지의 친척들과 형제들이 유리 벽 앞에 나란히 서서 염하는 모습을 지켜보았다. 유리 벽은 더러워서 안이 잘 보이지 않았다. 좁고 기다란 침대 위에 가지런히 누워 있는 시신은 죽을 때 입고 있던 옷 그대로였다. 하얀 반팔 티셔츠와 검은 반바지 차림이었다. 티셔츠는 검붉은 핏자국 범벅이었다.

옷이 왜 저렇습니까?

아버지의 사촌 형제라는 사람이 작은어머니에게 물었다.

피를 토했어요. 간이 다 녹아버렸대요.

마스크를 쓰고 흰 장갑을 낀 직원이 가위로 셔츠를 갈랐다. 작은아버지는 할머니와 아주 닮은 얼굴을 가졌다. 할머니보다 훨씬 검고 말랐지만 이목구비나 체형이 할머니를 연상시키는 데가 많았다. 나도 모르게 앞에 서 있는 어른의 어깨를 밀었다. 어른은 황당한 기색을 감추지 못했지만 내게 자리를 내주었다. 나는 더욱 유리 벽 앞으로 가까이 다가섰다. 아버지가 내 뒷덜미를 낚아챘다.

나가 있어.

나는 미간을 찌푸리며 싫다는 기색을 내비쳤다.

엄마 옆에 있어.

엄마는 혼자 빈소를 지키고 있었다. 우물쭈물하며 무리에서 떨어지는 엄마를 빈소의 구석에 데려다 놓은 사람은 아버지였다. 엄마는 버둥거리며 일어서려 했다. 아버지가 엄마의 몸을 꽉 붙들고 억지로 눕혀서는 무섭게 명령했다. 가만히 누워 있어. 지켜보던 사람들은 고개를 돌렸다. 하긴 누군가는 영정을 지키고 있는 게 맞는다며 비뚜름하게 서서 저들끼리 중얼거렸다.

나는 쫓겨나다시피 염습실 문밖으로 떠밀렸다. 죽음도 교육이라고, 제 자식들과 나를 염습실 안으로 데려가던 작은어머니도 언제 그랬느냐는 듯 못 본 체했다. 엄마는 모로 누워 있었다. 엄마의 얼굴을 마주 보고 누웠다. 무릎이 맞닿았다. 온기가 돌지 않는 방바닥에서 스며 나온 냉기가 금세 허리께에 전해졌다.

엄마, 안 추워?

자는 엄마에게 나지막하게 물었다. 엄마는 말이 없었다. 꼭 죽은 척하는 사람 같았다. 엄마의 감은 눈 밑에 눈물이 맺혀 번질거렸다.

엄마, 울어? 왜 울어?

엄마는 뜸을 들이다 간신히 입을 열었다.

아가야, 무서워.

뭐가 무서워?

식탁이 무서워.

진짜로 엄마는 바보였다.

괜찮아. 우리 집엔 식탁이 없잖아.

아니야. 우리 집에 식탁 있어.

엄마의 말에 대꾸하고 싶지 않았다. 눈을 감고 누워 지폐를 세듯, 흐르는 시간을 쟀다. 향냄새가 점점 진해졌다. 귓가에서 재가 툭툭 떨어지는 것 같았다. 나는 귀를 벅벅 긁으며 시간이 흘러가는 것을 귀 기울여 들었다. 염에 참관하러 갔던 사람들이 모두 돌아왔을 때, 귓속말로 엄마에게 물었다.

엄마, 엄마의 아버지는 어떤 사람이었어?

엄마는 벽에 등을 바짝 붙이고 대답했다.

몰라.

어른

할아버지를 발견한 것은 화장터에서였다. 하늘 높이 솟구친 거
대한 굴뚝 아랫부분에 할아버지가 있었다. 어떻게 왔는지 짐작조
차 할 수 없었다. 바람이 데려왔다고밖에 달리 생각할 도리가 없었
다. 아니면 아버지와 내가 강력하게 그를 불러들였는지도 몰랐다.
작은아버지의 어린 자식들이 앞장서서 우리를 화장장 안쪽으로 이
끌었다. 작은어머니는 검은 상복 때문에 유난히 더워했다. 연신 손
수건으로 이마를 훔쳐냈다.

간소한 영결식이 이어졌다. 차례대로 절을 하고 나서 관 주위에
둘러서서 묵념을 했다. 간이 녹아 없어진 시체가 그 속에 들어 있
다고 생각하니 오싹했다. 화장로의 좁은 문이 열렸다. 안쪽은 어두
워서 잘 보이지 않았다. 쿰쿰한 바람이 새어 나왔다. 모여 있던 사
람들이 조금씩 뒤로 물러섰다. 머리 위로 서늘한 바람이 일었다.
나도 모르게 정수리 쪽에 손이 갔다. 직원들이 관을 향해 허리를
숙였다. 그들의 허리 위로 희끄무레한 그림자가 지나갔다.

할아버지였다. 화장로 입구로 할아버지의 영혼이 쑥 빨려 들어

갔다. 순식간에 일어난 일이었다. 나는 두 팔을 허우적거리며 할아버지를 향해 달려들었다. 어떻게든 할아버지를 붙잡으려 했다기보다는 반사적인 몸짓에 가까웠다. 놀란 어른들이 내 몸 여기저기를 잡아챘다. 뒤로 나동그라지면서도 나는 할아버지에게서 시선을 떼지 못했다.

화장로의 입구가 닫혔다. 버튼에 빨간 불이 켜졌다. 불이 댕겨졌다. 기다렸다는 듯이 어른들이 화장장 밖으로 빠져나갔다. 아버지는 굴뚝 아래에 우두커니 서서 담배를 물었다. 굴뚝에서 허연 연기가 피어올랐다.

바람도 잠잠했다. 바람마저도 죽어버린 것 같았다. 연기는 하늘 높이 수직으로 솟구치다가 흐리마리 사라졌다. 나는 고개를 한껏 뒤로 젖혀 연기가 사라지는 모습을 오래 쳐다보았다. 연기가 사그라질 때까지 뒷목을 붙잡고 서서 기어이 지켜보았다. 불현듯 할아버지야말로 내게 너무 낯선 영혼이 되어버렸다는 것을 깨달았다. 이제 할아버지는 너무 높이 나는 영혼이었다.

집에 돌아오자 토요일이었다. 엄마를 방에 가둬두다시피 하고 아버지는 나를 뒷좌석에 태웠다. 교복에 아직도 향냄새와 바람결에 묻어온 재가 묻어났다. 아버지는 아랑곳하지 않고 차를 실내 낚시터로 몰았다. 주차장에 차를 세웠다. 나무 그늘이 깊었다. 아버지는 담뱃갑을 챙겨 차에서 내렸다.

뒷문이 열리고 남자가 올라탔다. 문이 닫혔고 남자는 나를 보자마자 웃었지만 오래 웃어주지는 않았다. 나는 속으로 시간을 쟀다.

스무 살이 될 때까지 남은 시간을 헤아려보았다. 넉 달만 있으면 스무 살이었다. 엄마는 나를 아가야, 라고 불렀던 것을 기억할까. 스무 살이 지나면 내가 팔 수 있고 팔아야 할 무엇이 남아 있을까. 여전히 같은 것을 팔아야 할 확률이 가장 컸다. 그러면 굳이 시간을 잴 필요가 있나, 다 쓸데없는 짓이었다.

남자가 입을 굳게 다문 채 차에서 내렸다. 나는 하던 생각을 이어갔다. 쓸 데가 없다는 생각, 쓸모가 없다는 생각. 남자는 뒷문을 닫지 않고 서서 흐트러진 매무새를 정돈했다. 아버지의 발소리가 들렸다. 나는 치마를 끌어 내렸다. 남자가 지갑을 꺼냈다. 아버지에게 지폐를 건넸다. 아버지가 소리 내어 돈을 셌다.

모자라잖아.

깎아줘요.

미쳤어?

아버지가 대뜸 시비부터 걸었다.

더 내놔.

어리지도 않던데.

남자가 나를 흘깃 쳐다보며 비아냥거렸다.

네가 보기엔 쟤가 어른으로 보이냐?

아버지가 나를 손가락질했다. 그의 눈에 잘 보이게끔 나는 몸을 일으켜 앉았다. 나도 궁금했다. 내가 아직도 어른이 아닌지.

절대로 못 깎아. 싸게는 못 준다고.

남자가 시팔, 욕을 하며 주머니에서 돈을 꺼냈다. 아버지는 남자의 손에서 뺏다시피 지폐를 가져갔다. 남자의 입에서 계속 욕이

쏟아져 나왔다. 아버지는 대꾸하지 않았다. 앞문을 열고 운전석에
앉았다. 백미러로 나를 쳐다보고는 담배를 꺼냈다. 시팔.

갑자기 뒤에서 요란한 소리가 들렸다. 뒤돌아보기도 전에 차가
크게 뒤흔들렸다. 죽은 할아버지와는 비교할 수 없을 만큼 거센
충격이 덮쳤다. 나는 뒷좌석 아래로 고꾸라졌다. 차는 끊임없이 앞
뒤로 흔들렸다. 남자는 우리를 아예 박살내려는 작정인 게 분명했
다. 눈을 꾹 감고 버텼다. 눈을 감아야만 간신히 비명이나마 지를
수 있었다. 나는 최대한 몸을 납작하게 엎드린 채로 빌었다. 할 수
있는 일이라곤 그뿐이었다. 누구에게 빌어야 하는지는 몰랐다. 적
어도 아버지는 아니었다. 잘못했어요. 그것은 내가 태어나서 가장
먼저 배운 말이었다. 그러니 일단 빌고 보는 것이다. 침을 뱉는 기
분으로. 다신 안 그럴게요.

황현진
2011년 장편소설 《죽을 만큼 아프진 않아》로 제16회 문학동네작가상을 수상했다. 경
장편소설 《달의 의지》가 있다.

인간은 항상 자기가 사랑하는 것에 대해
말하는 데 실패한다[*]

서희원(문학평론가)

* "인간은 항상 자기가 사랑하는 것에 대해 말하는 데 실패한다"라는 문장은 1980년 2월 말 불의의 교통사고로 세상을 떠난 롤랑 바르트가 죽기 전 마지막으로 작성한 스탕달에 대한 원고의 제목이다.《롤랑 바르트, 마지막 강의》, 롤랑 바르트 지음, 변광배 옮김, 민음사, 2015, 18쪽.

1.

《내가 태어나서 가장 먼저 배운 말》이란 서명으로 출간된 이 단편소설 모음집은 각각의 단편들이 담고 있는 서사적 다채로움과 사유의 즐거움을 별개로 하더라도 독자들에게 흥미롭게 읽힐 수 있는 몇 가지 이유를 가지고 있다. 그것은 '글을 쓴다는 것은?'이라는 질문이 던져졌고, 특정한 기준에 의해 소설가들이 선택되었으며, 그들의 답변이 단편소설의 형식으로 제출되었다는 점이다. 개별적인 작품을 읽기에 앞서 기획의 의도라고 할 수 있는 이러한 사실들을 좀 더 살펴보자.

먼저 '질문'으로 시작해보자. '글을 쓴다는 것은?' 이것은 전혀 새롭다, 라고 할 수 없는 질문이다. 이미 이에 대한 많은 답변이 도착해 있기 때문이다. 잘 알려진 것처럼, 장 폴 사르트르의《문학이

란 무엇인가》(1948)의 첫 장은 '쓴다는 것은 무엇인가'이며, 롤랑
바르트의 《글쓰기의 영도》(1953)의 1부 또한 '글쓰기란 무엇인가?'
라는 글로 시작한다. 어느 시대, 어느 장소에서 출간된 문학 서적
이나 잡지를 펼치더라도 이러한 질문을 토대로 하거나 이를 변주
한 텍스트와 기획기사를 쉽게 찾을 수 있을 것이다. 이러한 점은
'글을 쓴다는 것은?'이라는 질문이 특정한 시기의 화제성에 고정
되어 휘발되는 것이 아니라 역사를 살아가는 인간의 태도와 사유
에 대한 보편적인 동시에 근원적인 물음이라는 사실을 반증한다
고 할 수 있다. 아직도 인간의 특성을 통칭하는 단어로서 휴머니
티(humanity)가 유용하다고 믿는다면 그것은 인간과 문자의 관계
망(人-文-學, humanities) 속에서 '우리'가 존재했으며, 살아가야 한
다는 사실을 신뢰하고 있다는 증거이리라. 다시 말하자면, '글을
쓴다는 것은?'이라는 질문은 좁게 보자면 집필 노동을 통해 타인
과 관계를 맺고 있는 특정 직업군의 사람들이 가진 직분의 윤리와
방법에 대한 물음이지만, 그 울림을 확장시키자면 세계를 살아가
는 근원적인 이유, 즉 '인간다움'에 대한 물음이라고 할 수 있다.

　두 번째 '선택'. 글을 쓰는 것이 '인간다움'의 증거라면 이 질문
에 답할 수 있는 것은 비단 '작가'에 한정되지는 않을 것이다. 하
지만 독자와 출판 시장의 시스템은 모든 사람들의 답변에 의미를
부여하거나 시간을 쏟진 않는다. 다르게 말하자면 이 질문에 대
한 답변을 다수의 독자에게 읽힐 수 있거나 출판 시장의 부침에
서 어떻게든 존속시킬 수 있는 사람이 '작가'라고 할 수 있을 것이
다. 이 책을 위해 선택된 '작가'는 소설가, 그것도 1980년대 전후

에 출생한 소설가들—한 번 더 분류하자면 그들은 모두 '여성'이다—이다. 그들이 성장기를 보낸 1990년대와 20대의 대부분을 보낸 2000년대는 정치적으로는 한국의 민주화에 대한 열망과 희망이 고조되고 곧이어 그것이 절망으로 뒤바뀐 시기이며, 경제적으로는 신자유주의로 표상되는 다국적 자본주의의 팽창을 경험하며 자신들이 국경 없는 공장을 유랑하는 '만국의 프롤레타리아트'에 불과하다는 냉혹한 현실을 체득한 시대이기도 하다. 그들은 문화적으로는 매스미디어가 제공하는 대중문화의 엄청난 세례를 받으며 자라났으며, 전 세계를 연결하는 디지털 네트워크의 탄생과 성장을 온전하게 경험한 첫 번째 세대이기도 하다. 또한 이 시기는 해외여행과 유학, 근무 등의 대중화와 함께 국내로 이주한 외국인의 증가를 통해 한국이라는 공간 내부의 문화가 외부의 것과 혼재된 때이기도 하다.

이 책에 수록된 단편소설에 이러한 시대적 징후를 구체적으로 표상하는 인물과 사건이 다수 등장하는 것은 이들의 세대적 경험이 우리 시대의 '인간다움'을 사유하고 서사화하는 데 있어 필수불가결하다는 증거이다. 《내가 태어나서 가장 먼저 배운 말》에 등장하는 인물들은 때로는 그들이 소속된 현재가 아니라 과거를 통해 그들의 내면을 설명하며, '지금 이곳'이 아닌 다른 곳으로의 여행이나 이동하는 서사를 통해 정처 없는 존재로 그들의 소속을 말하기도 한다. 그들은 모국어가 아닌 글로벌 공통어를 습득해야 하는 과정에 놓인 경제적 식민지인들이며, 타인의 손과 머리가 되어 자신의 문장을 돈으로 환전하는 지식 노동자이기도 하고, 경우에 따라서는 아버지의 손에 이끌려 매춘을 하는 치욕적 삶을 살아가는 인물이기도 하다. 몇몇 단편의 주인공들은 소설가란 직업을 가지고 있지만 그것은 그들의 삶을 의미 있게 만들어주기 보다는 오히려 그 근원부터 흔들어대는 일종의 불필요한 윤리 감각과 다르지 않다. 이것은 우리 시대의 '인간다움'이라는 것이 어떠한 상태에 놓여 있는가에 대한 증명이라고 할 수 있다.

세 번째 '단편소설'이라는 답변의 형식에 대해 말해보자. 앞에서도 짧게 지적했지만 '글을 쓴다는 것은 무엇인가?'라는 질문에 대한 많은 답변은 이미 보고된 바 있다. 하지만 사르트르와 바르트의 그것이 사유를 직접적으로 기술하는 비평적 언술의 방식이라면 소설가는 이를 인물과 사건이 있는 서사로 만들어야 한다는 점에서 이 둘은 극명하게 구분된다. 소설에 있어 기법상의 과제는 "모든 이론을 인간관계로 해소하는 것"이기 때문이다.* 물론 "그것은 소설인지 에세이인지 시인지 인문서인지 정체가 아주 모호한 글이 될 것"(280쪽)이라는 최진영의 언급처럼 소설가들의 작업이 노블(novel)의 기법적 원칙**을 엄격하게 지키는 방식을 고지식하게 따르고 있는 것은 아니지만 적어도 서사는 분만한 사유의 미로에서 독서를 원만하게 진행시키는 최소한의 표식이기에 이 전

---

* 《비평의 해부》, 노스럽 프라이 지음, 임철규 옮김, 한길사, 1982, 437쪽.

** 노스럽 프라이는 어떠한 산문 작품도 두루뭉술하게 지칭할 수 있게 된 장편소설(novel)이라는 명칭보다는 산문 픽션(Prose Fiction)이 정확하며, 이를 '로맨스(romance)', '노블', '고백(confession)', '아나토미(anatomy)'라는 글쓰기의 혼합 형식으로 설명한다. 프라이는 산문 픽션에 대한 "소설 중심적인 견해는 프톨레마이오스(Ptolemaios)적 견해로서, 너무 지나치게 복잡하게 된 나머지 지금은 더 이상 유효하지 않게 되었음이 분명하다"고 말한다. '소설'을 중심으로 산문을 사유하는 방식은 천동설과 다르지 않다고 표현하는 프라이의 견해는 좀 더 경청할 필요가 있는 의견이다.

환에는 소설적 글쓰기의 시작이라고 지칭할 수 있는 고뇌가 담겨
있다.

그렇다면, '글을 쓴다는 것은?'이라는 질문이 소설가의 내면에
불러일으킨 사유는 어떻게 서사가 되고 소설로 완성되는가? 소설
적 글쓰기의 시작이라고 할 수 있는 이 첫 번째 '대변이'는 이렇게
이루어진다.

2.

최진영의 단편 〈0〉은 그 제목부터 흥미롭다. 일반적인 상식에
따르자면 숫자 '0'은 5세기경 어떤 인도인의 기발한 착상을 통해
발견된 일종의 기호이다. 하지만 그것은 숫자이기 이전에 '없음'
을 말하는 개념이기도 하다. 인간이 헤아릴 수 있는 처음을 '0'으
로 이해하느냐 '1'로 이해하느냐는 완전히 다른 문제이다. 하나에
서 둘로 진행되는 과정은 양적인 변환이지만, 없음에서 있음으로
전환되는 과정은 인식론의 문제를 포함하고 있기 때문이다. 제목
인 〈0〉을 기호로 읽지 않고 이미지(일종의 상형문자)로 바라보면 최
진영의 의미가 더욱 명확해진다. '0'은 마치 가능성의 세계를 그
안에 품고 있는 부화하지 않은 알처럼 보이기 때문이다. 그렇다면
단단한 껍질 속에 담겨진 사유는 어떻게 문장이 되며, 글은 어떤
과정을 통해 '없음'에서 '있음'으로 탄생하는가.

소설가인 '나'의 머릿속에 어느 날 하나의 문장이 들어온다. "그

가 미워지자 무서워졌다"(276쪽)는 문장은 그 자체로는 주체나 어떤 인과나 대상도 지니고 있지 않은 언어의 우연한 조합이다. 소설가는 이 문장이 "지워지지 않"기에 "주문처럼 중얼중얼 읊으며 생각"(276쪽)한다. 문장은 사유로 전환되고, 소설가의 탐색은 온갖 도식적인 생각에서부터 흥미를 자아내는 색다른 상상을 지나쳐 결국엔 작가의 내면으로 돌아온다.

미워지자 무서워졌다는 것. 그건 어디에서 본 것도 들은 것도 아니었다. 그러니 그 문장의 정체를 아는 게 목적이라면 상상하거나 이야기를 꾸밀 필요가 없었다. 바로 내가 아주 잘 아는 감정이니까. 답은 내 안에 있으니까. 나는 미워지면 무서워지는 인간이니까. 홀로 될까 봐. 더 외로워질까 봐. 몇 날 몇 달 물에 만 밥이나 간장에 비빈 밥으로 끼니를 때우게 될까 봐. 입과 귀를 닫고 살까 봐. 문밖으로 나가지 않을까 봐. (276쪽)

소설가의 기억과 사유를 담아내고 있는 육체는 입구로 들어온 미풍을 한번 휘감아 돌게 만들어 더욱 세차게 내뱉는 큰 골짜기처럼 작용한다. 문장은 사유가 되고, 사유는 소설가의 육체에서 메아리치며 감정—'나'의 육체를 채운 감정은 외로움과 분노, 우울, 고립에 대한 두려움 등이다—과 강렬하게 결합한다. 그리고 "끝없이 반복되는 돌림노래"(277쪽) 같은 사유와 감정은 작가의 내면에서 온통 뒤섞이며 비로소 '서사'가 가능한 문장으로 탄생한다. 이제 문장은 구체적인 인물과 인과가 있는 "나는 그가 미워지기 시작했고 그래서 무서웠다"(277쪽)로 바뀐다. 그리고 이야기가 시작된다.
이렇게.

　　실은 어젯밤에도 그가 너무 미워서 한숨도 못 자다가, 새벽이 오
자마자 말도 없이 그의 방에서 나와버렸다. 어슴푸레한 길에 발
을 내딛고 아주 조금 걸었을 뿐인데 어느새 찬란한 아침이었다. 춥
고 눈부시고 속이 쓰렸다. 나는 그새 후회만 했다. 나오지 말걸. 그
냥 그의 곁에서 잠들걸. 그렇다고 돌아갈 수는 없었다. 돌아가서 내
가 할 수 있는 말이란 '괜찮아'뿐이었다. 그 말을 하느니 차라리 아
무 말도 안 하는 게 나았다. 하지만 한숨 자고 난 뒤 그의 말간 얼굴
을 마주한다면 나는 분명 '괜찮아'라고 말할 거였다. 왜냐하면 너무
밉다는 것과 너무 좋다는 것은 반대 의미가 아니니까. 국어사전에는
어떻게 나오는지 모르겠지만 내 마음의 사전에 두 단어는 유의어에
가까우니까. 너무 좋으니까 밉고 그래서 무서우니까. 무서운 마음에
할 수 있는 말은 '괜찮아'뿐이니까. (277쪽)

　여기서 끝이 아니고 인용을 하기엔 다소 많은 분량의 이야기로
문장은 연속되고 사유는 진행된다. 하지만 이야기가 된다고 그것
이 하나의 '소설'로 완성되는 것은 아니다. 최진영의 표현에 따르
자면, 이것은 "그날그날 있었던 일과 생겨난 마음을 어정쩡하게 과
장하거나 어설프게 꾸며서 기록하는"(278쪽) 단순한 "일기"(279쪽)
에 불과하다. 소설은 "진짜 거짓 이야기를 지어내"(278쪽)는 것이
기 때문이다. 하지만 이 지점에서 이상한 일이 생긴다. "소설을 쓴

답시고 가짜 인물과 사건을 지어내서 그것에 나의 감정만을 입힐 뿐인데도, 많은 경우 더 적나라하게 진짜 내가 드러났다."(279쪽) 최진영은 이상하다고 강조하고 있지만 이는 너무나도 자연스러운 소설 쓰기의 한 과정이다. 픽션 내에서 가공의 인물이 행한 행동은 오직 픽션 속에서만 존재하지만 그 행동을 추동한 감정은 우리가 살고 있는 경험 세계에서 분명히 존재하고 있는 것이기 때문이다. 다르게 말하자면 '진정성'이라고 부를 수 있는 소설가의 내면이 이 변이 과정 속에서 발생하는 것이다. 그리고 자신에게 되묻는 과정을 통해 서사는 소설가의 개인적 시간 속에서 정련되고, 문장은 진짜가 되며, 사유는 한층 깊어진다. 최진영은 이 '진정성'을 이렇게 쓴다. "그러면서 다시 생각해보는 나라는 인간. 입버릇처럼 말하는 인간다움. 의문. 의심. 나의 오해와 당신의 오해. 결코 메워지지 않을 우리 사이의 깊고 깊은 절벽. 그 빈 공간을 간간이 채우는 메아리. 잠시 울리고 사라지는 메아리."(279쪽) 메아리의 반향이 가라앉은 침묵 속에서 비로소 소설이 시작된다.

문장이 사유가 되고, 사유가 문장을 보다 견고하게 완성하고, 이야기가 시작된다. 이야기는 소설의 형식으로 가공되고 다시 소설가의 내면을 거친다. 진정성을 통해 비로소 소설이 시작된다고 해도 그것이 한편의 완성된 작품이 되는 것은 아니다. 흔한 말로 시작이 반이지만 그것은 절반일 뿐, 온전한 하나가 되는 것은 다른 차원의 문제이기 때문이다. 최진영은 〈0〉에서 이를 존재하지 않는 한 권의 책을 찾는 과정으로 설명한다. 분명 어딘가에 있었다고 기억되는 그 책의 제목은 "The Earth, 아니 The other Earth……

Another Earth였나"(263쪽) 확실하지 않다. '나'가 이 책을 찾아 지인들을 만나지만 그들은 이 책의 제목을 "Their Earth"(267쪽)로, "To Another Us"나 "To Another Earth"(281쪽)로 기억하고 있다. 이 주체에서 타자(The Earth에서 The other Earth, Another Earth로)로, 단순한 공간에서 공간 내의 연대(The Earth에서 Their Earth로, 그리고 Us로)로 기억의 혼돈을 따라 변화하고 확장되어가는 말장난은 흥미롭다. 왜냐하면 애초에 이 책은 없었고, 그것이 최진영이 쓰려고 하는 '소설'의 지향점을 상징하기 때문이다. 존재하지 않는 책을 찾기 위해, 아니 자신의 손으로 쓰기 위해 소설가는 견고한 외로움의 골방에서 벗어나 세상으로 나아간다. "그러려면 우선 그를 만나야 한다. 만나기 위해 건물과 차와 사람 속에 뒤섞여야 한다. 무서워도 사랑해야 한다."(285쪽) 이렇게 '0'의 견고한 껍질에 균열이 생기기 시작한다. 문장이 사람들 사이에서 비틀거리는 첫 걸음을 내딛기 시작하고 '있다'.

3.

'글을 쓴다는 것은?' 이 주어도, 서술어도, 어떠한 인과도 없는 문장이 소설가들에게 던져졌고, 그것은 소설가들의 각기 다른 사유에서 발아해 한 편의 소설이 된다. 최진영의 〈0〉은 이 과정을 성공적으로 보여주고 있는 작품이다. 그렇다면 그것은 어떠한 소설들로 완성이 되는가? 이 난만한 결과들에 대해서는 어떤 추측이나 유형화도 적절한 예상이 될 수 없을 것이다. 생명의 잉태와 성장, 출산에 대해서는 그 과정을 단계적으로 유형화할 수 있고 이를 체계적으로 설명할 수 있다. 하지만 태어난 생명의 모습, 성격 그리고 그들이 살아가는 다양하고 개별적인 인생을 어떠한 방식으로 체계화하고 이를 논리적으로 설명할 수 있단 말인가. 다만 여기서 할 수 있는 것은, 이 작품집에 담긴 단편들을 통해 희미하지만 간신히 눈에 보이는 윤곽선을 긋는 일뿐이리라.

  김금희의 〈조중균의 세계〉는 허먼 멜빌의 '월스트리트 이야기'라는 부제가 붙은 〈필경사 바틀비〉의 '바틀비'를 연상시키는 조중균이라는 인물을 통해 자본주의의 능률과 이익의 세계에서 축출된 현대판 방외인의 삶을 아련하게 관조하고 있는 작품이다. 조중균과 인간적 유대를 맺는 대부분의 인물들이 경제적으로 불안정한 비정규직이라는 점에서 이 단편은 허먼 멜빌의 부제를 약간 변용해 '비정규직 이야기'나 '신자유주의 이야기'로 부르는 것도 가능할 것이다. 〈조중균의 세계〉는 천신만고 끝에 정규직의 세계로 진입하는 데 성공한 '나'에 의해 간신히 기억되는 "지나간 세계"(14쪽)와 그곳에서 머물러 있는 인간들에 대한 이야기이다. '나'는 출판사의 정규직 자리를 놓고 경쟁하는 '해란'을 통해 같은 사무실에서 근무하는 '조중균'에 대해 알게 된다. 조중균은 해란의 설명—"언니, 그분은 사무실에서 마치 유령, 유령처럼 보여요"(11쪽)—처럼 희미한 존재감을 가진 사람이다. 그것은 그가 특정한 직급도 없이 "교정 교열만 담당하"(11쪽)고 있는 '비정규직'이라는 사실에서 기인한다. 그러나 조중균 앞에 붙은 '비(非)'라는 수식어는 그가 자발적으로 선택한 '인간다움'의 증표이기도 하다. 그는 대학시절 민주화를 열망하는 학생들을 조롱하는 역사 교수의 굴욕적인 시험에 순응하기를 거부하고, 조직의 융화라는 이름으로 강요되는 올바르지 않은 책무에 따르지 않음으로써 자신의 이름으로만 호명될 수 있는 하나의 세계를 만들어간다. "문장과 시와 드라마"(36쪽)가 있다고 말해지는 이 고유명의 세계는 마치 "나는 밥을 먹지 않았습니다"라는 조중균의 문장 옆에 "최대한 성의 있게 쓴 "김애자"라는 사인"(18쪽)이나 "나는 나태하지 않았습니다"라는 문장 옆에 적힌 "강해란"(25쪽)이란 이름으로만 호칭될 수 있는 작고 소중한 인간적 연대이다. 하지만 그것은 "간신히 기억"되는 "지나간 세계"(36쪽)이며, 이젠 자본주의의 권역 밖으로 축출된 가난하고 쓸쓸한 '비(非)—세계'이다. 김금희는 이 '비—인간'들에 대한 애잔한 서술을 통해 사라지고 있지만 잊어서는 안 되는 '인간다움'에 대한 이야기를 독자에게 전달하고 있다.

이와 유사한 주제 의식을 공유하고 있는 단편으로는 김혜진의 〈와와의 문〉을 꼽을 수 있다. 김금희의 〈조중균의 세계〉가 정규직과 비정규직이라는 새로운 계급 질서의 등장을 소재로 사용하여 인물을 구분하고 있다면 김혜진의 〈와와의 문〉은 자본주의의 중심부와 주변부라는 국제 질서의 재편을 통해 자신의 목가적 공간에서 축출된 이주민에 대한 애잔한 정서를 담아내고 있다. '나'와 '와와'는 영어회화학원에서 만난 사이이다. '와와'에 대한 이야기를 시작하며 '나'는 그녀가 "베트남 사람"인지 "말레이시아 사람이었나, 아니, 미얀마 사람이었"(41쪽)는지 정확하게 기억하지 못

하고 있음을 말하지만, 시종일관 '와와'를 향한 '나'의 시선은 동정적이다. 두 사람 모두 영어를 유창하게 말하지 못하기에 몇 개의 단어로 주고받을 수밖에 없는 서로에 대한 정보는 당연히 제한적이며 파편적일 수밖에 없다. 하지만 '나'는 자본주의 중심부에 살고 있는 사람이 보다 높은 정치적 자유를 가졌고, 보다 더 행복할 것이라고 편향적으로 생각하는 한국인의 표준적 정서를 가진 인물답게 '와와'에게 들은 몇 가지 단어를 통해 이를 신파적으로 조합하여 이해한다. 평소 저개발 국가 사람들의 가난을 다룬 다큐멘터리를 시청하며 이를 통해 글을 쓸 수 있는 자극과 동기를 얻을 수 있을 거라고 여겼던 '나'는 '와와'를 '세계의 비참'을 증언해줄 수 있는 증인으로 여기고 있었던 것이다. 하지만 '와와'는 재난과 고통에 대해 말하기보다는 자신의 삶에 보석처럼 박힌 추억만을 즐겁게 이야기할 뿐이다. 오히려 '와와'는 "서울 한가운데서"(48쪽) 천막 농성 중인 일군의 사람들—마치 '세월호 유가족'처럼 느껴지는—을 보며 그들을 통해 이해한 한국인의 처연한 삶에 깊은 동정을 보낸다. '나'가 어떠한 자부를 통해 '와와'를 애잔하게 바라보고 있는지 정확하게 말할 수 없지만 '와와'의 시선 속에서는 '나'도 그리 다른 처지는 아니었던 것이다. 현재의 글로벌 자본주의 시장을 연상시키는 영어학원에 나와 낯선 외국어를 배워야 하는 이주민 '와와'를 '나'가 애처롭게 바라보고 있었다면, '와와' 역시 서툰 영어를 더듬거리는 정주민 '나'의 처지를 그리 행복하지 않은 상태로 이해하고 있었던 것이다. 마지막 장면에서 '와와'와 헤어지는 '나'는 카페에 홀로 남은 '와와'가 자신을 향해 무슨 말을 하고 있는 것을 보며, "그건 도움을 청하는 말이었을까"(61쪽)라고 제멋대로 상상한다. 하지만 이는 '와와'가 '나'에게 보낸 응원과 동정일지도 모르는 마지막 인사에 대한 "추측들과 억측들"(62쪽)일 뿐이다. '나'는 그 자리를 황급히 떠나며 "목덜미를 타고 더운 기운이 얼굴로 번져왔다"(62쪽)고 말하며 이 순간 느낀 불편함과 수치심을 고백한다. 이는 모국어로 밖에 발음할 수 없는 작은 세계와 강제적으로 결별하는 이주민이 사실은 자기 자신임을 순간적으로 감지한 '나'의 곤혹스러운 감정을 잘 알려주는 장면이다.

김금희와 김혜진의 단편이 특정한 인물에 대한 관찰의 기록이라면, 윤해서의 〈커서 블링크(Cursor Blink)〉와 이주란의 〈몇 개의 선〉은 글쓰기 또는 글을 쓰며 살아가는 삶의 기원을 한 명의 인물에게 응축하고, 그를 현실과 환상, 기억과 망각의 중첩 속에서 탐색하는 형식을 가지고 있다. 윤해서의 단편 제목인 〈커서 블링크〉는 커서─커서는 라틴어로 '달리는 것, 달리는 사람'이라는 뜻을 가지고 있다. 이 라틴어 어원은 〈커서 블링크〉의 장 제목으로도 사용되었다─의 깜박거림이란 의미를 가지고 있다. 이 점멸하는 무채색의 기호는 백지처럼 텅 빈 모니터 위에 언어의 흔적을 새기며 달려가고 싶은 작가의 욕망을 상징하는 동시에 좀처럼 달려가지 못하는 아니 영원히 멈춰 서서 어떤 문장도 완성할 수 없을 것 같은 작가의 절망을 나타내고 있다. '나'는 이 욕망과 절망을 "거부할 수 없는 아침"(123쪽)에 커서가 안내해주는 환상의 공간으로 여행을 떠난다. 그곳은 어디라고 특정할 수 없는, 이곳이 아닌 다른 곳이며, '문학수'라는 초등학교 동창의 삶을 기억하는 과거와 대화하는 현재와 엿보는 미래가 미묘하게 연결된 일종의 웜홀(worm hole)이다. 이 어지러운 여행과 조우의 과정을 통해 "나는 순식간에 내가 살았던 모든 시간을 동시에 살고 있는 기분"(165쪽)을 느끼며, 그것이 글쓰기의 기원이자 모든 것을 처음으로 되돌리는 일종의 종말임을 체득한다.

이주란의 〈몇 개의 선〉에 등장하는 '나'는 소설을 쓰고 있는 작가 지망생이며, 항상 마스크를 쓰고 다닐 정도로 세상과 격리된 삶을 살아가는 은둔형 외톨이이다. '나'는 "외출을 하지 않는 인간"이 된 핑계를 성형외과에서 받은 "인중 수술"(191쪽)의 부작용으로 설명하지만 사실은 좀 더 내밀한 이유를 가지고 있다. "우리는 단 하나의 계절만을 함께했고 그것은 이미 10년도 더 된 일이라 거의 모든 기억이 흐릿했다. 나는 2년 전부터 시간을 들여 그 봄의 기억들을 노트에 옮겨 적었다."(176쪽) '나'는 함께 대학을 다녔으나 스물다섯 살에 죽은 대학 동기의 짧은 삶에 대한 일종의 죄책감과 그보다 "7년"(176쪽)이나 더 살았다는 수치심을 깊게 지니고 있다. 그리고 이것은 '나'가 글을 쓰게 하는 원초적 기억이기도 하다. 대학 동기가 일종의 취미처럼 봐주고 다녔던 "손금"이나, 그가 "선 몇 개"(179쪽)로 '나'를 그린 미완성의 초상화, 죽은 후에도 '나'의 "뇌리에서 지워지지 않고 있"(183쪽)는 그와의 시간을 기록한 흐릿한 기록 등은 인간의 삶과 그가 맞이할 운명을 대략적으로나마 설명해주는 '몇 개의 선'들이다. 이주란이 이 단편을 통해 알려주는 것은 이 미약한 선의 윤곽과 교차가 사실은 우리가 인생이라고 부르는 쓸쓸한 소일(消日)이라는 점이다.

함께 수록된 다른 작가들의 단편들도 각기 다른 소재를 통해 글쓰기(소설 쓰기)라는 하나의 주제를 변주하고 있다. 백수린의 〈길 위의 친구들〉과 조수경의 〈유리〉는 소설가가 된 '나'가 성장의 비밀스러운 추억을 공유하고 있는 친구와 만나며 그들이 애써 외면하려 했던 하나의 장면—거기에 글쓰기의 비밀이 농밀하게 담겨 있는—을 다시 마주치는 과정을 담고 있다. 박민정의 〈아름답고 착하게〉는 일본 고전무협영화인 〈아들을 동반한 검객〉처럼 홀로 키우는 아이를 데리고 자서전 대필을 하는 한 지식인의 모습을 통해 '쓴다'라는 행위가 시장에서 환금(換金)되는 사정과 삶의 쓰디 '쓴' 기록으로 전환되는 과정을 살피고 있다. 최정화의 〈지극히 내성적인 살인의 경우〉는 빈 방을 소설가의 작업실로 빌려준 시골 여인이 우연한 기회로 엿보게 된 창작 과정에 서서히 간섭하며 깨닫게 된 내면의 날카로운 변화를 탐색하고 있다. 황현진의 〈내가 태어나서 가장 먼저 배운 말〉은 장애와 폭력, 매춘이라는 소재를 통해 살아가는 것이 치욕이자 수치인 소녀의 성장을 하드보일드한 시선으로 다루고 있는 단편이다.

4.

앞에서도 언급한 바 있듯이 최진영은 글 쓰는 사람의 내면으로 들어온 사유의 반향에 대해, 자질구레한 일기를 끄적거리는 '나'를 작가로 탄생하게 만드는 '진정성'에 대해 말하기 위해 다음과 같은 문장과 단어를 사용하였다. "그러면서 다시 생각해보는 나라는 인간. 입버릇처럼 말하는 인간다움. 의문. 의심. 나의 오해와 당신의 오해. 결코 메워지지 않을 우리 사이의 깊고 깊은 절벽. 그 빈 공간을 간간이 채우는 메아리. 잠시 울리고 사라지는 메아리."(280쪽) 인용한 문장과 단어들 사이에 찍힌 마침표는 마치 여덟 개의 섬이 별도로 존재하고 있음을 알리는 지도의 표식과도 같고, 서로 마주 보고 서 있는 두 개의 거울처럼 끝없이 서로를 반영하며 아득한 간극 속에 모든 것을 담아내는 마주침 같기도 하다. 또한 그것은 건너뛰어 하나의 징검다리로 만들고 싶은 단단한 구두점으로도 읽힌다. 최진영이 언어로 표현한 진정성의 주름들은《내가 태어나서 가장 먼저 배운 말》에 수록된 작품들을 읽어나가고 주제를 발견함에 있어 긴요하게 사용될 수 있는 틀을 제공한다.

다소 거칠게 살펴본 것처럼 김금희, 김혜진, 박민정, 백수린, 이주란, 윤해서, 조수경, 최정화, 최진영, 황현진의 단편은 삶의 어떤 단계에서 돌발적으로 발생한 변화, 지금까지의 인생과 전혀 다른 과정을 살아갈 수밖에 없다는 사실을 통절하게 깨닫게 하는 잊을 수 없는 만남, 나름 안정적이라고 느꼈던 일상을 뒤흔드는 동요 등을 중요한 소재로 사용하고 있다. 이 단절의 지점은 모든 소설가가 공통으로 증언하고 있는 것처럼 그들의 글쓰기가 시작되는 기원인 동시에 그들의 문장이 단련되는 진정성의 작업장이며, 인간다움에 대한 사유가 그 끝을 알 수 없이 회귀를 반복하는 일종의 링반데룽(Ringwanderung)이다. 롤랑 바르트는 이 지점을 단테를 인용해 "삶의 중간"이라고 지칭하여 이를 통해 강렬한 "글쓰기-

의지"가 발현된다고 쓴다.

　따라서 변화가 중요합니다. 다시 말해 삶의 중간에서 발생한 동요에 어떤 내용을 부여하는 것, 즉 어떤 관점에서 삶(새로운 삶의(de Vita Nova)) 프로그램을 부여하는 것이 중요합니다. 그런데 글을 쓰는 사람, 글쓰기를 선택한 사람, 다시 말해 글쓰기의 쾌락, 글쓰기의 행복을 경험한 사람에게는 (거의 첫 번째 쾌락처럼) 새로운 글쓰기의 발견 말고는 다른 새로운 삶이 (내가 보기에는) 없을 것입니다.*

　흥미로운 것은 이 새로운 삶을 살고자 하는 "글쓰기-의지"는 결코 작가의 욕망을 충족시킬 수 있는 하나의 소설이나 텍스트로 완성되지 못한다는 사실이다. 이 책에 수록된 소설가들의 단편이 이별이라는 방식을 통해 만남을 사후적으로 기록하고 있거나, 사라지는 것들에 대한 애잔한 회상이나 이를 어떻게 해서든 붙잡으려는 욕망을 담아내고 있는 것은 결코 우연이 아니다. 글쓰기에 대한 의지는 마치 컴퓨터의 커서처럼 충족될 수 없는 욕망을 향해 달리는, 영원한 추구이기 때문이다. 그것은 중단되는 것이지 끝나는 것이 아니다. 롤랑 바르트의 표현처럼, "인간은 항상 자기가 사랑하는 것에 대해 말하는 데 실패한다……". 여기에 한마디 말을 첨언하자면, 문학이 가치 있는 것은 그것이 역사와는 달리 '실패'를 통해 삶을 말하고 있기 때문이다.

---

* 앞의 책, 롤랑 바르트 지음, 31쪽.

내가 태어나서 가장 먼저 배운 말

ⓒ 김금희 김혜진 박민정 백수린 윤해서 이주란 조수경 최정화 최진영 황현진 2015

초판 1쇄 인쇄 2015년 8월 19일
초판 1쇄 발행 2015년 8월 21일

지은이 김금희 외
펴낸이 이기섭
편집인 김수영
책임편집 김준섭
마케팅 조재성 정윤성 한성진 정영은 박신영
경영지원 김미란 장혜정

펴낸곳 한겨레출판(주) www.hanibook.co.kr
등록 2006년 1월 4일 제313-2006-00003호
주소 서울시 마포구 효창목길 6(공덕동) 한겨레신문사 4층
전화 02-6383-1602~3 **팩스** 02-6383-1610
대표메일 munhak@hanibook.co.kr

ISBN 978-89-8431-923-3   03810

이 책은 한국출판문화산업진흥원의 2015년 〈우수 출판콘텐츠 제작 지원〉 사업 선정작입니다.